L'AFFAIRE DU TAROT

Né à Bruges en 1953, Pieter Aspe est un écrivain belge de langue néerlandaise. Il devient célèbre grâce à la série du commissaire Van In qui compte déjà près de trente volumes en langue flamande, dont les premiers ont fait l'objet d'une adaptation télévisée. En 2001, Pieter Aspe a reçu le prix Hercule Poirot qui récompense chaque année le meilleur auteur policier flamand.

Paru dans Le Livre de Poche :

LE CARRÉ DE LA VENGEANCE

CHAOS SUR BRUGES

LE COLLECTIONNEUR D'ARMES

COUP DE PUB

DE SANG ROYAL

LES MASQUES DE LA NUIT

LE MESSAGE DU PENDU

LA MORT À MARÉE BASSE

PIÈCE DÉTACHÉE

LA QUATRIÈME FORME DE SATAN

LE TABLEAU VOLÉ

PIETER ASPE

L'Affaire du tarot

ROMAN TRADUIT DU NÉERLANDAIS (BELGIQUE)
PAR EMMANUÈLE SANDRON

ALBIN MICHEL

Titre original :

PANDORA
publié par Manteau, Anvers, 2003.

ISBN : 978-2-253-09309-1 – 1re publication LGF

Pour Dette,
Un petit dernier pour la route !

1

« Tu te souviens de l'affaire du tarot ? »

Versavel redressa le col de sa veste et fit le gros dos. Un méchant vent d'est lui fouettait le visage. Van In leva la main pour se protéger la mâchoire supérieure. La veille, il s'était fait rafistoler le râtelier. Le résultat était magnifique : quatre pivots, rien que ça ! L'enfer avait commencé quand l'effet de l'anesthésie s'était estompé. Depuis, une douleur fulgurante le vrillait jusqu'au sommet du crâne dès que de l'air lui pénétrait dans la bouche. En plus, il ne parvenait pas à oublier le bruit de la foreuse perforant l'os. Et dire que le dentiste lui avait garanti que c'était une intervention indolore ! Quelle idée aussi de croire un arracheur de dents !

Ils entrèrent dans la rue Espagnole et se dirigèrent à pas mesurés vers la place Jean Van Eyck, où ils avaient garé la Golf.

« Si je ne m'abuse, il y a bientôt prescription », reprit Versavel, voyant que Van In tardait à répondre.

Ils venaient de recevoir la visite d'un homme qui ne pouvait plus supporter que sa voisine se montre en petite tenue à sa fenêtre. « Vous devez savoir que je m'occupe de mes petits-enfants deux fois par semaine ! » avait-il commencé par argumenter bien poliment. Quand Van In avait objecté que la dame en question habitait à côté de chez lui et non en face, le type avait commencé à s'exciter : « Et si les enfants lèvent les yeux vers sa fenêtre quand je passe devant chez elle avec eux, hein ?! Vous répondez quoi, à ça, monsieur le commissaire ?! »

Pour éviter de voir s'envenimer les choses, Van In avait demandé à Versavel de prendre note de la déposition du plaignant. Ensuite, pour la forme, ils étaient allés sonner chez la prétendue exhibitionniste, laquelle avait admis sans détour qu'il lui était arrivé un jour de sortir de la salle de bains toute nue pour aller répondre au téléphone dans son salon. Bref, encore un papy qui se racontait des histoires. Le P-V allait valser à la corbeille. Van In ronchonnait sur le temps perdu quand Versavel avait ressorti l'affaire du tarot.

« J'en ai un vague souvenir, oui, répondit enfin le commissaire. Pourquoi ?

— Eh bien, rappelle-toi… Notre cliente de tout à l'heure habite à l'endroit où a eu lieu un des crimes.

— Eh ben dis donc, quelle mémoire, Guido !

— Je pense que le meurtre du colonel Hautekiet n'a finalement jamais été élucidé.

— Les deux autres non plus, maintenant que tu le dis. »

Vingt ans auparavant, ou presque, trois personnes avaient été tuées en un très court laps de temps : en plus du colonel Hilaire Hautekiet, le père Desmidt et le conseiller municipal Étienne Vollekindt. L'armée, l'Église et l'État. Les enquêteurs étaient parvenus à prouver une seule chose : que les trois hommes avaient été assassinés par la même personne. Le médecin légiste avait établi que le colonel avait été frappé par un objet lourd avant d'être abattu de trois balles. Et, détail intrigant, on avait retrouvé une carte de tarot à côté de chacun des trois corps.

Versavel ouvrit rapidement la portière de droite pour laisser Van In entrer le premier dans la voiture.

« Ça va quand même ? »

Van In saisit le paquet de cigarettes sur le tableau de bord et s'empressa d'en allumer une.

« Je crois que j'ai besoin de quelque chose de corsé pour calmer la douleur, Guido. »

Avant de quitter le commissariat, il s'était fait un bain de bouche au genièvre. Cela n'avait pas été très efficace, mais tout plutôt qu'une nouvelle visite chez le dentiste.

« À la maison ou ailleurs ?

— De Kee est là ?

— J'en ai bien peur.

— Alors ailleurs.

— Au Vlissinghe ? À L'Estaminet ?

— Va pour le Vlissinghe ! »

Van In s'enfonça dans son siège. Cela faisait plus d'un mois que le calme plat régnait à Bruges. Il se faisait l'effet d'un ours en cage. Comme les pompiers qui appellent de leurs vœux un bon petit incendie, il attendait que quelque chose se passe.

« Je me demande si… »

Versavel tourna la tête une fraction de seconde dans sa direction.

« C'est si terrible que ça ? »

Ils longeaient déjà le quai du Miroir. Il y avait peu de trafic, du moins si on ne tenait pas compte des bateaux-mouches qui sillonnaient les canaux avec leur cargaison de touristes comme en plein été.

« Ça va aller, répondit Van In. Je me demandais si on ne pourrait pas rouvrir l'instruction.

— Voilà qui va faire plaisir à De Kee !

— Je n'ai pas besoin de son accord ! En tout cas pas si…

— … pas si tu trouves un juge d'instruction assez fou pour te charger de cette enquête qui date de Mathusalem.

— On ne peut vraiment rien te cacher.

— N'essaie même pas. »

Hannelore ôta sa robe et se dirigea vers la salle de bains en sous-vêtements. Elle était claquée et elle mourait de froid. Pendant que Van In avait passé l'après-midi à soigner son mal de dents au Vlissinghe, elle avait assisté à une reconstitution. Le meurtre datait de plusieurs mois, mais on venait seulement de mettre la main sur le suspect.

« Mon royaume pour une douche bouillante !

— Hanne ! S'il te plaît ! » supplia le commissaire en la suivant dans l'escalier.

Dans la salle de bains, il l'attira à lui et la serra contre son ventre.

« Bas les pattes, sale bonhomme !

— Moi ?!

— Lâche-moi ! »

Van In obéit à contrecœur. Mais, au lieu de redescendre au salon, il installa un tabouret devant la douche et prit place.

« Si je ne peux pas toucher, je peux regarder, au moins ? »

Hannelore haussa les épaules, acheva de se déshabiller et tira le rideau de la douche derrière elle. Sous le jet d'eau chaude, elle ne put réprimer un sourire. Il ne devait pas y en avoir beaucoup, des hommes passé la quarantaine, souffrant d'un tel mal de dents et ayant éclusé du genièvre tout l'après-midi, qui avaient encore envie d'une partie de jambes en l'air.

« Ça va ? Tu te réchauffes ? cria Van In pour couvrir le bruit de l'eau.

— Ne te fais pas d'illusions ! Prépare-moi quelque chose de bon à manger au lieu de rester planté là à bayer aux corneilles !

— Vos désirs sont des ordres, madame le juge d'instruction !

— Qu'est-ce que tu dis ?

— Que tu es un amour !

— Abruti ! »

Il restait des tranches du rôti de la veille au frigo. Van In réfléchit. Et s'il épluchait des pommes de terre pour faire de vraies frites ? Mmm ? Elle ne résisterait quand même pas à ça ?

« Et alors ? »

Versavel pianotait nerveusement sur son bureau. Cela faisait six mois pile qu'il avait eu une relation non protégée avec un jeune Allemand séropositif[1] – mais il n'avait appris ce détail que quelques jours

1. Voir *Le Message du pendu*. (*Toutes les notes sont de la traductrice.*)

plus tard. Avant de se rendre au commissariat, il était passé chez son médecin traitant pour une prise de sang. Le toubib lui avait promis de lui communiquer les résultats de l'analyse dès qu'il les recevrait.

« Elle refuse ! »

Hannelore avait fait honneur au rôti et aux frites, et même à la bouteille de Saint-Julien que Van In était allé chercher à la cave, mais elle ne s'était pas laissé convaincre pour autant. Elle avait refusé mordicus de rouvrir l'affaire Hautekiet.

« C'est une sage décision.

— Je ne me laisserai dicter ma conduite par personne ! »

Van In s'assit, alluma une cigarette et se servit un café. Au moment où il voulait y laisser tomber un sucre, Versavel prit des nouvelles de ses pivots.

« Rien ne nous interdit une petite expérience…, répondit Van In en ajoutant un deuxième sucre.

— Ce qui veut dire… ?

— On peut très bien faire une petite enquête informelle…

— Il y a prescription dans une semaine !

— Et alors ? »

Au collège, un professeur de religion dont les affinités particulières n'étaient inconnues de personne l'avait un jour gratifié d'un zéro pointé à l'examen de fin décembre parce qu'il avait écrit « ecce homo » sur sa copie. Les deux parties s'étaient échauffées, et l'enseignant avait appelé à la rescousse le directeur, qui l'avait couvert. Van In avait reçu l'ordre de s'excuser, à défaut de quoi le prof ne retirerait pas sa note et Van In redoublerait d'office. « Pas si je fais le maximum à l'examen de juin ! » avait claironné le collégien qu'il était alors. Cela lui avait coûté une semaine de son mois de juin à plancher sur ce fichu cours de religion, mais il était arrivé à décrocher la timbale. Autrement dit, si l'envie lui prenait de rouvrir l'affaire Hautekiet, personne ne pourrait l'en empêcher.

« Je demande le dossier ? »

Avec le temps, Versavel avait appris à ne pas contredire son supérieur. Si Van In avait envie de se casser ses toutes nouvelles dents sur l'affaire du tarot, c'était son problème. Il ne ferait de tort à personne en lisant le dossier. Ça pouvait même le refroidir.

« Si tu insistes.

— Comment ça ?

— Tu m'as dit hier qu'il était vide, non ?

— Je n'ai fait que répéter ce que j'avais entendu.

— Ah ah.

— J'étais encore à la circulation, à l'époque, Pieter.

— Eh oui… Comme le temps passe… ! »

Van In, lui, était alors aux mœurs. Le seul souvenir qu'il en avait conservé, c'était les cassettes porno qu'il avait été obligé de visionner, les arguments tordus que les pédophiles invoquaient pour justifier leurs sales petites affaires et les premières Duvel qu'il avait éclusées avec des collègues. D'une certaine manière, cela avait été une bonne période.

« Donc le dossier ne t'intéresse pas.

— J'ai dit ça ?

— Non, chef. »

Versavel poussa un profond soupir avant de laisser errer son regard par la fenêtre. Van In savait très bien qu'il était passé chez le médecin, et pourquoi. S'il n'en parlait pas, c'était qu'il était tracassé lui aussi. Sinon, il n'aurait pas manqué de tourner la chose à la plaisanterie.

« Demande à Carine et à Bruynooghe de plancher dessus. Ils n'ont de toute façon rien à faire.

— Ne m'en veux pas, Pieter, mais je ne te suis pas. »

Carine et Bruynooghe avaient gagné leurs galons sur le terrain. Les dossiers, ce n'était pas vraiment leur tasse de thé. Sans compter qu'une rumeur courait selon laquelle Carine Neels était à la recherche d'un autre boulot.

« Personne ne leur demande d'écrire une thèse, Guido. Je veux seulement qu'ils me dressent la liste de toutes les personnes qui ont été auditionnées dans le cadre de l'affaire.

— Je peux m'en charger, non ?

— Non, Guido. Dans les jours qui viennent, je ne veux pas que tu t'éloignes d'un pouce.

— Merci, dit Versavel, la gorge nouée.

— Pas de quoi. »

En clair, Van In disait : « Tu es mon meilleur ami et quoi qu'il arrive dans les prochains jours, je veux être à tes côtés. »

« J'ai l'impression que Bruynooghe n'est pas encore arrivé, dit Versavel, la voix tremblante.

— Il reste des biscuits à la cuisine, Guido, dit Van In, qui ne savait déjà pas quoi faire quand une femme se mettait à chialer. Tu veux bien aller les chercher pour moi ? »

Pendant que Versavel, qui avait compris, cherchait à recouvrer son calme dans la cuisine, Van In téléphona à Carine pour lui demander un résumé du dossier Hautekiet ainsi que le nom de l'enquêteur.

« Et sinon… Tout va bien ?

— Je n'ai pas à me plaindre », répondit la jeune femme d'une voix égale et impersonnelle.

Van In ne fit aucune tentative pour la dérider. Cela se serait retourné contre lui. Carine Neels avait été folle amoureuse de lui tout un temps, et le bruit courait maintenant qu'il l'avait encouragée.

« Salue Robert de ma part quand il se pointera !

— Je n'y manquerai pas. S'il vient…

— Préviens-moi à son arrivée.

— Entendu ! »

Van In raccrocha et s'octroya une cigarette. Il inspira profondément, puis souffla des ronds de fumée qu'il suivit jusqu'au plafond avant de se secouer comme s'il voulait se débarrasser de quelque chose. Il était empêtré dans des sentiments contradictoires. Le désir vous rajeunit, mais il était suffisamment vieux pour savoir que cela aurait pu lui coûter cher s'il s'était laissé aller à séduire la jeune femme. Elle cherchait un autre boulot ? Voilà qui était rassurant. Mais pourquoi, dans ce cas, ne se sentait-il pas dans son assiette ?

« Tu veux que je te prépare un café ? proposa Van In au retour de Versavel, dix minutes plus tard.

— Je crois que j'ai besoin de quelque chose de plus corsé.

— C'est si terrible que ça ? »

Versavel sourit, ce qui était bon signe.

« Ça t'embêterait que je prenne un petit remontant ?

— Bien sûr que non, Guido ! Qu'est-ce que tu veux ? Du genièvre ? Une Duvel ?

— La semaine dernière, De Kee a reçu une bouteille de calvados d'un collègue. Et on sait tous qu'il déteste le calva. »

Versavel buvait rarement, mais quand cela lui arrivait, il avait un penchant pour cet alcool qui ne disait pas grand-chose à Van In.

« Tu ne vas quand même pas…

— Bien sûr que non ! »

Ils échangèrent un regard. Versavel allait sur ses cinquante-cinq ans. Avec ses cheveux bouclés, il avait tout du sénateur romain immortalisé dans le marbre, mais une lueur juvénile brillait dans ses yeux.

« Je croyais que tu…

— Moi ? !

— À quoi ça sert, sinon, les amis ? ! »

Van In mit un collègue dans la confidence et lui demanda d'attirer De Kee en dehors de son bureau en invoquant le premier prétexte venu. Ensuite, il alla chercher le passe-partout accroché dans le local de garde. Cinq minutes plus tard, il était de retour à son bureau avec la fameuse bouteille, qu'il déboucha avant de remplir deux verres.

« Au bonheur, Guido !

— Cul sec ?

— Cul sec ! »

Van In vida son verre d'un trait. C'était aussi infect que chez le dentiste.

« C'est bon ? »

Carine se tenait dans l'embrasure de la porte. Elle portait une jupe et un chemisier qui n'auraient pas choqué dans un pays musulman – et c'était étonnant, pour elle qui s'était longtemps habillée on ne peut plus sexy.

« Nous avons quelque chose à fêter, dit Van In, qui n'en menait subitement pas large, sans trop savoir pourquoi.

— C'est ce que je vois, commissaire. »

Van In fronça les sourcils. Carine ne l'avait plus appelé ainsi depuis une éternité. Elle se passait la langue sur les lèvres. Van In fixait ses seins – mais ceux qui le connaissaient bien savaient que chez lui c'était un réflexe et que cela ne voulait rien dire.

« Tu as déjà pu jeter un œil au dossier ?

— Je t'apporte l'information demandée », dit-elle en tendant à Van In un papier sur lequel on pouvait lire : « Karel Vanderhispaillie, 050/34 16 12. »

Van In se souvenait encore du temps où les Brugeois nés intra-muros regardaient de haut ceux des villages avoisinants. La distinction datait du Moyen Âge, époque où Bruges, comme de nombreuses autres villes, avait d'abord été une place fortifiée : un château et une chapelle, protégés par des remparts, à l'endroit où se trouve l'actuelle place du Burg. La ville s'était étoffée, une deuxième enceinte l'avait protégée, et les habitants du « bourg » avaient longtemps considéré avec une certaine morgue, voire comme des Flamands des Carpates, ceux qui vivaient hors les murs, dans les « faux bourgs ». Van In sourit intérieurement : il aimait cette étymologie, même s'il la savait contestée.

Karel Vanderhispaillie habitait une petite maison à double façade de l'avenue Baron-Ruzette : extra-muros, donc, même s'il n'avait rien d'un Flamand des Carpates.

« En quoi puis-je vous être utile ? »

Le commissaire adjoint à la retraite n'avait pas perdu sa voix ferme et autoritaire. Vêtu d'un complet-veston gris et d'une chemise bordeaux, il remplissait toute l'embrasure de la porte de son imposante stature et semblait tout droit sorti d'un roman d'Arthur Conan Doyle.

« Mon nom est Van In, commissaire Van In.

— Voyez-vous ça ! On est commissaire ! » répondit l'homme sans se gêner le moins du monde pour étudier Van In comme un sergent-major aurait inspecté une nouvelle recrue. Un vague sourire flottait sur les lèvres de Versavel.

« Pouvons-nous entrer ?

— Mais certainement ! »

L'homme les précéda au salon en secouant la tête. Il y a des silences éloquents. Van In se faisait l'effet d'un gamin en culottes courtes.

« Asseyez-vous, je vous en prie. »

Une pendule ancienne flanquée de deux chandeliers en pseudo style néo-rococo trônait sur la cheminée. Tout, dans le salon, était à l'avenant : les meubles en chêne, les fauteuils profonds de velours vert avec leurs pompons dorés, la vitrine abritant ses précieuses porcelaines et les assiettes en étain aux murs. Au-dessus du dressoir, une imposante peinture à l'huile montrant un paysage de polders, des vaches et une ferme au toit de chaume.

Van In prit place dans le canapé près de la fenêtre. Versavel s'assit dans un fauteuil en face de lui. Vanderhispaillie se contenta d'une chaise. Il régnait une chaleur étouffante dans la pièce, et cela sentait le renfermé.

« Nous venons solliciter vos bons conseils dans une vieille affaire », commença Van In.

Les animaux qui vivent en bande respectent une hiérarchie très stricte. En adoptant une position de soumission, Van In gagnait un temps précieux.

Vanderhispaillie hocha la tête et croisa les mains sur son ventre.

« Je vous écoute », dit-il en avançant les lèvres comme un amateur de vin s'apprêtant à goûter un bourgogne.

Il ne fallait pas être spécialiste en comportement pour lire sur la face du vieux loup qu'il prenait un plaisir certain à la situation. Van In baissa les paupières et inclina légèrement la tête. Versavel détourna les yeux en espérant que Pieter n'allait pas en rajouter trois couches.

« Nous venons vous voir au sujet des meurtres de Hilaire Hautekiet, Lionel Desmidt et Étienne Vollekindt. Je crois savoir que c'est vous qui avez mené cette enquête.

— C'est exact, commissaire. »

Vanderhispaillie était un flic de la vieille école, du genre à ne jamais montrer ses émotions, une qualité que ses supérieurs plaçaient en haute estime. À l'époque, le flic devait se montrer autoritaire, point, et surtout ne pas faire de sentiment : cela aurait été interprété comme un signe de faiblesse. La défunte épouse de

Vanderhispaillie en avait pris son parti, et leurs deux fils lui avaient toujours témoigné du respect : telle est en tout cas l'illusion qui berçait ses vieux jours, et il préférait ne pas se demander pourquoi ils ne venaient pratiquement plus à la maison depuis la mort de leur mère.

« Vous vous rappelez cette affaire ? »

Les historiens estiment que seuls les documents sont fiables et se méfient comme de la peste des déclarations des témoins oculaires. Versavel trouvait ce point de vue on ne peut plus raisonnable, mais qui était-il pour dire à Van In qu'il faisait selon lui fausse route ? Le commissaire croyait dur comme fer à son intuition, et si on avait le malheur de lui dire qu'elle ne reposait sur rien de scientifique, il rétorquait que l'amour non plus n'était pas quelque chose qu'on pouvait démontrer. Fallait-il en conclure pour autant qu'il n'existait pas ?

« Que voulez-vous savoir, commissaire ?

— Tout ! » répondit Van In très simplement.

La discussion dura près d'une heure et demie. Vanderhispaillie donna sa vision personnelle de l'affaire du tarot et la compléta de détails qui ne figuraient certainement pas dans le dossier en raison de leur caractère trop personnel. Pour un homme de près de quatre-vingts ans, il avait gardé l'esprit particulièrement vif.

« Vous partez déjà ? demanda-t-il lorsque Van In fit mine de se lever. Restez donc encore un peu ! »

Il se pencha vers le commissaire et chuchota :

« Il me reste un vieux cognac à la cave… »

Van In aurait pu dire que les temps avaient changé

et que les flics ne buvaient plus durant le service, mais Versavel lui en aurait voulu à mort.

« Un petit, alors, répondit-il. Parce que vous insistez. »

« Tes dents ? Ça va ? demanda Versavel alors qu'ils grimpaient dans la Golf.

— Je n'ai pas à me plaindre », répondit Van In.

Il était hébété de douleur et n'aspirait qu'à une chose : son plumard. Mais il aurait préféré être foudroyé sur place que de l'admettre. Et Vanderhispaillie le lui avait chuchoté à l'oreille quand ils s'étaient serré la main : « Un vieux briscard n'abandonne jamais, quoi qu'il arrive. » La moindre des choses, maintenant, c'était de monter dignement dans la voiture.

« Je te dépose chez toi ? »

Van In serra les dents. La sueur coulait sur son front malgré le vent piquant qui lui avait coupé le souffle dès qu'il s'était retrouvé à l'air libre. Quand il fermait les yeux, il entendait jouer de l'orgue.

« Hors de question. »

Van In boucla sa ceinture et fixa un point (un arbre) au bout de la rue. Versavel démarra. L'arbre, en approchant, se révéla être un abribus. Van In poussa un profond soupir. Peu avant sa mort, son père était devenu fou, mais jamais il n'avait confondu un érable avec une aubette.

« J'ai envie de frites, Guido.

— Tu es sûr que tu es dans ton assiette ?

— Avec des fricadelles.

— C'est ton estomac.

— Oui, et c'est mon foie.

— Tu veux parler de ce machin qu'aucun toubib n'accepterait comme greffon ?

— Ce que j'aime chez toi, ce sont tes talents de poète. »

« Entrez ! »

Le commissaire en chef De Kee, chef de corps par la grâce divine, ouvrit un dossier et, l'air très absorbé, entreprit de signer les documents que sa secrétaire avait déposés sur son bureau une heure auparavant. Quand on dirige une équipe, on travaille différemment de ses collaborateurs : on est constamment en réunion, on prend des décisions à la pause déjeuner et on traite les sujets brûlants dans les réceptions mondaines. La seule preuve matérielle de son activité réside dans cet acte : signer des documents, généralement de la plus haute importance, à en juger du moins par le parapheur de ministre où on les conserve précieusement. Lorsque l'inspecteur en chef Marc Decoussemaecker entra dans le saint des saints et vit son chef occupé, il se posta au garde-à-vous. De Kee prit tout son temps. De toute façon, il aimait ça, apposer sa signature. Tout le monde ignorait qu'il avait passé des soirées entières à la peaufiner. D'un ample geste élégant, il traçait un D énorme dans lequel il griffonnait avec art le reste de son nom. Histoire d'en mettre plein la vue, car cela ne servait qu'à ça.

« Vous voulez me parler, inspecteur Decoussemaecker ?

— En effet, monsieur le commissaire en chef.

— Asseyez-vous. »

Le flic prit place sur le siège que lui indiquait son supérieur. Le geste était sans doute superflu, car il n'y en avait pas d'autre dans la pièce.

« J'ai lu votre demande attentivement », répondit De Kee lorsque Decoussemaecker lui eut expliqué pourquoi il avait sollicité un entretien.

L'inspecteur retint son souffle. Il entendait son cœur battre la chamade. Intégrer la cellule de recherche spéciale, cela avait toujours été son rêve. C'était l'unique raison pour laquelle il avait fait des pieds et des mains pour obtenir sa promotion. L'instant de vérité était enfin arrivé. De Kee le regardait d'un air bienveillant. Cela faisait un moment déjà qu'il avait décidé d'accéder à la requête du bonhomme, mais il n'était pas pressé de le lui dire.

« La cellule de recherche est une unité d'élite, j'espère que vous en êtes bien conscient.

— Très certainement. »

De Kee se leva, pivota sur ses talons et se posta à la fenêtre. Avec un peu d'imagination, il ressemblait à Napoléon considérant le champ de bataille du haut d'une colline.

« Vous travailleriez jusqu'à pas d'heure, vous auriez peu ou pas de vacances, du stress à ne plus savoir qu'en faire, vous courriez des risques élevés, vous dépendriez, hum, de supérieurs lunatiques et fantasques…, reprit-il en se tournant vers son subalterne. Vous avez pensé à tout ça, inspecteur Decoussemaecker ? Et vous ne seriez même pas mieux payé !

— Je ne suis pas marié, monsieur le commissaire en chef.

— C'est vrai, j'avais oublié ça : les problèmes avec madame. »

Depuis huit ans, De Kee vivait avec la jeune femme pour laquelle il avait quitté son épouse. Il savait d'expérience que les récriminations étaient sans fin. Même sa nouvelle maîtresse, qu'il voyait deux ou trois fois par mois, osait des remarques quand il n'arrivait pas à l'heure à leurs rendez-vous.

« Vous savez qui sera votre supérieur ? »

Que De Kee ait troqué le conditionnel pour le futur rendit Decoussemaecker euphorique. Sa demande était acceptée !

« Je dois obéissance à mes supérieurs », répondit-il solennellement.

Il en rajoutait, mais De Kee ne s'en formalisa pas.

« Je suis heureux de l'entendre, Decoussemaecker. »

Le commissaire en chef se détourna pour dissimuler un sourire. Cela avait traîné, avant que le candidat *ad hoc* se présente au poste, mais il avait enfin trouvé. Les jours de Van In étaient comptés.

« Eh bien, je vous félicite, inspecteur en chef Decoussemaecker ! Vous faites désormais partie de la cellule de recherche spéciale ! »

« Quelle heure est-il ?

— Midi et quart », répondit Versavel.

Van In se laissa tomber dans son fauteuil et étendit les jambes.

« Tu me réveilles dans une petite heure ? »

Cognac, frites et fricadelles. Cela aurait pu être le titre d'une émission culinaire sur la chaîne publique. Cinq ans auparavant, Van In aurait pu se permettre une telle extravagance sans problème, mais son corps lui envoyait de plus en plus souvent des signaux de détresse quand il abusait du gras et de l'alcool.

« À condition que tu ne m'engueules pas.

— N'exagère pas, Guido !

— Je n'exagère pas. La dernière fois, tu m'as... »

On frappa à la porte. Versavel leva les yeux, marmonna une prière et alla ouvrir.

« Je ne dérange pas ? demanda Decoussemaecker.

— Bien sûr que non. Entrez ! »

Versavel pensa malgré lui au cheval de Troie lorsque l'inspecteur en chef l'informa qu'il rejoignait leur équipe.

« Je vous présente le commissaire », dit-il.

Affalé dans son fauteuil, l'œil vitreux, Van In ne fit aucun effort pour se montrer sous un jour un peu plus favorable.

« Inspecteur en chef Decoussemaecker, à vos ordres, commissaire ! »

Van In ne fit aucun geste dans sa direction.

« Tu veux bien préparer du café, Guido ? »

Si Versavel avait pu lire dans les pensées de Van In, il l'aurait vu en train de faire de la chair à saucisse avec le pauvre Decoussemaecker, le transformer en fricadelles et le plonger dans l'huile bouillante.

« Vous en voulez aussi, inspecteur en chef Decoussemaecker ?

— Non merci, je ne bois jamais de café.

— Un verre d'eau, alors ?

— Ce n'est pas de refus. »

« Tu ne vas pas pouvoir te débarrasser de lui si facilement tous les jours », dit Versavel.

Quand Decoussemaecker avait eu fini son verre d'eau, Van In l'avait chargé d'étudier le dossier de l'affaire du tarot et de prendre note de tout ce qui pourrait servir l'enquête.

« Demain, c'est ton tour de trouver à quoi l'occuper. »

Versavel sirotait pensivement son café.

« Que fait-on de l'histoire que nous a racontée Vanderhispaillie ?

— On tire les fils.

— C'est vieux d'il y a vingt ans, Pieter.

— Et alors ?

— Ce qu'il nous a raconté ce matin ne colle pas avec la version officielle.

— Pourquoi crois-tu que j'ai voulu qu'on aille le voir ?

— Il va sur ses quatre-vingts ans, Pieter !

— Oui.

— Ces messieurs ont un problème ? »

Carine Neels restait très jolie à regarder, même attifée de sa jupe informe et de son chemisier boutonné jusqu'au col. Elle venait d'être appelée par le chef du personnel d'une entreprise à qui elle avait envoyé sa candidature. Il lui avait donné rendez-vous pour un entretien d'embauche dans une semaine.

« Assieds-toi et prends donc un café avec nous ! » proposa Van In.

Il consulta l'horloge murale. Cinq heures moins cinq. Son foie avait absorbé tout ce qu'il avait eu à absorber. De l'orgie de frites et de fricadelles, le commissaire ne gardait qu'une vague lourdeur sur l'estomac. « On sait qu'on vieillit quand on ne parvient plus à récupérer », déclarait toujours son père. Cinq heures pour digérer, ce n'était pas trop mal à son âge, se dit Van In.

« J'ai fini ma journée dans une demi-heure, commissaire.

— Ne te fatigue pas, Guido. Je prendrais bien une Duvel. »

Van In avait envie de passer un moment à trois, comme au bon vieux temps. Il refusait d'accepter l'idée que Decoussemaecker était sur le point de remplacer Carine. Cela lui manquerait, de draguer gentiment la fliquette, et il pourrait difficilement se passer de ses chemisiers transparents et de ses mini-jupes affriolantes. Mais, après tout, c'était peut-être mieux comme ça.

« Des nouvelles de Bruynooghe ? Il est venu aujourd'hui ?

— Tu n'as pas lu mon message ?

— Tu m'as envoyé un message ? ! »

Van In ne se servait pas de sa messagerie électronique.

« Sa femme a appelé après votre départ. Robert a été hospitalisé. Un problème de prostate. »

Il y avait des mots qu'on osait désormais dire tout haut, comme vagin, pénis, orgasme, cancer, prostate… Van In n'avait aucun problème avec les trois premiers. Le quatrième, c'était pour plus tard. Mais le simple fait d'entendre parler de prostate lui donnait la chair de poule.

« C'est grave ?

— Juste un petit problème de tuyauterie… »

Carine avait voulu plaisanter, mais les hommes ne rient pas avec ces choses-là. Cela aurait été différent s'il avait été question de fuites urinaires chez une femme, bien sûr.

« Autre chose ? »

Carine fit semblant de réfléchir, mais Van In la regarda en fronçant les sourcils, pas dupe pour deux sous.

« J'ai failli oublier ! Madame la juge a appelé. Pour te dire qu'elle était retenue au tribunal jusqu'à vingt-deux heures.

— Ah ah », répondit Van In.

2

Bruges n'est jamais aussi belle qu'à l'automne, surtout le soir, quand les réverbères projettent leur halo doré sur les façades de briques rouges et les pavés, que le flot des touristes s'est tari et que les rares passants ont des allures de spectres… Van In traversa le Burg désert ; seul le scintillement des écrans des téléviseurs, çà et là, rompait le charme : non, la ville ne vivait pas à l'heure du Moyen Âge… Il marchait légèrement courbé, les mains au fond des poches, avec son ombre derrière lui sur le trottoir. Il y avait de l'humidité dans l'air. Van In trouvait un peu étrange qu'Hannelore soit retenue au tribunal jusqu'à vingt-deux heures. Cela lui arrivait rarement. Heureusement, il n'avait pas de souci à se faire pour les enfants, car ils étaient en vacances pour deux semaines chez leur mamie. Et à Fuerteventura, en plus ! Les enfoirés !

Un taxi traversa la place au pas. Van In distingua deux Japonais sur la banquette arrière. L'un d'eux braquait son caméscope vers la vitre, immortalisant la rue déserte et le promeneur solitaire. Van In se dit que tous les Brugeois avaient au moins une fois droit à cet honneur : être fixés sur la pellicule d'un Asiatique et avoir leur image qui se baladait quelque part en Extrême-Orient... Il shoota dans une cannette de Coca qui gisait au milieu du trottoir. *Autant leur donner du son aussi*, pensa-t-il. Au carrefour avec la rue aux Laines, il bifurqua à droite. Il croisa plusieurs personnes. Il prit le pont Népomucène et considéra un moment la statue du saint éponyme. De petites lumières dansaient sur l'eau noire. Il se sentait un peu triste. Les hommes mariés qui apprennent tout à trac qu'ils ne sont pas attendus à la maison à l'heure dite ressentent un sentiment d'impuissance. Van In avait beau ne pas être encore marié, il trouvait cela bizarre, d'être quasi moralement obligé d'aller boire une Duvel. Mais enfin... que pouvait-il faire d'autre ? Lorsqu'il aperçut la façade éclairée de L'Estaminet, il accéléra instinctivement le pas.

On entre l'âme en peine dans un café par un jour de semaine, et on y rencontre un grand ami : oui, cela tient du miracle. Van In rendit grâces à Népomucène en apercevant le docteur Zlotkrychbrto au comptoir.

« Piotr ! »

Le médecin légiste accueillit Van In avec un grand sourire et le gratifia de deux bises, à la polonaise. Un client du café, un jeune ouvrier de la construction qui connaissait le métier de Van In, chuchota à l'oreille de sa fiancée quelques mots qui, s'il les avait prononcés tout haut, lui auraient valu une amende pour diffamation.

Van In s'essuya discrètement les joues.

« Quelqu'un est passé de vie à trépas, ou tu viens ici même quand il n'y a pas de macchabée à recoudre ? »

Le Polonais partit d'un rire tonitruant qui couvrit la musique diffusée par les haut-parleurs. Van In tourna le dos à la salle. À en juger par son état, son ami avait déjà ingurgité plus de Duvel que n'importe quel mortel pouvait en avaler.

« Hannelore fait des heures sup, expliqua-t-il.

— Veinard, va ! »

Le légiste leva deux doigts à l'intention du barman. Trente secondes plus tard, les Duvel arrivaient devant eux.

« Tu crois que nos deux femmes sont ensemble ? »

Le rire de Zlotkrychbrto repartit de plus belle.

« Et si on allait s'asseoir à une table ? demanda Van In, un peu gêné.

— *Warum ?*

— Je voudrais te demander conseil. »

En dehors des heures de service, Zlotkrychbrto buvait comme un trou, et il y avait une seule manière de ramener le gai luron les pieds sur terre : lui parler de son travail.

« Ah ! ah ! »

Zlotkrychbrto souffla comme un crocodile au sortir du fleuve, empoigna les deux verres et suivit le commissaire à une table située à l'écart.

« Il s'agit d'une vieille affaire, commença Van In lorsqu'ils eurent pris place. Un triple meurtre, dans les années quatre-vingt. »

La conversation avec le commissaire adjoint à la retraite Vanderhispaillie avait apporté des éléments qui ne se trouvaient pas dans le dossier. Par exemple, le meurtrier avait retiré tous les crucifix des murs et les avait emportés avec lui. Il avait aussi laissé une Bible ouverte sur la table de nuit de chacune de ses victimes.

« Et comment le parquet a-t-il négligé des éléments aussi importants ? » s'étonna Zlotkrychbrto en haussant ses sourcils broussailleux.

Van In se contenta de marmonner quelque chose d'incompréhensible. Il n'avait aucune envie de s'étaler sur la concurrence acharnée que se faisaient à l'époque les trois corps de police du royaume. À en croire Vanderhispaillie, la gendarmerie avait repris le dossier à la police communale. Dans cette configuration, il était fréquent qu'elle ne tienne pas compte des premiers P-V et qu'elle reprenne l'enquête depuis le début. Quand un patient consulte un deuxième médecin pour la même maladie, ce dernier n'aime pas non plus appuyer son diagnostic sur les résultats des données collectées par son confrère. D'une certaine manière, c'est humain. Mais il était tout à fait possible aussi que le commissaire chargé de l'enquête ait dissimulé certains éléments pour mettre des bâtons dans les roues à la gendarmerie.

« Les trois types ont été tués de la même manière ?

— Oui. Deux balles dans la poitrine et une dans la tête.

— Avec la même arme ? »

Van In hocha la tête.

« On ne l'a jamais retrouvée, mais tout indique que c'était le même pistolet, oui.

— Mobile ?

— Aucun, pour le moment.
— D'autres indices ?
— Pas à ma connaissance. »
Zlotkrychbrto leva deux doigts. Johan, le barman, réagit de nouveau à la vitesse de l'éclair.
« Je n'ai rien à faire pour le moment.
— Tu veux que je t'envoie une copie du dossier ?
— Ce serait chouette.
— Ce serait bien, Zlot.
— Quoi ?
— Chouette, ce n'est pas un mot qu'on a souvent à la bouche. Pas nous les flics, en tout cas.
— Et ça se dit, avoir des mots à la bouche ?
— Oui, Zlot. Avoir à la bouche. »
Van In pensa malgré lui à une conversation qu'il avait eue récemment avec Carine. Là, déjà, il avait utilisé cette expression. Il n'oublierait jamais la façon dont elle l'avait regardé.

Marc Decoussemaecker marcha jusqu'à la fenêtre et jeta un œil à l'extérieur. Le vent d'est avait chassé les derniers nuages. Des milliers d'étoiles brillaient au firmament. Quand on regardait le ciel attentivement, on les voyait clignoter. Enfant, il avait passé de nombreuses nuits à contempler les constellations, car ses parents n'avaient pas d'argent pour lui acheter des jouets. Son rêve aurait été de devenir astronome, ou même astrologue, mais il avait finalement atterri à la police. Il tenta de se concentrer sur le cosmos. Il reconnaissait la Grande Ourse au premier coup d'œil. Il avait sa grille d'interprétation personnelle des constellations du zodiaque : la Vierge, c'était la branlette, les Poissons, le vendredi, les Gémeaux, le chagrin, Taureau, son père, Scorpion, l'aventure, et le Bélier, la vengeance. Il tenait son amour des horoscopes de sa mère. Elle n'avait pas pu lui donner grand-chose d'autre, mais il avait fait la paix avec lui-même, car il savait que chacun finit toujours par faire un avec l'univers.

Il ouvrit la fenêtre, se déshabilla et s'assit au milieu de sa chambre dans la position du lotus. En quelques minutes, le froid extérieur qui s'engouffrait dans la pièce le fit frissonner. Cela lui passerait. C'était une question de temps. Son corps deviendrait bientôt insensible et pourrait atteindre l'extase. Il fit des exercices de respiration et répéta le mantra qu'un gourou lui avait enseigné : « *Hadevo, hadevo, hadevo…* »

« Tu as encore le temps de prendre un petit verre, Hanne ? »

Le procureur Beekman se tenait dans l'embrasure de la porte. Son costume était froissé çà et là, et il avait le moral dans les chaussettes. La journée avait été longue, et cela faisait longtemps que plus personne ne l'attendait chez lui.

« Désolée, Jozef, mais j'ai promis à Van In d'être rentrée à dix heures. »

Beekman consulta sa montre.

« Il nous reste dix minutes.

— Eh bien, dans ce cas, verse-moi un verre d'eau du robinet.

— Tu ne dis pas ça sérieusement. »

Hannelore prit sa veste au portemanteau. Combien de fois Van In était-il rentré à l'heure au bercail ?

« Qui te dit qu'il est rentré ? demanda Beekman, comme s'il lisait dans ses pensées.

— Qu'est-ce que tu veux que je réponde à ça ?

— Appelle-le ! »

Le procureur était un homme intelligent, il avait le sens de l'humour et, cerise sur le gâteau, il ressemblait un peu à Philippe Noiret, dont Hannelore avait été folle amoureuse à l'adolescence.

« Toi, tu l'appelles ! »

Beekman fronça les sourcils.

« Et s'il décroche, qu'est-ce que je dis ?

— Que nous en avons encore pour une petite heure de boulot. »

L'avantage, avec l'amour courtois, c'est qu'on peut mentir à son conjoint en relative impunité. Dieu, en tout cas, punit ce péché moins gravement que l'adultère.

« Un petit dernier pour la route ! » dit Zlotkrychbrto.

Lorsqu'il leva la main, Van In le retint.

« Non, Zlot. Je rentre !

— Tu es fou ? Il n'est même pas dix heures ! »

Quatre verres à Duvel vides se trouvaient sur leur table. Le Polonais en avait éclusé trois.

Le procureur Beekman aimait le Mozarthuys, pour la musique et l'ambiance singulière qui y régnaient. Et puis, Hannelore connaissait la patronne : c'était un avantage à ne pas négliger pour faire taire les éventuels cancans.

« Qu'est-ce que je peux t'offrir ? demanda-t-il alors qu'ils prenaient place sur la plate-forme à gauche du bar.

— Va pour un petit verre de vin blanc ! »

Le personnel avait beau savoir que ces deux-là n'entretenaient qu'une relation professionnelle, les clients, pour la plupart des Brugeois de souche, avaient à les entendre un avis différent. Les femmes, en tout cas, s'en donnaient à cœur joie ; les hommes gardaient le silence, sans doute un tantinet envieux.

« Un vin blanc et un whisky, s'il vous plaît ! » dit Beekman au serveur qui venait prendre la commande.

Hannelore sortit un paquet de cigarettes de son sac. Cela faisait huit jours qu'elle n'avait plus fumé. La première bouffée lui fit tourner la tête.

« J'ai appelé Van In, dit le procureur. En tout cas, il n'est pas encore rentré. Il travaille sur une nouvelle affaire ?

— Pfff.... »

Hannelore expulsa la fumée par le nez avant d'inspirer profondément. Elle se rendait bien compte que cela faisait plusieurs semaines qu'elle n'était pas une compagne très agréable. Bien sûr, les femmes sont connues pour toujours ronchonner, mais elle-même trouvait qu'elle s'était montrée singulièrement grincheuse.

« Pas de problèmes, j'espère ?

— Non, Jozef.

— Tu me rassures. »

Le serveur revenait avec les boissons. Chacun but une première gorgée en silence, perdu dans ses pensées.

« Van In s'est mis dans la tête de rouvrir un vieux dossier. Tu le vois d'ici. Donne-lui une énigme insoluble, et il va te remuer ciel et terre jusqu'au moment où il aura trouvé le fin mot de l'histoire. »

Elle expliqua l'affaire en deux mots. Elle s'attendait à ce que le procureur hausse les épaules d'un air las.

« Je me souviens de cette affaire, dit-il à sa grande surprise. Le meurtre du curé a fait pas mal de bruit. Si je ne m'abuse, il était le candidat attitré à la succession de l'évêque.

— Je n'étais pas encore là, Jozef. »

Elle rebut une gorgée de vin et alluma une deuxième cigarette. Les enfants étaient loin. Van In rentrerait sans doute à pas d'heure. Elle pouvait bien s'offrir un petit moment de détente.

« En tout cas, c'était une affaire intrigante.

— Van In veut rouvrir l'enquête.

— Ce n'est peut-être pas une si mauvaise idée.

— Ah bon ? répondit Hannelore d'un air dubitatif.

— Je ne veux bien sûr pas m'occuper de ce qui ne me regarde pas, mais…

— Mais quoi ? »

Beekman ôta ses lunettes et se massa les paupières.

« Le colonel Hautekiet était l'oncle de ma femme. Un homme très bien, apparemment. Personne n'a jamais compris pourquoi on l'avait assassiné. Il n'avait qu'une seule passion : les armes. Il était connu pour posséder la plus grande collection d'armes à feu du Benelux.

— Tiens, comment va Charlotte ? »

Beekman et sa femme faisaient chambre à part depuis plus de cinq ans. Cela ne l'empêchait pas de continuer à l'aimer. Ils s'étaient rencontrés dans les années septante, à une époque où on laissait encore parler son cœur et où l'amour et les enfants ne passaient pas après la carrière. Il avait choisi d'entrer au parquet. Un bon revenu, un emploi stable, une base solide pour fonder une famille, voilà ce qu'il avait pensé. Les choses avaient tourné autrement, mais il n'avait pas envie de s'étendre sur le sujet. Il était déjà bien difficile de vivre ; le bonheur demandait des efforts aussi intenses que la pratique d'un sport de haut niveau – et il est difficile de rester au top très longtemps.

« Elle a pu faire la paix avec pas mal de choses. »

Beekman but une grande lampée de whisky.

Hannelore comprit qu'elle avançait en terrain miné. Elle reprit le fil de la conversation.

« Tu ne serais donc pas opposé à ce que je charge officiellement Van In de la réouverture de cette enquête ?

— Non, bien sûr ! »

Hannelore sourit.

« Il sera tout heureux de l'apprendre », dit-elle.

Elle venait d'être soulagée d'un poids. Pourquoi toujours se tracasser au sujet de sa santé ? Et pourquoi rouspéter quand Van In rentrait tard ? Il répondait toujours présent quand elle avait besoin de lui, et, au lit, il pouvait rivaliser avec…

« Un autre vin blanc ?

— D'accord, Jozef. Mais allons le prendre à L'Estaminet », dit la juge.

Il y avait beaucoup de chances que Van In y soit. Cette seule idée fit battre son cœur plus vite.

« Un petit dernier pour la route !

— Non merci, Zlot. »

Van In vida sa tasse de café et adressa un clin d'œil à Hannelore, qui était assise en face de lui. Lorsqu'elle était entrée, dix minutes auparavant, elle l'avait serré dans ses bras et lui avait murmuré à l'oreille quelque chose qui promettait. Il n'avait maintenant plus qu'une envie : rentrer le plus vite possible.

« Je suis fatigué, Zlot. Le plumard m'appelle.

— Qui ne ferait pareil à ta place ? dit Beekman, volontairement équivoque.

— Moi ! » clama Zlotkrychbrto.

Le légiste avait passé un bras autour des épaules de Beekman et l'entraînait au son de la musique. Hannelore en profita pour se lever. Elle se pencha en avant pour faire la bise au Polonais.

« Je te confie mon patron. Je compte sur toi pour qu'il rentre entier chez lui !

— Ne t'en fais pas, ma chère Hannelore. Avec un médecin à mes côtés, je ne crains rien ! » répondit Beekman.

Cela faisait pratiquement vingt-quatre heures qu'il n'avait rien mangé. Le whisky commençait à lui monter à la tête. Heureusement qu'il n'habitait pas loin.

Hannelore augmenta le chauffage et prit la bouteille d'huile d'olive sur le plan de travail. Les magazines féminins sont remplis de témoignages de femmes qui prennent l'initiative en matière de jeux érotiques, mais elle n'était pas certaine que celui auquel elle pensait soit publiable. Elle avait chaud. Une main sur ses seins lui confirma qu'ils avaient gonflé. Elle chantonnait malgré elle « Soixante-neuf » de Gainsbarre.

« Tu veux encore boire quelque chose ?

— Il reste une bouteille de champagne à la cave », dit Van In, en se rappelant que le divin breuvage était la seule boisson alcoolisée qui ne diminuait pas les performances viriles.

« Si tu veux. »

Hannelore ouvrit la porte du congélateur et prit les glaçons.

« Ce n'est pas nécessaire de prendre un seau à glace, remarqua Van In. Le champagne est bien frappé.

— Ce n'est pas ce que j'avais en tête.

— Ah ? ah ? »

Van In se dépêcha d'ôter ses chaussures et monta rapidement l'escalier. De l'huile d'olive et des glaçons… Cela faisait une éternité qu'elle ne l'avait plus gâté de la sorte… Il se déshabilla et s'allongea sur le lit. Prêt. Lorsqu'elle apparut à la porte de leur chambre, il ferma les yeux. D'abord elle le massa, longuement, pour libérer son corps de toutes les énergies négatives. Puis les choses sérieuses commencèrent, et il brûla de plaisir.

« Ça va ? »

Hannelore versa une tasse de café à Van In et lui tendit un nouveau paquet de cigarettes. Lorsqu'il avait dévalé les escaliers, cinq minutes plus tôt, elle avait entendu ses genoux craquer depuis la cuisine.

« Je suis éreinté. »

Les petits jeux d'Hannelore avaient duré plus d'une heure et demie. Ce n'était pas l'énergie qui lui faisait défaut, mais ses muscles demandaient grâce.

« Il y a de saines fatigues… », dit-elle dans un large sourire.

Bob, le berger allemand, s'étendit de tout son long devant la cuisinière. Il n'avait pratiquement pas fermé l'œil de la nuit à cause de tout le boucan qu'avaient fait ses maîtres. Heureusement, ils partaient bientôt travailler et lui ficheraient la paix.

« Console-toi en te disant qu'un plus jeune serait aussi épuisé que toi ce matin.

— Qu'est-ce que tu en sais ? dit Van In en avalant son café de travers.

— Ma foi… J'ai bien dû me faire la main. »

Il ne comprit pas tout de suite qu'elle le faisait marcher.

« Si tu t'entraînes à l'extérieur, moi aussi ! Il faut que je puisse tenir le tempo.

— Tu penses à une candidate précise ?

— Veerle, peut-être ? »

C'était la greffière d'Hannelore. Elle était homo.

« Je le lui proposerai dès demain.

— Et pourquoi pas aujourd'hui ?

— On bosse sur la même enquête, toi et moi.

— Ah ? ah ?

— Quoi ? Ça ne plaît pas à monsieur ? »

Elle fit une moue boudeuse. Il bondit de sa chaise pour la prendre dans ses bras. Bob souleva une paupière. Encore ? !

Avec ses cheveux châtains coiffés à la mode, son teint bronzé et ses mains soignées, Mme Vollekindt ne faisait pas ses soixante-deux ans. Lorsque Van In et Hannelore se présentèrent à sa porte, elle les invita à entrer d'un geste cordial.

« Ne faites pas attention au bazar ! » dit-elle en les introduisant dans le salon.

Van In regarda Hannelore discrètement. La pièce était impeccablement rangée, à l'exception, peut-être, d'un journal ouvert sur la table basse. Non seulement tout était d'un ordre et d'une propreté impeccables, mais la maison respirait le bon goût et l'élégance : un parquet de chêne magnifique, des meubles anciens qui n'auraient pas déparé dans un musée et, aux murs, des toiles de maître. Van In admira un instant une collection d'argenterie dans une vitrine moderne.

En s'asseyant, Mme Vollekindt releva inconsciemment la manche droite de son chemisier de quelques centimètres. Van In aperçut une cicatrice sur son bras. Elle remarqua son regard, et s'empressa de rabaisser l'étoffe soyeuse.

« Il y aura vingt ans la semaine prochaine que mon mari a été tué, dit-elle quand Van In lui communiqua l'objet de leur visite. Pour autant que je sache, la police n'a jamais soupçonné personne en particulier.

— Le commissaire veut éviter la prescription, dit Hannelore.

— Que voulez-vous dire ?

— Si aucun complément d'enquête n'est ordonné maintenant, l'affaire s'éteindra définitivement dans huit jours.

— Je l'ignorais. »

Le visage de la veuve n'exprimait aucune émotion. Elle posait sur Van In et sur Hannelore un regard revenu de tout, comme si elle avait tout vu, tout vécu, et que plus rien ne pourrait plus jamais la surprendre. Karel Vanderhispaillie l'avait appelée « la Reine des Neiges » : elle avait à peine réagi quand il lui avait annoncé que son mari venait d'être assassiné.

« Si je ne me trompe, vous n'étiez pas chez vous le soir où votre mari a été tué ? demanda Van In.

— Non, je passais la nuit chez une amie, à Louvain. »

L'information figurait dans le dossier, mais Van In voulait le lui entendre dire. Hilde Vermeersch, car tel était le nom de jeune fille de Frigida, avait épousé Étienne Vollekindt à l'âge de dix-neuf ans. Elle était enceinte de lui. Ils avaient baptisé leur fils Primo – tout un symbole –, mais aucun autre enfant n'avait suivi. Après l'accouchement, elle avait travaillé comme serveuse dans un bar louche pendant cinq ans pour financer les études de son homme, qui n'avait pourtant jamais décroché son diplôme, malgré tous les efforts de sa douce.

« Votre fils était étudiant, à l'époque ?

— En effet. »

La veuve releva la tête et regarda Van In avec fierté. Contrairement à son père, Primo avait décroché deux maîtrises haut la main. Il s'était lancé dans la vente d'objets d'art et possédait désormais trois galeries, dont une à New York.

« Vous avez gardé des souvenirs de cette journée particulière ?

— Je crains de ne pouvoir vous en dire davantage que ce que j'ai expliqué aux enquêteurs à l'époque », répliqua-t-elle.

D'après le dossier, Mme Vollekindt était rentrée chez elle le lendemain matin sur le coup de neuf heures et demie. Une demi-heure plus tôt, la femme de ménage avait découvert le corps de son mari, baignant dans une flaque de sang, dans le couloir. Le commissaire adjoint Vanderhispaillie avait pris la veuve à part et lui avait annoncé la nouvelle.

Van In hocha la tête. À vingt-cinq ans, Étienne Vollekindt avait décroché un emploi dans une caisse d'assurance-santé. Il avait acheté une carte de parti, ce qui lui avait permis de se hisser au rang de chef de bureau. Puis, il avait entamé une carrière politique. Trois ans plus tard, il devenait échevin communal à la ville de Bruges.

« En tout cas, votre mari avait bon goût, dit Hannelore, qui évaluait la maison à trois cent mille euros, sans compter le mobilier.

— L'argenterie me vient de mes parents et c'est mon fils qui m'a offert les tableaux, répondit la veuve, l'air de dire qu'il ne fallait pas l'accuser d'avoir fraudé le fisc.

— Ce sont de très belles toiles. »

Hannelore n'avait rien d'une spécialiste, mais elle était prête à parier un mois de salaire qu'elle avait un vrai Bruegel sous les yeux.

« Primo a l'œil », dit la veuve en se fendant cette fois d'un sourire.

Sans son fils, elle n'aurait jamais accepté ces années d'humiliations et de mauvais traitements. Franchement, personne n'avait regretté qu'Étienne Vollekindt se fasse faucher dans la fleur de l'âge.

« Vous verriez un inconvénient à ce que nous prenions contact avec lui ?

— Pourquoi y verrais-je un inconvénient ?

— Comme ça », répondit Hannelore évasivement.

La juge trouvait que quelque chose clochait chez la veuve. Il y avait de nombreuses photos de la mère et du fils sur le dressoir, mais aucune du défunt, ni là ni ailleurs dans la pièce. D'ailleurs, pas une seule fois Mme Vollekindt n'avait appelé son mari par son prénom ni exprimé la moindre émotion, alors que cette visite devait pourtant raviver des blessures anciennes.

« Vous voulez le numéro de son portable ?

— Bien volontiers, répondit Van In en ouvrant son calepin et en tendant la main vers Hannelore pour qu'elle lui donne un Bic.

— Vollekindt, reprit-il d'un air distrait. Monsieur et madame, ou seulement Primo Vollekindt ?

— Seulement Primo.

— C'est noté !

— J'espère avoir pu vous aider malgré tout.

— En effet, votre témoignage va certainement faire progresser l'enquête ! » répondit Van In en rangeant son carnet dans sa poche.

Truc de vieux routard. En parlant de la sorte, il était certain qu'il semait la confusion dans l'esprit de la veuve et qu'elle allait passer le reste de la journée à se demander ce qu'elle avait bien pu dire de si important.

« J'ignore si Primo est chez lui, reprit-elle. Il est peut-être à New York en ce moment. »

C'était sa première erreur.

« Je te parie que ce Primo est homo ! s'exclama Van In dès qu'ils furent entrés dans la Golf. Célibataire, lien très fort avec la mère, actif dans le monde de l'art… Ce serait presque un miracle qu'il ne le soit pas.

— C'est vraiment la première idée qui te vient à l'esprit ?

— Non, ma chérie. Mais j'ai du mal à imaginer que Mme Vollekindt ignore réellement s'il est à Bruges ou à New York. »

Hannelore hocha la tête. Cela n'avait aucun sens d'objecter quoi que ce soit. Cela aurait juste confirmé que les femmes veulent avoir raison en toutes circonstances.

« Tu vas le voir ?

— Pas tout de suite. »

Van In voulait laisser le suspect mariner dans son jus. Comme sa mère, Primo serait désormais taraudé par cette question : quelle mouche pique donc la police d'aller rouvrir cette vieille enquête ? Si l'un ou l'autre avait quelque chose à cacher, leur inquiétude les pousserait à commettre des bévues, et Van In n'aurait qu'à repasser derrière.

« Je trouve que tu n'y vas pas avec le dos de la cuiller.

— Ce n'est pas ce que tu disais cette nuit.

— N'importe quoi ! »

Hannelore mit le contact et démarra. Un agréable frisson lui parcourut la colonne vertébrale. Elle aimait ça, se laisser dominer de temps en temps par Van In. Elle se faisait l'impression d'évoluer dans un vieux film d'aventure où un héros intrépide enlève la jeune fille de ses rêves et la garde prisonnière dans un lieu inconnu de tous. Elle entendait presque la musique...

« À qui le tour, alors, maintenant ?

— Claire Hautekiet ! répondit Van In. La nièce du colonel.

— Tu as bien fait tes devoirs.

— Je fais toujours bien mes devoirs. Tu devrais le savoir.

— Vantard ! »

Van In alluma une cigarette en souriant.

« Moi en tout cas je n'ai pas une grande gueule comme toi.

— Elle n'est pas si grande que ça.

— Tu parles de quoi, là ? »

Hannelore fixa le gyrophare sur le toit de la voiture et mit les gaz avant de regarder Van In d'un air entendu.

Il serra les mâchoires. Miracle, il ne sentait plus rien ! Ses pivots le laissaient tranquille – pas comme son ego.

D'un air angélique, Hannelore reprit :

« Avant que j'oublie, tu sais que le colonel Hautekiet collectionnait les armes à feu ?

— C'est important ?

— J'ai l'impression, oui. »

Claire Hautekiet habitait une agréable villa dans les environs de Blankenberge. Elle dirigeait la filiale d'une grande banque, et son mari travaillait dans l'informatique. Ils pouvaient se permettre à la fois la villa, deux voitures et une maison de vacances en

Espagne sans que cela puisse paraître suspect, surtout quand on sait ce qu'un expert en informatique ose facturer à ses clients. Van In avait néanmoins noté ce détail : à l'époque où ils avaient acheté leur maison, Claire travaillait encore comme simple employée et son mari était étudiant en dernière année. L'héritage de l'oncle était arrivé à point nommé.

« On dirait qu'il n'y a personne », dit Hannelore.

Van In venait de sonner pour la troisième fois.

« Faisons le tour ! »

Les villas flamandes sont toutes plus ou moins construites selon le même modèle : c'est toujours un parallélépipède de briques posé sur un terrain dont l'aménagement est confié à un paysagiste. En général, un sentier mène à l'arrière, jusqu'à la véranda ou à la cuisine. La villa de Claire ne faisait pas exception à la règle.

« Et merde !

— Quoi ?

— On dirait que quelque chose a bougé, là ! »

La véranda était spacieuse et, comme de bien entendu, orientée au sud. Les rideaux avaient été tirés, mais c'était sans doute en raison du froid. Seule la porte vitrée permettait de regarder à l'intérieur. Van In frappa contre la vitre.

« Tu as dû te tromper, dit Hannelore comme on ne venait toujours pas leur ouvrir.

— Je sais ce que je vois, répondit Van In.

— Oui, tu ne sais pas toujours ce que tu fais, mais tu sais ce que tu vois.

— Tu ne vas pas recommencer ?

— Je n'oserais pas, mon chéri. »

Van In prit une profonde inspiration. L'air glacé le fit tousser.

Le commissaire rebroussa chemin et retourna à la porte d'entrée. Hannelore le suivit, coudes au corps. Elle aurait préféré mourir pétrifiée sur place plutôt que d'admettre qu'elle avait froid. Elle entendait déjà Van In lui demander d'un air moqueur pourquoi elle ne s'était pas habillée plus chaudement.

« On ferait bien d'attendre un quart d'heure dans la voiture, dit Van In. Histoire d'être au chaud... »

Eh bien, moi qui croyais le connaître par cœur ! se dit Hannelore.

Le commissaire passa un bras autour de ses épaules, et elle se sentit bien, juste bien.

« Cigarette ? »

Hannelore faisait déjà tourner le moteur. La température allait vite s'élever dans l'habitacle.

« Oui, merci ! »

Ils en fumèrent deux chacun. Malgré la fumée qui leur irritait les yeux, ils les trouvèrent divines.

« Quelle heure est-il maintenant ?

— Une heure moins le quart.

— Et si on allait casser la croûte ?

— J'irai n'importe où s'il y a du chauffage... »

Ils firent halte à La Caracole, un restaurant sympa à un jet de pierre du port. Van In y avait déjà dîné avec Zlotkrychbrto, qui avait définitivement pris ses quartiers à Blankenberge. Ils s'étaient régalés.

« Qu'est-ce que tu prends ?

— De la lotte, répondit Van In.

— Eh bien, va pour deux lottes ! »

Ils s'étaient installés près du radiateur au gaz qui diffusait une très forte chaleur, laquelle, ajoutée aux bruits qui venaient de la cuisine et à la bonne odeur de poisson frit, déclencha une ruée de dopamine dans leur cerveau à tous les deux. Ils se sentaient bien.

« Quand est-ce que les banques ferment ? demanda Van In à la patronne, une Black au sourire avenant qui leur servait le vin.

— À cinq heures, je pense.

— On a tout notre temps, alors ! »

Van In but une gorgée. Quelques homards faisaient la sieste dans l'aquarium, sur le fond duquel reposait un panier d'huîtres.

« Et si on s'offrait un petit hors-d'œuvre ? » proposa Van In après avoir constaté que le blanc était parfait.

Même si elle ne supportait pas l'idée qu'il fallait jeter les homards vivants dans l'eau bouillante, Hannelore se sentit incapable de résister à cette proposition.

« Je suppose que tu ne vas pas pouvoir t'empêcher de faire une remarque à propos des huîtres baveuses… », dit-elle.

Au-dehors, le vent soufflait à décorner les bœufs et sifflait sa chanson insistante et déprimante, mais il en aurait fallu plus que ça pour gâcher la journée de la juge.

« Et si on commençait par en gober une douzaine ? » proposa-t-elle d'un air innocent.

Van In la couva du regard. Il se sentait l'âme d'un adolescent, fou amoureux et prêt à tout pour elle. Qu'à son âge ce soit encore possible, il trouvait que cela tenait du miracle.

Ils terminèrent par un copieux dessert.

« Tu t'es déjà intéressé au sort du curé ?

— Desmidt ?

— Desmidt ou Desmedt, je ne sais plus.

— D'après le rapport d'autopsie, il souffrait d'une grave maladie au moment où il a été assassiné », dit Van In.

Ils avaient déjà vidé deux bouteilles de vin, cela se percevait d'une manière infime dans l'élocution de Van In.

« Reste-t-il quelqu'un qui l'a bien connu, ou bien ils sont tous morts ?

— Bonne question. »

Van In se laissa aller en arrière sur sa chaise pour faire du genou à Hannelore.

« D'après Vanderhispaillie, il avait une maîtresse.

— … Une femme ? !

— Tous les curés ne sont pas pédophiles, ma chérie. »

Van In ne comprenait pas qu'on puisse encore faire vœu de chasteté. Pour décider à dix-huit ans de n'avoir aucune sexualité, sauf en tête à tête avec soi-même, il fallait être franchement entamé… Sauf si on pensait que le renoncement aux plaisirs de la chair mettait plus d'harmonie dans la vie. *Absurde, oui*, se dit Van In. *Quoique... un monde sans sexe serait sans doute plus pacifique...*

« Autrement dit, voilà un homme qui jouissait d'une parfaite santé !

— Il aimait les huîtres !

— Le contraire m'eût étonnée. »

Marie-Rose, la patronne, arriva avec deux verres de vin doux italien.

« J'ai commandé ça, moi ?

— C'est offert par la maison, monsieur ! »

La nuit était tombée depuis longtemps. Le vent continuait à souffler d'une manière implacable. Les rues étaient désertes.

« Mme Hautekiet doit être rentrée chez elle, maintenant. »

Hannelore faillit renverser son verre en prenant son paquet de cigarettes qui était pourtant tout près d'elle.

« Tu es encore en état de lui poser des questions ? demanda Van In, sur un petit nuage.

— Non.

— On appelle un taxi, alors.

— Et la voiture ?

— On demandera à quelqu'un d'aller la chercher demain matin. »

Hannelore alluma une cigarette, inspira profondément et reposa sa sèche dans le cendrier. Son homme venait de lui offrir une journée inoubliable. Elle n'allait pas tout gâcher en fumant à la chaîne.

« Il me reste une petite question.

— Je t'écoute.

— D'où tiens-tu toutes ces informations ?

— Du commissaire-adjoint Vanderhispaillie.

— Sois prudent ! Il risque de te piquer l'affaire !

— Ça m'étonnerait ! Ça fait vingt ans que le bonhomme est à la retraite ! »

Van In lança un regard avide vers la cigarette qui se consumait dans le cendrier. C'était la dernière du paquet, mais il n'avait pas l'intention de râler pour si peu.

« Ne t'en fais pas pour moi, maman. Je ne dirai rien que la police ne peut pas savoir. »

Primo Vollekindt attira sa mère à lui et l'embrassa sur le front.

« Pourquoi ont-ils rouvert l'enquête ?

— Je ne sais pas. »

Primo faisait plus jeune que ses quarante-deux ans, sans doute à cause de ses cheveux blonds, de sa constitution athlétique et de ses trois soirées par semaine en salle de sport.

Mme Vollekindt posa une main sur la cuisse de son fils. Elle avait les yeux gonflés d'avoir passé l'après-midi à pleurer.

« Imagine qu'ils apprennent que tu as menacé plusieurs fois de le tuer ! » dit-elle en reniflant.

Il y avait même eu un jour où cela avait failli tourner franchement mal : Primo avait cogné la tête de son père contre le mur. Le vieux avait perdu conscience une dizaine de minutes.

« C'était pour lui apprendre à te laisser tranquille, maman ! Tu as déjà oublié le soir où il t'a blessée avec un couteau de cuisine ?

— Non, mon fils, dit Mme Vollekindt en effleurant la cicatrice sur son bras.

— Il n'a eu que ce qu'il méritait !

— Je ne veux pas que tu parles comme ça !

— Je dis tout haut ce que nous pensons tous les deux tout bas, maman !

— Fais attention à toi, c'est tout ce que je te demande. J'en mourrais, s'il t'arrivait quelque chose. »

Primo serra sa mère contre lui.

« Je ne laisserai jamais personne te rendre de nouveau malheureuse, maman.

— Je sais !

— Fais-moi confiance ! La police ne peut rien contre nous. Nous sommes innocents.

— Oui, c'est vrai. »

Primo se dégagea pour regarder sa mère dans les yeux.

« Et si on allait manger au Karmeliet ? ! Geert a créé un nouveau menu qui ferait sortir un mort de sa tombe ! »

Cette blague macabre soulagea automatiquement la tension. Ils éclatèrent de rire.

3

Versavel croqua dans le toast beurré que Frank venait de lui tendre. Il n'avait pas fermé l'œil de la nuit. Frank non plus. La veille au soir, ils avaient débouché une bouteille de champagne, un Krug millésimé. Puis, Versavel avait rédigé ses dernières volontés. Il léguait la maison et ce qu'elle contenait à Frank, ainsi que les bons de caisse et le portefeuille d'actions qu'il s'était constitué au cours des dix dernières années. Frank avait sursauté en prenant connaissance du montant, mais il s'était abstenu de tout commentaire. Son regard en disait assez long. L'argent ne fait pas le bonheur, mais cela lui mettait du baume au cœur d'apprendre que son compagnon avait pensé à lui ménager une vieillesse confortable. L'amour a beau être de l'ordre de l'immatériel, la seule preuve tangible qu'on peut en donner est matérielle. Les beaux souvenirs ne paient pas les factures d'électricité. Versavel était agnostique. Si les croyants avaient raison, lui et Frank se reverraient un jour ou l'autre. Dans le cas contraire, c'était la seule chose qu'il pouvait faire pour atténuer la peine de son ami. Combien de temps

Frank entretiendrait-il son souvenir ? Versavel préférait ne pas y penser.

« Tu ne m'en veux pas de léguer mes CD à Van In ? demanda-t-il.

— Bien sûr que non. Je n'aime pas la musique classique, de toute façon, tu le sais bien. »

Versavel sourit. Van In n'était pas non plus un grand amateur du genre, mais il mettrait sans nul doute un point d'honneur à écouter chaque disque, car lui croyait en Dieu et en l'au-delà. Comme le poète néerlandais Gerrit Achterberg qui avait tenté d'atteindre l'autre monde par un pont de mots, Van In se sentirait relié à lui chaque fois qu'il poserait un de ses CD dans le lecteur. L'idée fit sourire Versavel.

« Mais je ne comprends pas pourquoi tu laisses quelque chose à sa bonne femme.

— Hannelore, c'est plus qu'une bonne femme, Frank.

— Si tu le dis… »

Frank but une gorgée de café. Il avait les yeux cernés et sa pomme d'Adam jouait à l'ascenseur. Il n'avait toujours pas digéré l'aventure de Versavel avec ce touriste allemand. Il était blessé que Guido ait couché avec un autre, et il trouvait impardonnable qu'il l'ait fait sans préservatif. Si le test se révélait positif, que se passerait-il ? Il avait quarante-trois ans. Il avait peu de chance de retrouver un partenaire aussi aimant que Versavel. Il avait l'impression que le fait de devenir propriétaire et de ne pas être sans le sou aggravait encore le problème.

« Tu devrais prendre quelques jours de vacances, Guido. Jusqu'au moment où on aura les résultats.

— Je pourrais, oui.

— Mais tu ne vas pas le faire ?

— Non, Frank. Si je reste à glander ici toute la journée, je vais devenir fou.

— Je suis là.

— C'est vrai.

— Je ne te suffis pas ?

— J'aimerais mieux que tu ne voies pas les choses sous cet angle, Frank. »

Versavel imaginait très bien ce qui pouvait se passer dans la tête de son ami. Lui-même trouvait cela étrange d'avoir envie de passer un maximum de temps avec Van In.

« Alors, dis-moi comment je dois les voir ? Qu'est-ce qu'il a de mieux que moi, ton Van In ? »

Question pertinente. Versavel poussa un profond soupir. Comment expliquer à Frank que ce qui le reliait à Pieter était d'un autre ordre ? Et que c'était pareil avec Hannelore ?

« Je ne suis pas encore mort, Frank. Même si je suis déclaré séropositif, nous… »

Il pensait : « Nous aurons encore tout le temps de nous engueuler… », mais il ne termina pas sa phrase.

« Va te faire foutre, Guido ! » cria Frank en frappant du poing sur la table.

Il se leva précipitamment et quitta la cuisine en claquant la porte derrière lui.

Versavel renonça à le suivre. Il vida sa tasse de café et regarda la photo de sa mère, sur la cheminée. « On est seul, en amour », lui avait-elle souvent répété. « Et on n'a jamais le moyen de savoir si ce qu'on fait est bien ou pas. » Quand il lui avait dit adieu, elle lui avait chuchoté : « Tu t'en sortiras, mon garçon ! » avant de rendre son dernier souffle. Voilà qu'il en avait les larmes aux yeux, mais ce n'était pas grave. Il faisait si froid dehors qu'il ne serait pas le seul à larmoyer.

« Je trouve que tu as fait du bon boulot ! s'exclama Van In à l'inspecteur en chef Decoussemaecker au moment où celui-ci pénétrait dans le bureau. Ton résumé du dossier est parfait !

— Merci, commissaire, répondit l'autre en claquant des talons et en se mettant au garde à vous.

— Détends-toi, je ne suis pas le Führer », dit Van In, abasourdi.

La plaisanterie tomba à plat. L'inspecteur serra les mâchoires, incapable d'ébaucher un sourire.

« Je peux te proposer un café ? »

Van In avait déjà ingurgité une demi-cafetière à lui tout seul, mais il ne se sentait pas encore totalement dégrisé. Par-dessus le marché, il était totalement à sec car, la veille, lorsqu'ils étaient rentrés de Blankenberge à Bruges en taxi, Hannelore avait proposé de prendre un petit digestif aux Sept Tours, près de la porte des Baudets. Van In ne comprenait pas ce qui l'avait pris de demander au chauffeur de les attendre devant la porte. Le fait est que cela lui avait coûté près de deux cents euros.

« Je ne dois quand même pas crier "Repos !" » s'exclama Van In lorsqu'il se rendit compte que Decoussemaecker était resté au garde-à-vous.

Avec ses cheveux blonds, ses yeux bleus et sa mâchoire carrée, l'inspecteur aurait eu le profil idéal pour porter un uniforme noir soixante ans auparavant. Van In fut à deux doigts de le dire tout haut, mais il se retint de justesse.

« J'ai une mission pour toi, dit-il. Tu vas prendre le train pour Blankenberge. »

Le commissaire ouvrit le tiroir supérieur de son bureau et en sortit la clé de réserve de la Golf.

« Objectif : rue Vanderstichelen. Tu trouves notre voiture, et tu la ramènes au bercail. Capito ?

— À vos ordres, commissaire ! répondit Decoussemaecker en claquant des talons derechef.

— Tu n'as vraiment pas envie d'une tasse de café ?

— Non, merci, commissaire. »

Decoussemaecker pivota sur son axe comme un robot et sortit à grandes enjambées militaires. Van In alluma une cigarette.

« Bonjour ! »

Versavel ôta son manteau, l'accrocha au portemanteau et en ôta quelques grains de poussière avant de se tourner vers Van In. Dans un codicille, il avait indiqué dans quels vêtements il voulait être enterré et précisé qui devait les avoir repassés.

« Salut, Guido !

— Je fais du café ?

— Avec plaisir ! »

En situation de crise, des potes peuvent avoir des conversations on ne peut plus banales pour un observateur extérieur. Mais leurs paroles prennent souvent un double sens. Si Van In laissait tomber incidemment que le café n'avait pas le même goût que d'habitude, cela équivaudrait pour lui à demander à son ami de lui parler à cœur ouvert. Lorsque Versavel s'éloigna vers la cuisine, le commissaire cria dans son dos :

« Tu as le bonjour d'Hannelore ! »

Et cela aussi en disait long.

Agnès Ottevaere ôta sa chemise de nuit et s'inspecta dans le miroir. *Pas mal*, se dit-elle. Elle avait pratiquement gardé les seins et la silhouette de ses vingt ans. Il y avait bien de la peau d'orange çà et là, mais elle n'en faisait pas une maladie, elle se savait jolie. Des hommes l'avaient portée au pinacle. On l'avait aussi traitée de putain de Babylone parce qu'elle avait eu le malheur de séduire un curé. Elle n'en avait jamais eu honte. Elle menait une vie confortable et, même si elle avait cessé d'être la bienvenue dans certains cercles, elle était parfaitement heureuse, fidèle à sa philosophie qui tenait en une phrase : « Pourquoi se rendre l'existence compliquée quand elle peut être simple ? »

Les Flamands sont conditionnés par une culpabilité que leur a imposée l'Église catholique pendant des siècles. Travailler dur, renoncer, porter sa croix… Ce n'était vraiment pas son genre. « Heureux les simples d'esprit » : voilà une vérité réconfortante qu'elle chérirait jusque sur son lit de mort.

Lorsqu'on sonna à la porte, elle méditait toujours devant son miroir, dans le plus simple appareil.

« Bonjour, madame Ottevaere. Je suis le commissaire Van In, et voici Guido Versavel. On peut entrer ? »

Agnès Ottevaere avait enfilé une élégante sortie de bain, dont elle serrait les pans l'un contre l'autre avec sa main gauche, et des pantoufles orange.

« Il n'est rien arrivé de grave ? » demanda-t-elle, l'air inquiet.

Il y avait eu un cambriolage dans sa rue, une semaine plus tôt. La victime, un gendarme à la retraite, avait surpris les voleurs, qui lui avaient fait passer un mauvais quart d'heure. D'après le journal, il souffrait d'une double fracture du crâne.

« Non, madame. Il s'agit d'une histoire ancienne. »

Van In ne put s'empêcher d'étudier les courbes de la scandaleuse maîtresse du curé. Elle ne faisait vraiment pas ses soixante ans !

« Ce n'est tout de même pas au sujet de Lionel ? » demanda-t-elle.

Van In fit un vague geste de la main. Les femmes qui comprennent tout de suite une situation le rendaient un peu nerveux.

« Ce n'est pas ce que vous imaginez, dit-il.

— De quoi s'agit-il, alors ? »

Elle leva la tête, ce qui eut pour effet de mettre en valeur son menton proéminent. Certains scientifiques ont décrété que la beauté d'une femme est tributaire de la distance qui sépare ses yeux de sa bouche. Van In n'aurait pas été Van In s'il avait été d'accord. Lui, il avait un faible pour les jolis mentons. Il était incapable d'expliquer pourquoi certains d'entre eux lui faisaient de l'effet, mais c'était ainsi. Et puis de toute façon, qui prenait les mesures d'une femme avant de décréter si elle était mignonne ou non ?

« Une enquête, répondit-il. Une enquête sur… »

Il hésita. Agnès Ottevaere n'était pas du genre à s'en laisser conter. Elle était peut-être capable de leur claquer la porte au nez si elle sentait qu'il ne lui disait pas la vérité.

« Le commissaire est en train de préparer un livre sur les meurtres non élucidés, intervint Versavel. Pour une grande maison d'édition, ajouta-t-il d'une voix grave. Et il veut commencer par l'affaire du tarot. »

Tout homo qu'il était, Versavel lisait mieux dans la psyché féminine que la majorité des hommes hétéros. Se faire passer pour un écrivain, ça marchait toujours.

« Comme dans *Accusé, levez-vous !* ? »

Que cette vieille émission de la VRT qui reconstituait des procès d'assises soit encore si présente à l'esprit d'Agnès Ottevaere montrait que la télévision avait encore de beaux jours devant elle.

« Plus ou moins, répondit Van In.

— Oh, ne faites pas le modeste, commissaire ! »

Versavel poussa son ami sur le côté pour chuchoter à l'oreille de la dame :

« Les droits ont déjà été vendus à une chaîne de télévision, madame. Si tout se passe comme prévu, la série sortira dans deux ans.

— Sur la VRT ou sur VTM[1] ? »

Versavel hésita. Sa réponse serait décisive, il le sentait.

« Je crois que ce sera sur VTM, répondit-il.

— Ah ! bien ! » s'exclama Agnès Ottevaere, aux anges.

---

1. La VRT, chaîne de télévision publique flamande, et VTM, chaîne privée flamande, se livrent une concurrence acharnée. Les romans de Pieter Aspe font l'objet d'une adaptation télévisée diffusée… sur VTM.

Van In se contenta de sourire. Il avait déjà inventé des histoires abracadabrantes pour entrer chez les gens, mais le stratagème de Versavel dépassait tout. Il était prêt à parier que la dame allait bientôt leur demander d'intervenir pour lui obtenir un petit rôle.

Rien, dans le salon, ne rappelait la relation qu'Agnès Ottevaere avait entretenue avec le père Lionel Desmidt. Pas le moindre petit crucifix au mur, pas la moindre image sainte sur le dressoir, pas la moindre Bible dans la bibliothèque, et même pas une photo du saint homme. L'occupante des lieux aimait l'art moderne et les meubles aux lignes épurées. Seul le canapé donnait une touche de chaleur et de confort à la pièce. Versavel remarqua la pendule dans un coin de la pièce.

« Je veux bien vous aider à avancer dans votre livre, commissaire, à condition que mon nom n'apparaisse pas.

— Cela va de soi, madame. Je modifie les noms, les dates, les lieux…

— Bien.

— Cela vous dérange si je fume ?

— Bien sûr que non. »

Agnès Ottevaere marcha jusqu'au dressoir en dansant presque et en sortit un gros cendrier de verre. Cela faisait vingt ans que la chose n'avait plus pris l'air. Elle dut se pencher en avant pour le poser sur la table basse. Cette fois, Van In ne regarda pas son menton.

« Ce qui m'intéresse surtout, c'est le contexte qu'il y a derrière tout ça », dit Van In.

Le stratagème de Versavel faisait merveille, car Agnès Ottevaere n'attendit même pas que la première question lui soit posée. Elle leur servit une palpitante histoire d'amour impossible.

Elle avait rencontré Lionel au début des années soixante lorsqu'il était encore élève au grand séminaire, c'est-à-dire avant qu'il ne prononce ses vœux de chasteté. C'était lors d'un week-end de méditation sur la côte, et très vite leur amitié innocente avait cédé la place à une relation passionnelle.

« Il m'a même fait entrer au séminaire en catimini, dit-elle non sans fierté. Je n'ai jamais autant joui de ma vie. »

Les choses se calmèrent lorsque Lionel fut ordonné prêtre, mais ils continuèrent à se voir en cachette.

« C'est à cette période que j'ai rencontré Alain, expliqua-t-elle, les yeux pétillants. Alain van Zuylen de Bocarmé. Un grand timide, avec une libido aussi imposante que le beffroi. »

Elle gloussa en racontant que le jeune homme à particule avait failli renoncer à son héritage pour elle.

« Et tout ça à cause de ma bouche ! »

Van In n'osa pas la regarder dans les yeux. C'était de plus en plus chaud.

« Si je vous comprends bien, vous ne vous êtes jamais mariés ?

— Bien sûr que non. Je vous l'ai dit, le père d'Alain était prêt à le déshériter…

— Comme c'est romantique…

— La mendicité n'est bonne pour personne, commissaire. Le plaisir et la pauvreté sont ainsi faits que l'un finit là où commence l'autre.

— Comme vous dites. »

Van In savait d'expérience que les problèmes financiers peuvent miner une relation. Lorsque Sonia, son ex-femme, avait dû prendre un deuxième boulot pour les sortir des problèmes où les avait jetés leur juvénile insouciance, leurs rapports s'en étaient considérablement ressentis. Il avait alors entamé une relation avec une fliquette, et cela avait été la goutte d'eau qui avait fait déborder le vase. On dit que le mariage est un navire qui peut résister aux pires tempêtes. Mais quand Sonia et lui s'étaient juré une fidélité éternelle, ils ignoraient tous les deux qu'ils avaient pris place à bord du *Titanic*.

« Vous êtes restés amants ? »

Le visage d'Agnès Ottevaere s'illumina. À vingt-huit ans, Alain avait épousé un parangon de vertu qui était persuadé qu'on faisait les enfants en s'embrassant sur la bouche. Le conseil de famille avait déployé des trésors de diplomatie pour la convaincre de la nécessité d'écarter les jambes.

« Bien sûr ! Alain ne pouvait pas se passer de faire l'amour. »

Tel un caméléon, elle sortit la langue, la pointa et alla humecter sa lèvre supérieure.

« Quand avez-vous revu Lionel ?

— Après ses études à la Grégorienne, l'université pontificale de Rome. C'est moi qui suis allée le chercher à l'aéroport. Il avait dit à ses supérieurs qu'il n'arriverait que trois jours plus tard. »

Elle rit. Elle avait envie d'ajouter que les curés sont d'excellents menteurs, mais elle se retint.

« Et vous avez continué à avoir des contacts avec le baron ?

— C'est important ?

— Oui, quand même. »

Elle hocha la tête. Le gentil Bocarmé avait fait trois rejetons à sa prude épouse : une fille et deux garçons. Il estimait avoir rempli son devoir vis-à-vis de sa famille. La lignée se perpétuerait. Le fait qu'il entretenait une maîtresse avait été considéré comme *quelque chose de négligeable**[1]. La noblesse flamande avait beau être réactionnaire et catho, à partir du moment où un fils de bonne famille avait planté sa semence en terrain fécond, il pouvait compter sur la mansuétude des siens, même s'il prenait un peu trop de liberté avec le sixième commandement.

« Une dernière petite question, madame. »

Van In se frotta l'arête du nez et inspira.

« Lorsqu'à l'époque on vous a demandé si Lionel Desmidt avait des ennemis, vous avez répondu par un non catégorique. Depuis lors, s'est-il produit quelque chose qui pourrait vous avoir fait changer d'avis ?

— Qu'entendez-vous par là, commissaire ? »

Agnès Ottevaere s'était redressée dans son fauteuil. Ses yeux lançaient des flammes.

« Exactement ce que je dis, ni plus ni moins.

— Pourquoi aurais-je changé d'avis ?

— Les écrivains ne partent pas de zéro, madame, intervint Versavel. Croyez-moi. On n'invente pas une

1. Les mots en italique suivis d'un astérisque sont en français dans l'original.

histoire comme ça. Ils ont besoin d'un nœud autour duquel construire leur intrigue…

— Pour pouvoir mener ensuite leurs lecteurs jusqu'au dénouement, poursuivit Van In. Ce qui les intéresse, c'est de savoir qui a fait le coup. Je pourrais par exemple prendre comme point de départ qu'Alain de Bocarmé était jaloux de votre relation avec le curé et qu'il…

— … et qu'il en aurait profité pour tuer deux autres personnes, histoire peut-être de camoufler son premier crime ? Vous n'êtes pas sérieux, commissaire ! »

La pendule du salon continuait imperturbablement à égrener les secondes. C'était une véritable antiquité. Van In en estimait la valeur à dix mille euros au bas mot.

« C'est un cadeau de Lionel », dit Agnès Ottevaere en suivant le regard de Van In.

Elle en avait reçu beaucoup d'autres, mais elle n'avait pas envie de le dire aux deux hommes.

« Vous restez donc sur votre déclaration ?

— Bien sûr. »

Les gens qui disposent d'un minimum d'empathie sentent quand un entretien touche à sa fin. Agnès Ottevaere envoya plusieurs signaux, comme se balancer sur sa chaise et regarder au loin d'un air distant.

« Je vous enverrai mon manuscrit dès que je l'aurai terminé, dit Van In en lui serrant poliment la main dans le couloir.

— Je me réjouis de le lire ! » répondit-elle.

Lorsque la porte se fut refermée, elle resta comme pétrifiée pendant dix secondes dans le hall d'entrée. Puis elle retourna dans le salon à grandes enjambées, s'empara du combiné du téléphone et composa un numéro.

Le pare-brise de la Golf était blanc de givre. Versavel entreprit de le dégager à l'aide d'un racloir.

« Cette fois, c'est du sérieux, dit-il en s'installant dans la voiture.

— Espérons que les enturbannés ne vont pas nous enquiquiner », grommela Van In.

Les hivers rigoureux étaient devenus presque aussi rares que les étés caniculaires. La plupart des gens avaient oublié le temps où il fallait se saigner aux quatre veines pour se chauffer correctement. Van In, lui, se souvenait de l'hiver 1987 comme si c'était la veille : il avait été obligé d'emprunter pour payer sa facture de mazout.

« On annonce moins dix pour cette nuit, dit Versavel.

— La vie peut parfois être très belle. »

Versavel tourna la tête d'un quart de tour vers Van In.

« Là, j'ai du mal à te suivre, Pieter.

— Ce n'est pas grave. »

Hannelore était du genre frileux. La nuit, elle se pelotonnerait contre le commissaire et entortillerait ses jambes autour des siennes.

« J'allume la radio ? »

D'après le règlement, ils n'avaient pas le droit de l'éteindre, mais elle tapait sur les nerfs de Van In. Il détestait les crépitements et les craquements sonores, mais le pire, selon lui, c'était les voix métalliques des collègues.

« Si tu veux vraiment… »

Van In sortit une cigarette et observa le ciel gris annonciateur de neige. « Neige en novembre, patin en décembre », disait un proverbe qu'il trouvait complètement inepte. Mais il en allait des proverbes comme des horoscopes : on finissait toujours par y trouver un fond de vérité.

« On rentre au bercail ?

— Quelle heure est-il ?

— Onze heures moins le quart.

— Pile l'heure de l'apéro !

— Direction L'Estaminet ? »

Van In fit la moue.

« Qu'est-ce que tu dirais d'aller faire un tour à Ter Zaele ?

— À Ter Zaele ? !

— Le domaine qui fait la gloire du baron Alain van Zuylen de Bocarmé !

— Tu as bien fait tes devoirs.

— Oui, Guido, tous les soirs. Demande à qui tu sais. »

L'entretien avec le baron ne durerait pas plus de quelques heures. Il resterait suffisamment de temps au commissaire pour passer au Delhaize acheter un poulet élevé au sol, deux bouteilles de médoc et des chicons[1]. Désormais, ce n'était plus la femme qui tenait son homme par le ventre, mais l'inverse. Van In savait qu'un bon repas avait toujours l'effet souhaité sur Hannelore.

1. Des endives, bien entendu.

« Tu as l'adresse ?
— Qu'est-ce que tu crois ? ! »

Le domaine de Ter Zaele était situé dans une zone rurale entre Bruges et le village de Varsenare. Il s'agissait en réalité d'une grosse ferme avec des allures de villa. Sur les terrains attenant au jardin, on voyait paître et s'ébattre une quantité respectable de moutons et de poulets. Alain van Zuylen de Bocarmé ne connaissait rien à l'agriculture, mais il avait les moyens de s'offrir les services d'un fermier.

« Bonjour. »

Van In et Versavel trouvèrent le métayer du baron penché sur une tâche délicate entre toutes : il versait du purin de cheval dans les parterres de rosiers. L'homme ne se montra pas particulièrement enthousiaste lorsque les deux flics se présentèrent et demandèrent à parler au maître des lieux.

« Monsieur le baron ne veut être dérangé par personne aujourd'hui, répondit-il. Mais je peux lui transmettre un message si vous le voulez.

— Dites-lui que je peux lui envoyer un huissier s'il ne nous reçoit pas immédiatement. »

L'homme leur jeta un regard inquiet. Il n'avait pas intérêt à ce que les affaires de son patron viennent à tourner mal.

« Un moment, je vous prie. »

Il planta sa fourche dans le sol quasi gelé et s'éloigna vers la villa, la tête penchée en avant.

Van In le regarda en méditant avec gravité. Le purin de cheval a sur l'engrais de porc ou la bouse de vache la supériorité d'être un produit noble et recherché. Au lieu de devoir payer pour s'en débarrasser, les fermiers disposent là d'un fertilisant de premier choix pour leurs propres récoltes et peuvent toujours vendre leurs surplus aux champignonnières de la région.

« Le Moyen Âge n'est jamais loin, dit le commissaire en emboîtant le pas au métayer.

— Personnellement, je préfère la Renaissance », dit Versavel.

C'était comme donner une autorisation tacite au commissaire.

« Tu crains pour les résultats du test ? demanda Van In.

— Je crève de trouille, oui. »

Versavel avait investi dans une fermette aux environs de Zedelgem, un village à une douzaine de kilomètres de Bruges. Il comptait y couler des jours paisibles lorsqu'il aurait pris sa retraite. C'était le seul rêve qu'il s'était autorisé de toute sa vie. Et voilà que le navire risquait de faire naufrage alors que la côte était presque en vue…

Une femme au teint très pâle et aux cheveux gris tirés en arrière leur ouvrit la porte. Sa silhouette aurait rendu jalouses bien des anorexiques. Van In pensa qu'il était en présence de la donzelle que le baron avait déniaisée, mais il se trompait. La baronne était morte depuis un certain temps déjà.

« Monsieur le baron va bientôt vous recevoir », dit la gouvernante.

Elle précéda Van In et Versavel dans une pièce voûtée faisant office d'antichambre et garnie d'une table en chêne aux pieds tournés et de quatre chaises à l'assise en cuir. Une lumière verdâtre perçait à travers un vitrail.

« Je me demande quelle va être sa réaction, dit Van In lorsque la gouvernante se fut éclipsée.

— Qu'est-ce que tu ferais, toi, si un flic se mettait à fouiller ton passé ?

— Aucune idée.

— C'est ce que tu dis. »

Versavel se posta à la fenêtre et regarda à l'extérieur. La vue sur le verger l'emplit de nostalgie. Dans quelques mois, les vieux arbres ploieraient de nouveau sous les fruits. Il aurait aimé croire à la résurrection.

« Tout le monde sait que la plupart de ces types entretiennent une maîtresse. À en croire les généalogistes, cinquante pour cent des Flamands ont du sang bleu dans les veines ! »

Van In ne se laissait impressionner ni par les particules, ni par les noms à rallonge, et ce n'était pas la première fois qu'il développait ce point de vue devant Versavel, lequel n'y voyait aucune objection, sauf que le commissaire aurait pu la jouer un peu plus discrète. Mais avant qu'il ait pu objecter quoi que ce soit – il avait entendu des pas dans le couloir –, la porte s'ouvrit.

« En quoi puis-je vous être utile, messieurs ? »

Un petit homme aux joues rubicondes et aux cheveux en bataille se tenait devant eux. Il portait un pantalon en velours côtelé vert bouteille, une chemise en coton à petits carreaux, une veste de chasseur et des bottes en caoutchouc.

« Je voudrais parler à monsieur de Bocarmé, lâcha Van In, royal.

— Oui, c'est moi. »

Le petit homme leur adressa un large sourire et tendit la main à Van In. Versavel était prêt à parier un mois de salaire que le nobliau avait entendu la tirade de Van In depuis le couloir, mais qu'il n'en laissait rien paraître, par politesse.

« Je suis content que vous ayez pu vous libérer pour nous recevoir », laissa tomber Van In, narquois.

Il ne changera jamais ! se dit Versavel. *Mais pourquoi les gens acceptent-ils sans broncher ses pires entorses à la politesse, comme s'il était écrit sur son front : « Ne m'en veuillez pas, ce n'est pas ma faute si je suis comme ça » ?*

Ils suivirent le baron dans son bureau, une grande pièce aménagée avec goût dont la vue donnait elle aussi sur le verger. La plupart des volumes rangés dans la bibliothèque étaient ornés d'une reliure de cuir au lettrage d'or, et un feu de grosses bûches crépitait agréablement dans la cheminée.

« Asseyez-vous donc. Que puis-je vous offrir ? »

Van In repéra sur une table à rabats – une antiquité anglaise – plusieurs bouteilles des meilleurs alcools, une carafe à la belle robe rubis et des verres.

« Personne n'est jamais mort d'un verre de vin », dit-il en essayant de prendre un ton léger, mais incapable de cacher qu'il était un brin impressionné. Le pire, c'était qu'il savait pertinemment qu'à la première occasion, Versavel lui demanderait dans un murmure d'essayer de se montrer plus courtois. Pire encore, il lui ferait la leçon en lui disant qu'il y a des choses qu'il vaut mieux s'abstenir de dire devant certaines personnes.

Le baron remplit les verres.

« On ne sait jamais à quoi s'attendre quand on est reçu dans la haute, lança-t-il, pince-sans-rire.

— Ce n'est pas en m'empoisonnant que vous résoudrez votre problème », répondit Van In sur le même ton.

Versavel, qui prenait l'échange au premier degré, était rouge de honte. Il serait bien descendu dix pieds sous terre.

« Et selon vous, qu'est-ce que c'est, mon problème, commissaire ? demanda le baron. Aurais-je omis de payer une contravention dans le délai imparti ? Ou allez-vous m'accuser d'un crime ?

— Ce qui serait criminel de ma part, ce serait de ne pas goûter à votre vin », répondit Van In.

L'arôme en était si puissant qu'il était presque superflu de le goûter. Van In n'enviait pas leur statut aux barons et aux évêques, non, mais… leur cave !

« Je vois que monsieur est un connaisseur.

— En effet, ni les vins ni les femmes n'ont de secrets pour moi ! »

Le baron s'assit, posa ses mains sur ses cuisses et regarda Versavel qui tenait son verre de l'air de qui ne sait pas où le poser.

« Mon assistant ne boit pas », expliqua Van In.

En temps normal, il aurait ajouté : « Et il ne connaît rien aux femmes ! »

« Nous venons de rencontrer Mme Ottevaere, reprit-il. Au sujet d'une vieille affaire dont vous vous souvenez peut-être : le meurtre du père Desmidt.

— Pourquoi devrais-je me souvenir de cette affaire ? » dit le baron en fronçant les sourcils.

Traduite librement, la devise familiale signifiait : « Ne jamais admettre quelque chose qu'on serait amené à regretter par la suite. » Feu son père en avait illustré le sens profond à l'aide d'innombrables exemples.

« Vous avez le bonjour d'Agnès ! » dit Van In à brûle-pourpoint avant de goûter le vin – dans les règles de l'art, pour une fois.

Il fit tourner le breuvage dans son verre, en huma le parfum, aspira un peu d'air en prenant une première gorgée et la laissa évoluer dans sa bouche avant de l'avaler.

Alain de Bocarmé l'observait d'un air approbateur. D'après son père, la devise familiale pouvait aussi se comprendre ainsi : « Il faut toujours dire ce qu'on a sur le cœur. »

« Comment va-t-elle ?

— C'est une très belle femme.

— Je ne vous le fais pas dire. »

Certains acteurs se mettent des gouttes dans les yeux pour se donner le regard brillant. Le baron de Bocarmé n'en avait pas besoin. C'était un homme fougueux et passionné. Van In reprit une gorgée de vin. Le bon bordeaux, comme la musique, adoucit les mœurs. Van In était enclin à revoir son jugement sur la noblesse. Il se demandait presque quelle mouche le piquait de vouloir rouvrir une enquête vieille de vingt ans.

« Une dernière question, monsieur le baron, si vous n'y voyez pas d'inconvénient.

— À ma connaissance, personne n'est jamais mort en répondant à une question, commissaire. Encore un peu de vin ? »

Van In hocha la tête et vida son verre d'un trait. Karel Vanderhispaillie, le commissaire adjoint à la retraite qui avait mené l'enquête sur l'affaire du tarot, lui avait raconté qu'une voisine avait dit à l'époque qu'Agnès Ottevaere avait accouché à son domicile et que l'enfant avait disparu sans laisser de trace quelques jours plus tard, environ deux semaines avant l'assassinat du curé.

« Mme Ottevaere a-t-elle été enceinte de vous ? »

Suggérer à un baron qu'il a eu une maîtresse, d'accord. Mais en venir à parler de bâtards… Versavel sentit son cœur battre la chamade.

Van In avait posé sa question au moment où le baron servait le vin, à dessein. Mais Alain de Bocarmé demeura imperturbable. Il tendit son verre à Van In en le scrutant. Les étincelles passionnées avaient disparu. C'était de la gravité qu'on lisait maintenant dans son regard.

« C'est plutôt à elle qu'il faudrait le demander, commissaire. »

Versavel retint son souffle. Van In jouait avec le feu. Agnès Ottevaere n'avait à aucun moment laissé entendre qu'elle avait eu un enfant du baron. Il porta à ses lèvres le verre auquel il n'avait pas encore touché et le vida d'un trait.

Alain de Bocarmé fut vif à réagir :

« Vous avez viré de bord, inspecteur ? »

Versavel rougit jusqu'aux oreilles. Il était tellement stressé depuis qu'il avait fait son test sanguin qu'il se serait volontiers enfui dans les bois jusqu'au moment où tomberait le verdict. Le regard moqueur du baron était juste plus qu'il ne pouvait en supporter. Heureusement, Van In vola à son secours.

« Guido, tu veux bien aller à la voiture et entrer en contact avec madame le juge ? Dis-lui que j'aurai une petite heure de retard. À tout de suite. »

Versavel hocha la tête et disparut sans demander son reste.

« Le procureur est d'avis que nous devrions rouvrir le dossier du père Desmidt, dit le commissaire dès qu'il fut seul avec le baron. De nouveaux éléments ont été portés à notre connaissance et nécessitent un complément d'enquête.

— Je l'ignorais. »

« Moi aussi », eut envie de dire Van In, mais il ne pouvait pas revenir en arrière.

« J'ai des raisons fondées de penser qu'il existe bel et bien un lien entre les meurtres du curé, de Hautekiet et de Vollekindt.

— À l'époque, les enquêteurs avaient été incapables de le prouver », commenta le baron de Bocarmé.

Il n'avait pas terminé sa phrase que déjà il se rendait compte qu'il était tombé dans le piège que lui avait tendu le commissaire. Il venait d'admettre qu'il se souvenait très bien de cette affaire.

Van In hocha la tête, comme un instituteur satisfait qu'un élève lui ait enfin donné la réponse qu'il attendait, grâce à la subtilité de son mode d'interrogation.

« Ces trois meurtres ont été commis à une époque où nous ne disposions pas encore de la possibilité de faire des recherches ADN, ajouta-t-il. Je ne serais pas étonné que la réouverture de l'enquête permette d'identifier le coupable.

— Qui aurait pu imaginer cela ? » dit le baron.

Il se leva, marcha jusqu'à la table des boissons et se resservit un verre de vin. Pour Van In, ce fut comme la confirmation que l'homme avait quelque chose à se reprocher.

Van In lava les chicons, les coupa en deux dans le sens de la longueur et les jeta dans le beurre fondu. Le poulet était au four depuis un bon quart d'heure. Lorsqu'ils étaient remontés dans la voiture, après l'entretien avec le baron, Versavel avait à peine desserré les dents. Rien de plus normal, vu les circonstances. L'ambiance était restée au mode funèbre pendant tout le temps qu'ils s'étaient garés dans le parking du Delhaize, que Van In avait acheté son coucou de Malines et son vin, et cela avait continué ainsi jusqu'au moment où Versavel avait déposé le commissaire à l'entrée de l'impasse du Poisson-Gras.

En voulant arroser le coucou, Van In se brûla les doigts à la porte du four. Malin, aussi, de vouloir faire deux choses à la fois et de penser à son ami au lieu d'être tout au volatile.

« Et merde ! »

Il fit couler un gros jet d'eau froide sur ses doigts pendant de longues minutes. Il comprenait la douleur morale de Versavel, mais se trouvait subitement plus à plaindre. Un psychologue lui avait un jour dit entre deux pintes qu'il n'avait jamais développé un seuil d'empathie « adulte ». « Tu es fils unique, lui avait expliqué ce soi-disant ami. Et… pardon de te le dire, mais tu es un peu narcissique… »

Van In n'était plus jamais allé boire un verre avec cet abruti. Depuis lors, il ne pouvait pas voir un psy en peinture. Heureusement, Hannelore arriva au bon moment, sans quoi le coucou de Malines aurait pu rester encore longtemps dans le four, et la soirée aurait été fichue.

« Comment s'est passée ta journée ? »

Hannelore se pressa contre lui. Même emmitouflée dans son gros manteau et son col roulé, il sentit ses rondeurs.

« Je me suis occupé du dîner ! » dit-il lorsqu'ils eurent fini de s'embrasser.

« Alain, j'ai essayé de t'appeler hier, mais tu n'as pas décroché. »

Le baron reconnut aussitôt la voix féminine.

« Ne t'en fais pas, *ma colombe**, lui dit-il quand elle eut expliqué le motif de son appel. Tu n'as commis aucune erreur. *Tout le monde savait déjà qu'on s'est aimés**.

— Je suis tombée dans le panneau comme une gamine. Le commissaire m'a dit qu'il était en train d'écrire un livre sur Lionel. Je ne comprends pas comment j'ai pu croire une histoire pareille…

— Je pense que tu as bien fait de ne rien leur cacher. Il ne faut jamais mentir à la police. Parfois ils font semblant d'ignorer un élément pour vérifier si on leur dit la vérité.

— Alors tu ne m'en veux pas ?

— Est-ce que je t'en ai jamais voulu, Agnès ?

— Non, bien sûr.

— Je suis heureux de te l'entendre dire. »

Il y eut un silence.

« Il faut toujours dire ce qu'on a sur le cœur, reprit-il.

— J'ai envie de passer la nuit avec toi, Alain. »

Le baron avait beau avoir un certain âge désormais et souffrir de problèmes artériels, la seule pensée d'Agnès nue dans ses bras fit instantanément réagir son corps.

« Au relais de chasse, à huit heures.

— J'y serai. »

Alain van Zuylen de Bocarmé ferma les yeux.

« Tu voudras bien me tirer les cartes, *ma colombe** ?

— Avant ou après ?

— De préférence avant. »

Le baron l'embrassa dans le combiné avant de raccrocher. Il alla se servir un double whisky. Au début de leur relation, Agnès avait lu dans les cartes qu'il aurait trois enfants et qu'il survivrait à sa femme. Récemment, elle lui avait conseillé de liquider son portefeuille d'actions, et il avait bien fait de l'écouter, car il avait ainsi évité la faillite de justesse. Cela ne pouvait pas être dû au hasard, il y avait autre chose.

4

J'aurais pu m'épargner la peine de cuisiner, pensa Van In lorsque Hannelore éteignit le four d'autorité et décréta qu'il serait toujours bien temps de manger après, mais elle ne lui laissa même pas le loisir de rouspéter. Elle le tira dans l'escalier et lui sauta dessus dès qu'ils furent dans la chambre. Van In fit de son mieux, mais il dut déclarer forfait après une heure et demie. Il se tourna sur le côté, épuisé, et alluma une cigarette. Il avait de plus en plus souvent des pannes.

« Dis-moi, maintenant, comment s'est passée ta journée ?

— Tu viens de la rendre belle. »

Elle entreprit de jouer avec ses poils pubiens. Le cerveau de Van In envoya aussitôt un message à qui de droit, mais personne ne répondit présent à l'appel.

« Je pense que je suis en train de devenir impuissant.

— Je t'ai toujours dit que tu pensais trop.

— Ça m'a même donné la migraine.

— Tu veux que j'aille te chercher une aspirine ?

— Dis, ta pilule… tu as pris ta pilule ?

— Ma pilule ?

— C'est ça, rigole… Tu crois que je devrais prendre du Viagra ? C'était bien quand même ? »

Ne jamais porter de jugement sur les prestations de son partenaire, c'était une règle qu'Hannelore s'était donnée. Si elle disait que ça avait été fantastique, il risquait de se demander si elle se moquait de lui ; mais si elle ne disait rien, il y avait de fortes chances qu'il se sente encore plus mal.

« J'ai humé la bonne odeur de poulet depuis l'entrée de l'impasse. Il fallait que je te remercie tout de suite.

— C'est vrai ?

— C'est vrai. »

Hannelore retira sa main. Pour un homme de son âge, c'était plutôt un bon coup. Presque deux fois en une heure et demie… D'après les enquêtes, les ados ne faisaient pas beaucoup mieux. Si elle s'inquiétait pour la libido de quelqu'un, c'était pour la sienne. Trois mois plus tôt, ils auraient commencé par manger, puis ils auraient regardé la télé, et ils se seraient peut-être offert une petite partie de jambes en l'air si Pieter le lui avait demandé. C'était peut-être à cause de son âge. Elle avait lu dans un magazine féminin que vers trente-cinq ans, les femmes… Non, elle n'y croyait pas. Il devait y avoir un autre élément qui expliquait pourquoi elle n'avait pu s'empêcher de lui sauter dessus.

Lorsqu'elle se leva pour la salle de bains, Van In eut envie de la retenir ou de la suivre. Au lieu de tenter l'impossible, il se contenta de dire :

« C'est bon aussi, du poulet froid. »

Dominique Candries était une jeune et jolie blonde, en tout cas à la lumière artificielle. Au naturel, c'était une femme de trente-huit ans qui se colorait les cheveux et qui plaisait surtout aux hommes pas trop regardants. Elle vivait la nuit, ce qui avait ses avantages. Elle attirait des gars solitaires qui avaient bu plus que de raison. Elle se fichait pas mal de leur réaction quand ils se réveillaient à ses côtés et qu'ils la voyaient au grand jour. Elle leur donnait un café et les gratifiait d'un baiser. Et soir après soir la chasse à l'homme recommençait. Elle avait ses méthodes. Elle ne s'habillait pas d'une manière trop voyante, mais elle ne portait jamais de soutif, et cela se remarquait, même sous un pull. Elle avait une façon particulièrement sensuelle de danser. Ce soir-là, elle n'avait même pas dû faire usage de ses charmes. C'est Jürgen Mus qui l'avait appelée ; elle avait tout de suite accepté son rendez-vous dans un bar.

« Tu es resté beau gosse, même après toutes ces années, avait-elle dit en riant aux éclats, les yeux brillants. On va boire un dernier verre ?

— Comme au bon vieux temps ?

— Oui, répondit-elle. Comme au bon vieux temps. »

Le patron du bar fit l'addition. Il était minuit dix et il restait deux clients dans la salle. Heureusement, c'étaient des étrangers. Les habitués, il les laissait terminer leur consommation à leur aise, mais il n'allait pas écourter sa nuit pour des touristes qu'il ne reverrait jamais. Sans mettre de gants, il leur dit qu'il fermait. Comme ces imbéciles ne comprenaient pas, il remua son trousseau de clés sous leur nez.

Il y a dans toutes les grandes villes de ces lieux désolés qu'on évite comme la peste même en plein jour. Le quai au Charbon, situé entre le pont de Scheepsdaal et la rue du Fer, correspond parfaitement à la description, à ceci près qu'il se trouve en plein Bruges, le long d'un canal. Par un hasard étonnant, le corps sans vie de Dominique Candries y fut découvert le lendemain matin, sur le coup de huit heures et quart.

« Un jeune couple », fut la réponse de Versavel quand Van In lui demanda qui avait appelé les secours.

Le garçon, un échalas d'environ dix-sept ans aux cheveux noirs coupés court et aux yeux presque fiévreux, était entendu dans une des trois voitures de la police. La fille, du type androgyne – elle portait un long manteau gris et un feutre qui lui mangeait le visage –, fumait une cigarette, assise sur une caisse à claire-voie.

« Qu'est-ce qu'ils fichaient là ?

— Aucune idée », répondit Versavel.

Van In hocha la tête. En plus des flics, les pompiers étaient aussi descendus sur place. Cela faisait suffisamment de monde pour prendre les déclarations des témoins. Un peu à l'écart, une petite tente protégeait la victime des regards indiscrets et des photos des journalistes.

« Inspecteur en chef Decoussemaecker ! s'exclama Van In un rien surpris lorsqu'il découvrit son tout nouveau collègue sous la tente. Ça, c'est rapide !

— Je suis venu dès que j'ai entendu la nouvelle sur la radio !

— Avec la voiture-balai.

— Que voulez-vous dire ?

— Le commissaire fait de l'humour », intervint Versavel, en complétant *in petto* : « … vaseux », car il avait compris que le commissaire voulait juste faire comprendre subliminalement à son interlocuteur qu'il aurait préféré le savoir dans un placard à balais.

Decoussemaecker se mordit la lèvre inférieure.

« Elle été tuée à bout portant, dit-il quand Van In souleva le drap. Une balle dans la tête et sans doute deux dans la poitrine.

— Merci, Decoussemaecker. Je ne suis pas aveugle. »

Van In était mal à l'aise. Dominique Candries avait été assassinée de la même manière que le colonel, le curé et l'échevin communal vingt ans auparavant, quelques jours après la réouverture de l'enquête. Soit c'était un hasard, soit l'assassin était là, tout près, à surveiller ses faits et gestes. Van In redressa le col de sa veste et quitta la tente. Un vent glacé lui fouetta le visage. Le commissaire serra instinctivement les dents. Lorsque l'officier de garde l'avait tiré du lit, trois quarts d'heure plus tôt, il avait immédiatement appelé Zlotkrychbrto pour qu'il examine illico la victime. Plus l'heure de la mort pourrait être déterminée avec précision, plus il serait facile de reconstituer ses derniers faits et gestes.

À vue de nez, Dominique Candries devait avoir passé l'arme à gauche depuis quelques heures seulement. Elle avait peut-être été aperçue dans un café. Or, en semaine, la plupart fermaient sur le coup de minuit… Dès lors, si Zlot arrivait à la conclusion que la victime avait été abattue à trois heures du matin, la liste des établissements à visiter serait très courte.

La voiture du légiste n'ayant pas voulu démarrer, Hannelore était partie le chercher dare-dare à Blankenberge. En pestant contre le temps précieux ainsi perdu, Van In alluma une cigarette et suivit la manœuvre d'un bateau qui avançait prudemment en fendant la mince couche de glace sur le canal. En fait, ce meurtre était un cadeau des dieux, à condition qu'il puisse établir que le meurtrier était le même que celui qui avait frappé à trois reprises vingt ans auparavant. Cela signifiait aussi qu'il savait que l'enquête avait été rouverte, ce qui ne pouvait s'expliquer que s'il était en contact avec une personne qui venait d'être réinterrogée dans le cadre de l'affaire du tarot : la veuve Vollekindt, Agnès Ottevaere, ou Alain de Bocarmé lui-même.

« Salut, Van In. »

Dans la bouche de Klaas Vermeulen, le chef du labo technique, l'apostrophe était on ne peut plus familière, voire carrément vulgaire.

« Encore une pute, je suppose ? »

Van In pivota, tira sur sa cigarette et souffla la fumée au visage de Vermeulen, selon une technique bien connue des apiculteurs.

« Vous la connaissiez, Vermeulen ?

— Ce n'est pas nécessaire. Il suffit de voir comment elle est attifée. »

Van In faillit rétorquer par un commentaire sur les vêtements du chef du labo technique, mais il s'en abstint, car il savait que c'était sa femme qui l'habillait et que la pauvre était fâchée avec les couleurs.

« Et alors… ? » se contenta-t-il de répondre.

Vermeulen fit un rictus, coinça ses mains sous ses aisselles et retourna sous la tente. Il ne voulait rater l'autopsie à aucun prix.

« J'arrive ! dit Hannelore d'une voix embarrassée lorsque Zlotkrychbrto lui demanda si elle souhaitait assister à l'examen.

— Je dois juste prendre la température rectale, dit-il, une main sur la poignée intérieure de la portière.

— Je sais, Zlot.

— *Gut.* »

En Pologne, il ne s'était jamais gêné pour lancer à la cantonade une plaisanterie un peu lourde quand une de ses étudiantes détournait la tête en pleine autopsie. D'accord, ce n'était pas joli-joli, mais il devait leur apprendre à ouvrir un corps, à ces jeunots ! Si ça les dégoûtait, ils n'avaient qu'à s'intéresser à une autre discipline ! De la même manière, il ne comprenait pas pourquoi les juges d'instruction s'arrogeaient le droit de faire des manières. Comment mener correctement une enquête si on n'a pas vu le macchabée ?

« Il est temps que tu t'achètes une nouvelle voiture, Zlot. »

Van In serra la main du légiste. Il l'aimait bien, ce géant arrivé un an plus tôt de Pologne avec toute sa famille. Ce n'était pas le genre à faire des chichis. Au contraire, il n'avait pas sa langue dans sa poche, et il ne trouvait pas dégradant d'aller descendre une ou deux Duvel après le travail avec Van In. Sans compter qu'il avait toujours le mot pour rire.

« Je suis très content de ma Mercedes, mon ami.

— Écoute, mon pote ! Une Mercedes… il y a vingt ans, d'accord ! Mais maintenant, c'est démodé ! Achète-toi une vraie voiture !

— Tu as cinq enfants étudiants, comme moi ?

— Ne te plains pas, c'est toi qui les as faits !

— J'espère bien. »

Ils entrèrent dans la tente, où les attendait impatiemment Vermeulen, armé de son appareil photo. Van In laissa Zlot passer devant lui.

« On se voit tout à l'heure !

— Tu ne viens pas ? !

— Tu feras bien ça tout seul comme un grand, non ?

— Petite nature !

— Petit zizi ! »

En quelques mois, Zlotkrychbrto avait fait d'énormes progrès en néerlandais, mais il y avait encore des mots qu'il ne connaissait pas.

« Je te parle de ton nez ! expliqua Van In.

— Moi ? J'ai un petit nez ?

— Non, pas plus que je ne suis une petite nature. »

Mais Zlotkrychbrto avait raison. Van In non plus n'aimait pas voir un cadavre de près. Cela lui flanquait la trouille. Il rebroussa chemin et rejoignit Hannelore, qui faisait les cent pas un peu plus loin. *Que ferais-je sans elle ?* se dit-il en approchant.

« Tu es un amour, dit-elle quand il l'entoura de ses bras et l'attira à lui.

— Je sais. »

Ils éclatèrent de rire.

« Qu'est-ce qu'on fait, maintenant ? demanda Hannelore.

— Je ne sais pas à quoi tu penses, mais si tu veux plus qu'un bisou, il faudra attendre un peu que je récupère.

— Abruti ! »

Quelqu'un se racla discrètement la gorge derrière eux. Van In se retourna. C'était Versavel. Il avait la mine particulièrement grave.

« Ils ont trouvé quelque chose ?

— Je me demande si tu n'as pas ouvert la boîte de Pandore, Pieter.

— La boîte de qui ? »

Hannelore ne put s'empêcher de sourire. Van In avait une énorme culture générale, mais il aimait jouer à prétendre le contraire. Versavel tomba dans le piège.

« Pandore, tu sais, cette femme de la mythologie grecque tombée en disgrâce qui a épousé le frère de Prométhée.

— Ça me dit vaguement quelque chose. Et comment s'appelait-il, celui-là ?

— Épiméthée, répondit Versavel, qui ne se doutait toujours de rien.

— Et c'est lui qui avait la boîte ? »

Versavel tint à raconter toute l'histoire.

«… La boîte contenait tous les maux de l'humanité : la maladie, la vieillesse, la guerre, la folie, la misère, la passion… Pandore n'a pas su résister à la curiosité que lui avait donnée Héra. Elle l'a ouverte, avec toutes les conséquences que l'on connaît…

— C'est une belle histoire, mais quel rapport avec moi ?

— Regarde, dit Versavel en tendant un morceau de carton au commissaire.

— Une carte de tarot.

— Exact.

— Je ne vois toujours pas le lien entre Pandore et moi !

— Tu t'es peut-être montré un peu trop curieux en rouvrant cette enquête ?

— Bordel !

— Ce n'est pas en jurant que tu vas avancer, intervint Hannelore. Il y a comme une urgence. Si le meurtrier suit le même *modus operandi* qu'il y a vingt ans, nous aurons deux nouveaux morts sur les bras dans moins d'une semaine.

— C'est bien ce que je dis : bordel !

— Il y a comme une urgence, répéta Hannelore en pêchant son mobile dans son sac.

— Qu'est-ce que tu vas faire ?

— J'appelle Beekman.

— Qu'est-ce qu'il peut faire de plus que moi ?

— Il peut me charger de l'enquête, Pieter ! »

Et c'est reparti ! se dit Van In. Il n'avait vraiment pas besoin d'Hannelore dans les pattes.

« Ils ont trouvé autre chose ?

— Oui, répondit Versavel. Elle avait ses clés et sa carte d'identité sur elle.

— Alors, on fonce chez elle ! »

De son vivant, Dominique Candries louait une petite maison défraîchie de Oost-Gistelhof à un boucher à la retraite des environs. Lorsque Van In tourna la clé dans la serrure et qu'il ouvrit la porte avec précaution, il entendit un bruit suspect dans le couloir. Sans lui laisser le temps de dire ouf, quelque chose de noir se précipita dans l'entrebâillement, frôla ses jambes et s'échappa.

« Un chat noir ! s'exclama Hannelore en riant. Ça porte malheur !

— On nage en pleine magie noire ! dit Van In, qui venait de se payer la peur de sa vie. Qu'est-ce que ce sera, après ça ?

— Du sang de rat et des ventres de crapaud ? » suggéra Versavel en échangeant un regard avec Hannelore.

Ils savaient tous les deux que Van In était un brin superstitieux, mais qu'il aurait préféré mourir plutôt que de l'admettre. Il avait un jour accompagné sa mère chez une diseuse de bonne aventure, une femme corpulente qui avait de la moustache et des seins énormes. Lorsqu'elle l'avait embrassé à la fin de la séance, il avait failli succomber, écrasé sous les montagnes de graisse palpitante. Au cours de son adolescence, il avait réussi à surmonter sa peur des grosses poitrines, mais il n'avait jamais oublié les prédictions de la sibylle, pour la simple et bonne raison qu'elles s'étaient toutes vérifiées : sa mère était morte jeune d'une maladie incurable, son père était devenu fou et lui avait échoué à la police.

« Je ne vois que des crottes de lapin », dit Van In.

Le carrelage du couloir de l'entrée avait depuis longtemps perdu sa blancheur initiale, de sorte qu'il fallait y regarder à deux fois avant de discerner quoi que ce soit, mais la puanteur ne laissait aucun doute sur la question.

« Qu'est-ce qui peut bien pousser les gens à transformer leur maison en animalerie ? »

Ils trouvèrent deux lapins pygmées dans le salon. À voir les dégâts qu'ils avaient occasionnés autour d'eux, ils étaient là depuis un certain temps : meubles rongés, tapis mâchouillés jusqu'à la trame, et papier peint, apparemment neuf, gratté jusqu'à une certaine hauteur. La cuisine, pourvue de tout le confort moderne, disparaissait sous une couche de crasse ahurissante.

« Des études scientifiques ont montré que les gens qui vivent avec des animaux de compagnie ont une plus grande espérance de vie que…

— … sauf s'ils se font assassiner. »

Van In observait les ravages causés par les animaux en secouant la tête. Il n'en revenait pas. Pourquoi prend-on un animal de compagnie ? Parce qu'on manque de contact avec d'autres êtres humains. Et parce qu'ils ne protestent pas quand on les maltraite. Les chiens, par exemple, lèchent avidement la main qui les bat.

« On ferait mieux d'appeler le labo technique, dit Hannelore en voyant Van In ouvrir le tiroir supérieur d'une antique commode.

— Pourquoi on ferait ça ?

— Parce que c'est la procédure, Pieter.

— Si on suit la procédure, on n'y arrivera jamais. Vermeulen mettra une éternité à finaliser son rapport. Je te rappelle que nous n'avons même pas une semaine devant nous si nous voulons éviter d'autres meurtres. C'est toi-même qui l'as dit. »

Hannelore s'agenouilla pour prendre un lapin dans ses bras. Van In avait raison. Entre respecter la procédure et avancer, il fallait choisir.

« Si je te couvre, ça va être la guerre.

— Heureusement, l'inverse n'est pas vrai.

— Quand donc cesseras-tu de faire des blagues à la con ? »

La recherche d'indices était du ressort exclusif de la police fédérale. Si Van In réussissait à trouver le criminel en jouant cavalier seul, les avocats auraient beau jeu de brandir l'argument d'un vice de procédure, et le procès échouerait plus que vraisemblablement en cassation. Autrement dit, ils auraient travaillé pour rien.

Van In referma le tiroir et alluma une cigarette. Dans les bras d'Hannelore, le lapin pygmée se mit à gigoter. Elle le libéra. Il fila sans demander son reste sous une armoire. Pendant ses études de droit, Hannelore avait appris ce paradoxe : la loi est inviolable, mais qui dit droit ne dit pas forcément justice. En langage de tous les jours, cela voulait dire que les magistrats ne devaient pas déroger aux règles qui leur étaient prescrites, même quand elles ne leur plaisaient pas.

« On peut aussi s'arranger pour que ça ne se sache pas », dit Versavel.

Dans sa jeunesse, il lui était arrivé de se contenter de gifler un chenapan pour le rappeler à la raison ou de régler un petit larcin à l'amiable plutôt que de sortir toute la paperasserie…

« On ne peut pas faire ça, Guido.

— Pourquoi ?

— Parce que.

— Bon ! Tu appelles Vermeulen ou je lui envoie un fax ? »

Hannelore fronça les sourcils.

« Tu as une demi-heure, pas une minute de plus.

— J'ai besoin d'au moins une heure.

— Le chrono a déjà commencé à tourner, Pieter. »

Van In commença par la chambre, pour la simple et bonne raison que c'est en général là que les gens cachent ce qu'ils ont à cacher. En pile au pied du lit, des slips sales et des boîtes à pizza vides. Cela puait le moisi et le musc.

« Fouille la garde-robe, Guido ! Je m'occupe de la coiffeuse et de la commode. »

Les meubles dataient des années cinquante. Un héritage, à moins que Dominique Candries ne les ait reçus de l'Aide sociale, ce que Van In considérait encore comme le plus probable, car rien n'était assorti avec rien. Un détail sans importance ? Peut-être, mais l'expérience avait appris à Van In que la moindre petite observation de ce type pouvait se révéler utile au final. Cela l'aidait en tout cas à se forger une image de la victime et de ce qui avait été sa vie.

« Elle payait combien de loyer, à ton avis ? »

Versavel pivota sur lui-même et jeta un regard étonné au commissaire. Le temps pressait, ce n'était vraiment pas le moment de s'occuper de futilités pareilles.

« Quatre cent cinquante, cinq cents euros, peut-être. Pourquoi ? »

Van In sortit une pile de modes d'emploi du tiroir supérieur de la commode et les jeta sur le lit.

« Téléviseur à écran plat, lecteur de DVD, aspirateur, tours stéréo, micro-ondes, grille-pain… Tous achetés il y a huit mois ! Tu les as vus quelque part ?

— Désolé, Pieter, mais je ne te suis pas.

— Je crois que Dominique Candries a reçu récemment la visite d'un huissier.

— Tu veux que je vérifie ? »

Van In fit oui de la tête et alluma une cigarette. À part les modes d'emploi et quelques serviettes de bain, la commode était vide. Il n'y avait rien non plus dans la coiffeuse.

« Et elle devait avoir besoin de fringues chères, dit Versavel.

— Oui, répondit Van In en poussant un soupir. Et un huissier n'a pas le droit de les lui prendre. »

Il fouilla dans la pile de linge et y pêcha un soutien-gorge La Perla. Il en connaissait le prix, car il en avait un jour offert un à Hannelore.

« Il vous reste un quart d'heure. »

Van In se retourna.

« Exactement ta taille ! Il y a même le slip qui va avec ! »

Versavel retint son souffle.

« Abruti !

— C'est une perquisition, ma chérie.

— Justement, non. »

Van In lança le soutien-gorge et le slip sur la pile où il les avait trouvés et essaya de faire l'ingénu.

« Laisse-nous terminer le travail. Tu me passeras un savon après, d'accord ? »

Il le dit d'une façon si comique qu'elle se contenta de hausser les épaules. *Trente-cinq ans, c'est un bel âge*, se dit Van In en l'entendant descendre l'escalier. Versavel se mit à chantonner une aria connue. Pour une fois, les deux hommes étaient au diapason.

Le salon était meublé d'un dressoir moderne, d'un canapé, d'une très vieille table de café dont les pieds avaient été sciés pour la transformer en table de salon et d'un lampadaire avec un abat-jour en imitation parchemin. Deux romans policiers flamands étaient posés sur le dressoir, l'un de Luc Deflo, l'autre de Patrick De Bruyn[1]. Tous les deux portaient un autocollant et un logo à tête de mort.

« Ils viennent de la Bibliothèque publique de Bruges », dit Van In.

Il ouvrit une porte du dressoir. Sur la planche supérieure, une boîte en carton déchirée contenant des verres à vin. Il en restait quatre. Le commissaire ouvrit les autres portes. Rien. *Encore une armoire vide*, se dit-il.

« Les verres manquants sont dans le lave-vaisselle, cria Versavel depuis la cuisine.

— Ils sont propres ?

— Je n'ai pas l'impression.

— Tu peux appeler Vermeulen, ma chérie. On a fini. »

« J'en ai déjà connu, des affaires, pérorait Van In. Mais c'est des comme celle-ci que j'aime. »

Il avait déjà éclusé deux Duvel, mais Versavel et Hannelore savaient tous les deux que la raison de son euphorie n'était pas à chercher là.

« Un jour tu vas te mettre à écrire des pièces de théâtre ! commenta Versavel.

— Être flic ou ne pas être ! »

Hannelore s'était installée contre le poêle et avait troqué son vin blanc habituel contre un cognac. Elle avait bien besoin de cette double source de chaleur

1. Auteurs publiés dans la même maison d'édition flamande que Pieter Aspe.

pour oublier le froid mordant qu'elle avait dû supporter toutes les heures qui avaient précédé.

« Non, répondit Van In. *Qu'y a-t-il dans un nom ? Ce que nous appelons juge d'instruction avec un autre nom sentirait aussi bon.*

— Arrête de faire ton Shakespeare !

— Sur la piste d'un nouveau dangereux criminel, commissaire ? »

Johan, le patron de L'Estaminet, servait la nouvelle commande en souriant, tandis que Van In, encouragé par les applaudissements d'un couple assis près de la fenêtre, se levait de sa chaise et se lançait dans une tirade sur le destin tragique de l'homme, la cruauté des Parques et le salut de l'âme. Versavel en rit aux larmes et Hannelore renoua avec un romantisme qu'elle croyait perdu depuis longtemps.

« Je ne savais pas que tu étais capable d'une telle tirade ! dit-elle à Van In lorsqu'il se rassit. Quelle culture !

— C'est parce que je suis la réincarnation de Francis Bacon.

— L'auteur des pièces de Shakespeare ?

— En personne. »

On sait que le repas qui suit un enterrement se termine généralement dans les éclats de rire, et qu'on s'y amuse souvent beaucoup plus qu'à un mariage. Les psychologues expliquent le phénomène en disant qu'il est une conséquence directe du travail du deuil. Il n'est pas très difficile de boucler une licence en psychologie, heureusement, car il suffit d'un brin d'expérience pour comprendre comment fonctionne l'être humain. Si Van In se donnait ainsi en spectacle, il savait très bien que c'était parce qu'il était sous le choc du meurtre de Dominique Candries. C'était sa façon à lui de dire qu'il ne prendrait pas de repos tant qu'il n'aurait pas coffré son assassin.

« Peut-être qu'elle ne vivait pas là, dit Hannelore alors que Johan approchait de leur table pour prendre la quatrième commande.

— Deux Duvel et un Perrier, dit Van In en voyant le petit non de la tête que lui adressait sa compagne.

— J'étais en train de me faire la même réflexion. »

Dans le frigo de Dominique Candries, ils avaient trouvé un pot de yaourt périmé depuis trois mois. Et il y avait dans un placard de la cuisine un paquet de céréales pour le petit déjeuner qui auraient germé si elles n'avaient été traitées chimiquement.

« Elle s'occupait bien de ses animaux, objecta Versavel.

— C'est bien ce qui me turlupine. »

Ils n'avaient trouvé nulle part de boîtes d'aliments pour chat. Les lapins pygmées se contentaient peut-être de ronger les meubles et les tapis, mais si personne ne leur avait donné d'eau de temps en temps, ils seraient morts de soif.

« Conclusion ? »

Hannelore but une gorgée de Perrier et rinça le goût de cognac qu'elle avait dans la bouche.

« Elle venait s'occuper régulièrement des animaux et elle emportait ses déchets.

— Et l'enquête de voisinage ?

— J'ai mis Decoussemaecker sur le coup, dit Versavel. Il a promis de m'appeler dès qu'il aurait quelque chose.

— Ça se passe bien avec lui ?

— Qu'est-ce que tu veux que je te dise ? »

Versavel avait des idées bien arrêtées sur les gens, mais il les énonçait rarement. Ce n'était pourtant un secret pour personne qu'il avait du mal à supporter Bruynooghe et que…

« Merde !

— Quoi encore ? demanda Hannelore.

— Je viens de me souvenir que Bruynooghe passait sur le billard demain, dit Van In. Opération de la prostate », précisa-t-il en faisant la grimace.

« Vous devriez avoir honte, Pieter Van In. »

Au magasin de l'hôpital, Pieter avait choisi au petit bonheur cinq albums de *Fanny et C*^ie^[1], une série flamande à succès, et avait demandé à la caissière de lui faire un emballage cadeau.

« Pourquoi ? Je connais Robert. Il adore la bédé. »

Hannelore serra les dents et regarda droit devant elle. Les Témoins de Jéhovah avaient raison : la fin du monde était proche.

« Qu'est-ce que tu aurais voulu que je lui achète ? Du pinard ? »

Hannelore accéléra le pas. Van In avait du mal à rester à sa hauteur.

« Tu sais ce qu'il m'aurait dit si je lui avais apporté des fleurs ou des bonbons ? »

---

1. Titre original : *De Kikeboes*, série de 130 albums de Merho publiée aux éditions Standaard jusqu'en 2010, dont seuls deux titres ont été traduits en français.

Elle appela l'ascenseur et tourna le dos à Van In. Un chirurgien en blouse verte passa près d'eux et tourna la tête pour la regarder, ce qui n'échappa pas au commissaire.

« Tu peux toujours m'échanger contre un intello ou un scientifique ! » clama-t-il.

Ils montèrent dans l'ascenseur. Van In se serra contre Hannelore et lui pinça discrètement les fesses. Elle fit semblant de rien, mais Versavel se tourna de l'autre côté. On ne savait jamais à quoi s'attendre, avec ces deux-là. Ce ne serait pas la première fois qu'ils se jetteraient l'un sur l'autre pour s'embrasser à pleine bouche au beau milieu d'une dispute.

Robert Bruynooghe n'était pas à son avantage, sans doute à cause de la perfusion et de la blouse d'opération. Mais son humour était intact. Quand Van In lui serra la main, il lança une vanne d'un goût douteux sur la raison de sa présence sur ce lit d'hôpital, et il fut aux anges quand Hannelore l'embrassa sur la joue :

« Si j'avais su ça, je me serais fait opérer plus tôt !

— Ça va aller ? demanda Van In, qui aurait été terrorisé à l'idée qu'un médecin joue du bistouri avec ce qui faisait sa virilité.

— Vous inquiétez pas, commissaire ! Le toubib a dit que c'était une intervention de routine ! »

Heureux les simples d'esprit, se dit Van In.

« On venait te redonner du cœur au ventre. On espère bien te revoir bientôt parmi nous ! » proféra-t-il d'une voix faussement gaillarde.

Hannelore échangea un regard avec Versavel. Van In se voulait rassurant, mais c'était tout le contraire.

« Désolée d'arriver si tard, intervint-elle. On a eu tous les trois une journée bien remplie.

— Allez, dites-le que je vous ai manqué ! »

Van In offrit son cadeau, s'assit sur le bord du lit et entreprit de raconter les derniers événements pendant que l'inspecteur se battait avec l'emballage.

« Et vous voilà avec Decoussemaecker sur le dos !

— Tu le connais ?

— Et comment, que je le connais ! Est-ce que vous savez, commissaire… »

Sur le parking de l'hôpital Saint-Jean, il soufflait un vent glacial. Le ciel était d'un noir d'encre et constellé d'étoiles.

« J'ignorais que Decoussemaecker et Bruynooghe avaient patrouillé ensemble ! » dit Van In.

Il laissa Hannelore entrer la première dans la voiture. Elle claquait des dents tellement fort que ça s'entendait presque.

« Règle le chauffage au maximum », demanda-t-il à Versavel dès que celui-ci eut mis le contact.

Decoussemaecker et Bruynooghe avaient fait mieux : ils avaient aussi établi les premières constatations dans l'affaire Hautekiet.

« Étrange que Decoussemaecker n'en ait pas parlé.

— Ouais, dit Van In. » Il se tourna vers la banquette arrière. « Ça va, chérie ?

— Je crois que j'ai attrapé la grippe.

— Pieter va bien te soigner, intervint Versavel. Et si ça ne suffit pas, demain matin, je t'apporte le petit déj au lit ! »

Marc Decoussemaecker se déshabilla, ouvrit la fenêtre et s'assit en position du lotus sur le sol glacé. Dans un quart d'heure, ses articulations se contracteraient tellement fort que son cerveau libérerait des endorphines qui le propulseraient dans un autre état de conscience, dans un autre monde. Il ferma les yeux et attendit patiemment. Mais, au lieu d'entrer en lévitation, son esprit fut assailli d'images d'un passé lointain. Il eut de nouveau en bouche le goût douçeâtre de la viande qui l'avait fait vomir et courut aux toilettes.

5

« Si tu étais hétéro, tu séduirais un nombre incroyable de femmes », dit Van In en refermant la porte d'entrée derrière lui.

Versavel boutonna sa veste et roula des épaules pour ajuster son pull. Le regard reconnaissant d'Hannelore lui avait fait du bien, et il sentait encore la brûlure de son baiser fiévreux sur sa joue.

« Tu as une étrange vision des femmes, dit-il un peu brusquement. Qui irait se mettre des idées dans la tête pour un petit déj au lit ?

— Ce n'est pas ce que je veux dire.

— Qu'est-ce que tu veux dire, alors ?

— Tu viens de faire un plaisir fou à Hannelore et elle ne l'oubliera pas de sitôt.

— Il faut surtout qu'elle prenne quelques jours de repos.

— Si tu lui offres une deuxième boîte de caviar demain matin, je peux t'assurer qu'elle va s'arranger pour rester au lit toute la semaine ! »

Ils pénétrèrent dans la rue des Monnaies.

« Je fais ce que je veux de mon argent, Pieter.

— Ouais. »

Versavel savait qu'il allait recevoir très bientôt les résultats de son test du VIH. Il faisait comme s'il connaissait déjà le verdict. Les deux hommes avaient abondamment parlé de la question. Van In avait invoqué tous les arguments possibles et imaginables pour rendre confiance à son ami, mais, manifestement, cela n'avait servi à rien. Versavel continuait à se comporter comme s'il était condamné à une mort prochaine. Cela n'avait aucun sens de lui répéter une dix millième fois que la séropositivité n'avait plus le même sens que dans les années quatre-vingt.

« Il faut que tu arrêtes de te sentir coupable, Guido. Tomber malade, ce n'est pas une punition pour une faute qu'on aurait commise dans le passé ! »

Van In alluma une cigarette. Il se mit aussitôt à tousser.

« Tu veux que je t'apporte le petit déj à toi aussi demain matin ?

— Seulement si tu choisis une boîte de caviar un peu plus grande.

— Merci, Pieter.

— Merci pour quoi ?

— Pour ton soutien et pour ton amitié.

— Arrête, tu vas me faire chialer !

— Ça serait quelque chose, ça !

— Rassure-toi, je ne vais pas te faire ce plaisir ! »

Van In ouvrit la vitre et jeta sa demi-cigarette dans le caniveau.

« Satanée fumée ! »

Le commissaire s'essuya les yeux avec le dos de sa manche. La vie ne vaut rien quand on n'est pas aimé.

Il n'imaginait pas la sienne sans Hannelore et, oui, sans Versavel.

Le commissaire en chef De Kee repoussa le rapport que Marc Decoussemaecker lui avait rendu cinq minutes plus tôt et secoua la tête.

« Je crains fort que vous m'ayez mal compris, inspecteur en chef. Ce que vous écrivez ici n'a aucune valeur.

— Et pourtant, c'est la vérité, monsieur le commissaire en chef. »

De Kee se leva, marcha jusqu'à la fenêtre, ôta ses lunettes et se frotta les yeux.

« Mais qui vous demande la vérité, Decoussemaecker ? »

De Kee se trouvait dans une situation délicate. À l'époque, il avait réussi à faire disparaître plusieurs pièces officielles, à la demande de l'évêque de Bruges, en échange d'une somme rondelette et d'une promesse de promotion. Mais il était inquiet de voir Van In rouvrir l'enquête vingt ans plus tard, car il savait que ce dernier ne se laisserait arrêter par rien ni personne. Vu sa réputation, il avait même toutes les chances de trouver le coupable. C'était de cela qu'il était question, et de rien d'autre. Si De Kee parvenait à coincer Van In pour écart de conduite avant qu'il fasse éclater la vérité au grand jour, il aurait un argument pour lui retirer l'enquête.

« Je suis désolé, monsieur le commissaire en chef.

— Vous êtes désolé. »

De Kee se retourna. Il portait le masque qui lui avait valu le surnom de Duce. Il rejeta la tête en arrière et fusilla son subalterne du regard.

« Henricus, Ferdinand. Ça vous dit quelque chose ? »

Marc Decoussemaecker ferma les yeux. Son père avait collaboré avec les Allemands pendant la Seconde Guerre mondiale, mais il n'avait jamais été poursuivi pour haute trahison. Peu après la Libération, son dossier avait abouti chez un Brugeois influent qui les avait protégés, lui et sa famille.

« Je vais rédiger un nouveau rapport, monsieur le commissaire en chef. »

De Kee renifla bruyamment et rechaussa ses lunettes.

« Je vous attends dans une heure, inspecteur en chef Decoussemaecker. »

« Je prépare du café ?

— Il reste du genièvre ?

— Je crois, oui.

— Bien. »

Versavel se rendit dans la cuisine. Un rayon de soleil qui tombait en oblique lui fit comme une auréole.

« Encore une chose, Guido. »

Versavel fit volte-face.

« Tu veux bien demander à Decoussemaecker de nous rejoindre ?

— D'accord. »

Van In alluma une cigarette, prit une feuille de papier et nota les noms des personnes qu'il avait interrogées les derniers jours. En regard de chacun, il griffonna plusieurs mots clés. Il ne voulait pas l'avouer, mais il avait l'impression que des détails lui échappaient parfois et que sa mémoire commençait à lui jouer des tours. Il avait cessé de se moquer des gens qui souffraient d'amnésie. Était-ce à cause de la Duvel, ou était-ce dû à l'âge, tout simplement ?

Trois coups brefs frappés à la porte le tirèrent de sa rêverie.

« Bonjour, Decoussemaecker.

— Bonjour, commissaire. »

Van In fit un geste invitant l'autre à s'asseoir, plia sa feuille de papier en quatre et la rangea dans sa poche.

« Versavel m'a dit que tu avais supervisé l'enquête de voisinage hier et que tu avais l'intention de m'appeler si tu trouvais quelque chose. »

Decoussemaecker pinça les lèvres et fit la grimace comme s'il avait un mauvais goût dans la bouche. À cause de l'entretien impromptu chez De Kee et de ce que celui-ci lui avait demandé, il n'avait pas encore eu le temps de taper à la machine le rapport qu'il avait rédigé à la main la veille au soir. Il lui en coûtait de l'admettre, car il avait la réputation d'être toujours ponctuel et de respecter ses engagements sans faute. L'ordre et la discipline, il avait ça dans le sang.

« Excusez-moi de vous contredire, commissaire. Mais j'ai dit que je vous appellerais si je notais quelque chose de pertinent. Pour ce qui est de l'heure…

— On ne va pas couper les cheveux en quatre, Decoussemaecker.

— Non, commissaire. Vous aurez mon rapport avant midi. »

Van In secoua doucement la tête. Il ne supportait pas les plumitifs et les esclaves de la machine à écrire qui avaient besoin de taper cinq formulaires pour annoncer qu'il n'y avait rien à annoncer.

« Tu ne crois quand même pas que j'ai le temps de lire toute cette paperasserie ? Je t'écoute. »

Ce fut ce moment que choisit Versavel pour entrer dans le bureau avec le café et le genièvre. En voyant Decoussemaecker assis là, il éprouva de la compassion pour le bonhomme. Ce type s'était éreinté pendant des années pour grimper les échelons, il avait toujours donné entière satisfaction et obéi à tous les ordres, et pour récompense, il écopait d'un supérieur comme Van In.

« Je vais chercher une troisième tasse ?

— Et un grand verre, compléta Van In, qui voulait honorer la tradition qui consistait à faire boire cul sec un grand verre de genièvre sur un estomac vide à la bleusaille.

— Ce n'est pas la peine, dit Decoussemaecker en repérant la bouteille. Je ne bois pas.

— Un petit péquet avec le café, je n'appelle pas ça boire. C'est un rituel comme la cérémonie du thé au Japon. C'est quelque chose qui ne se refuse pas, ne serait-ce que par politesse. Je me fais bien comprendre, Decoussemaecker ? »

S'il refusait, l'inspecteur savait qu'il pouvait faire une croix sur sa carrière à la cellule de recherche. S'il acceptait, il se ferait taper sur les doigts par De Kee, ce qui revenait pratiquement au même. Cruel dilemme.

« Un petit, alors. »

Van In sourit, prit la bouteille et remplit aux trois quarts le verre à limonade que Versavel s'était empressé d'aller chercher dans la cuisine.

« Je t'écoute, Decoussemaecker. »

Heureusement, l'enquête de voisinage n'avait pas porté de nombreux fruits, sans quoi Decoussemaecker n'aurait jamais réussi à tout dire. Après deux gorgées, il était déjà beurré comme un petit Lu.

« Deux voisins ont déclaré que Dominique Candries ne vivait plus là depuis un bon moment, mais qu'elle venait presque tous les jours pour nourrir les animaux. Personne n'a pu me dire si elle travaillait ou si elle recevait des prestations sociales. Quand elle vivait là, elle dormait pendant la journée. Elle sortait la nuit et elle rentrait souvent avec un homme.

— Quelqu'un a-t-il remarqué quelque chose de particulier le soir où elle a été tuée ?

— La voisine d'en face affirme qu'il y avait de la lumière à vingt et une heures dans la chambre.

— Et elle a vu quelqu'un ?

— Négatif. »

La voisine en question avait septante-deux ans et prenait un somnifère tous les soirs à vingt heures trente tapantes. Quand il commençait à faire de l'effet, elle était complètement dans le cirage.

« Tu as interrogé combien de personnes ?

— Vingt-trois, commissaire.

— Bois encore une gorgée. »

Decoussemaecker fit oui de la tête. Dans le rapport que De Kee lui avait demandé, il écrirait que Van In buvait des boissons fortes pendant les heures de service et qu'il obligeait ses subalternes à l'imiter. Ce n'était pas très grave – tout le monde savait que Van In aimait picoler –, mais c'était mieux que rien. Il se sentait honteux et sali. Son père n'aurait jamais toléré un tel comportement. Et pourtant, il porta le verre à ses lèvres et le vida d'un trait.

« Je peux y aller, maintenant, commissaire ?

— Encore un petit, Decoussemaecker. »

Versavel haussa les sourcils. Il n'avait jamais vu un bleu aussi facile à cueillir.

« Zlot a donné de ses nouvelles ? »

La veille, le légiste avait estimé que Dominique Candries avait été assassinée entre trois et quatre heures du matin, ce qui coïncidait plus ou moins avec le pressentiment de Van In. L'examen gynécologique avait révélé qu'elle n'avait pas eu de rapport sexuel avant de mourir. L'autopsie apporterait peut-être d'autres informations, mais, puisque Versavel faisait non de la tête, cela voulait dire qu'il fallait encore attendre.

« C'est de l'excellent travail, Decoussemaecker ! Pour te récompenser, je te propose de prendre quelques heures de congé.

— Commissaire ! »

Carine Neels n'avait pas besoin de frapper. Elle travaillait avec l'équipe depuis trop longtemps. Van In posa un regard tendre sur elle.

« Vermeulen sur la une. »

Elle disparut aussi vite qu'elle avait surgi. Quelques mois plus tôt, elle aurait remué du popotin en s'éloignant dans le couloir, mais cette époque-là était révolue. Fini le flirt léger qu'elle entretenait jadis avec Van In. Elle se montrait d'un froid polaire avec lui depuis qu'il n'avait pas répondu à ses avances explicites. Elle se sentait humiliée.

« Salut, Van In ! »

Le commissaire coinça le combiné du téléphone entre sa joue gauche et son épaule et alluma une cigarette. Klaas Vermeulen, le chef du labo technique, était peut-être un expert compétent, mais il taillait surtout des bavettes interminables. Pour une fois, il fut bref. Van In eut à peine le temps de noter.

« C'était rapide ! commenta Versavel en voyant Van In raccrocher.

— On a du pain sur la planche, Guido. Il y avait des empreintes digitales sur un des verres à vin qui se trouvaient dans le lave-vaisselle de Dominique Candries.

— Je t'avais bien dit qu'ils étaient sales.

— Tu as dit ça ?

— C'est vraiment important ?

— Non. Ce qui est important, c'est qu'elles ont été identifiées. »

Van In repoussa sa chaise, but rapidement une dernière gorgée de genièvre et alla chercher sa veste au portemanteau.

« On fait quoi, avec Decoussemaecker ? »

Affalé sur sa chaise, l'inspecteur en chef dodelinait de la tête. Il pionçait.

« Dis à Carine de le ramener chez lui.

— À vos ordres, commissaire. »

Jürgen Mus – les empreintes digitales étaient bien les siennes – habitait aux environs de Moerkerke une sorte de fermette, ou plutôt une ruine. Les tuiles du toit étaient posées de travers et ne tenaient plus à rien, une fenêtre était obturée par un sac en plastique d'aliment pour bétail, et le terrain était un vrai dépotoir. Sur la barrière, juste en face de la porte d'entrée, un écriteau avec ce texte : « Ici, je veille. »

« Il risque de tirer si nous approchons trop près, dit un inspecteur qui était arrivé sur les lieux cinq minutes avant Van In et Versavel.

— Ouais », répondit le commissaire.

Mus avait fait huit ans de prison pour homicide involontaire, vandalisme et attaque à main armée. Il était préférable de se montrer prudent.

« Il a le téléphone ?

— Non.

— Et nous ? On a un mégaphone quelque part ?

— Je peux envoyer quelqu'un en chercher un.

— Oui, fais ça. »

La fermette occupait un terrain d'une dizaine d'ares entouré d'une haie. Van In s'abrita derrière elle.

« Tu veux que j'appelle l'escadron d'intervention spéciale ? demanda Versavel.

— Qu'est-ce qu'ils ont de plus que nous ? »

Ce n'était pas le genre de Van In d'appeler à l'aide, mais il n'avait pas le choix. Ce n'était cependant pas une raison pour se ranger tout de suite à l'avis de ses hommes. Versavel avait déjà vécu ce scénario plusieurs fois, il connaissait la chanson.

« Des grenades, du gaz lacrymogène et des armes équipées d'un téléobjectif.

— Il leur faudra combien de temps pour arriver, tu crois ?

— Une heure, une heure et demie maximum.

— Je croyais qu'ils avaient des hélicoptères ?

— Et des chasseurs à réaction. Je leur demande d'en apporter un ?

— C'est bon, Guido. »

Van In alluma une cigarette. Il savait qu'il signalait ainsi sa position, mais il s'en fichait pas mal. Il ne pensait pas que Mus prendrait le risque de tirer sur la police. Ce gars, c'était plutôt le genre à faire beaucoup de foin, en espérant rameuter la télé. Pour attirer l'attention sur lui, à croire que c'était le mal du siècle. Chez le coiffeur, un des collègues de Van In était récemment tombé sur un nu de sa propre fille dans un magazine à la mode. Dans l'interview placée en regard, le journaliste avait demandé à l'adolescente pourquoi elle avait tenu à poser en tenue d'Ève. Réponse : parce que ses parents ne faisaient pas assez attention à elle. Le collègue avait mis plusieurs semaines à s'en remettre.

Pendant que Van In fumait sa deuxième, puis sa troisième cigarette, les flics avaient déployé force barrières et rubans de sécurité. La ferme voisine avait été évacuée, à la grande colère de son occupant, un agriculteur à la retraite aux épaules carrées et aux mains larges comme des pelles. Une équipe de la télé régionale tentait de contourner un barrage en traversant les champs derrière une rangée de saules. En été, ils auraient peut-être réussi à trouver une planque d'où sortir les caméras sans être vus, mais dans la nudité désolée de l'automne, ils étaient aussi visibles que des clochards dans un cinq étoiles.

« Le mégaphone est arrivé, dit Versavel.

— Passe-moi ce machin. »

Van In jeta son mégot de cigarette et se mit à hurler.

« C'est la police. La maison est encerclée. Jetez votre arme et sortez les mains en l'air ! »

Cela faisait des années qu'il en rêvait. Depuis qu'il était gamin.

Versavel lui frappa l'épaule.

« Tu dois appuyer sur le bouton, Pieter.

— Tu ne pouvais pas le dire plus tôt ? »

Deux inspecteurs en tenue de combat qui chuchotaient un peu plus loin tournèrent le dos à Van In pour rire aux éclats en toute discrétion.

Van In recommença, en enfonçant le fameux bouton. Il produisit un son si effroyable qu'un choucas qui somnolait sur une branche de peuplier s'envola aussitôt. Un instant, il crut que l'oiseau était tombé dans la haie, mais lorsqu'une énorme gueule noire jaillit d'entre les feuilles, il recula d'un pas.

« Merde ! »

Un pitbull est un chihuahua, comparé à un mâtin de Naples. Ce molosse est capable d'égorger un homme en un coup de mâchoire. Van In n'avait pas peur des chiens, mais quand il lut l'envie de tuer dans les yeux du monstre, il arma son pistolet et vida la moitié de son chargeur sur l'animal qui avait déjà traversé la moitié de la haie. Cinq secondes plus tard, Jürgen Mus ouvrait le feu. Versavel se jeta sur Van In, qui observait, pétrifié, l'agonie du chien, et le plaqua au sol. Le mégaphone, du moins ce qu'il en restait, gisait à quelques pas.

« Il aurait tout à fait sa place dans un musée d'art contemporain, dit Versavel lorsque les coups de feu s'arrêtèrent.

— De quoi tu parles, bon sang ?

— Du mégaphone, Pieter. »

Ils rampèrent jusqu'à la voiture de police la plus proche. Versavel couvrait Van In de son propre corps.

« N'exagère pas, Guido.

— Tu pourrais te fendre d'un merci.

— Tu sais très bien ce que je pense.

— On verra ça demain. »

Ils se retranchèrent derrière la Ford Transit.

« On ne peut pas rester ici, dit Versavel. Je crois que Mus a des munitions de guerre. Il est tout à fait capable de percer la carrosserie. »

Quel scénariste américain aurait encore pu écrire une scène montrant la mort d'un chien ? Même les cafards méritaient le respect à Hollywood. En Europe, c'était plus ou moins du pareil au même. Les défenseurs des droits des animaux y jouissaient d'une plus grande considération que les idéalistes qui se rendaient en Afrique au péril de leur vie pour protester contre tel ou tel despote qui martyrisait ses sujets.

La réaction de Jürgen Mus était on ne peut plus claire. Il était impossible de négocier.

« Quand les renforts arrivent-ils ? »

Versavel consulta sa montre.

« Ils seront là d'une minute à l'autre. »

Van In avança à croupetons et regarda en direction de la maison à travers une vitre latérale de la Ford.

« On ferait mieux de rester planqués ici, dit-il. Mus s'est installé à l'étage.

— Il ne peut pas nous voir si nous marchons à croupetons le long de la haie, Pieter. »

Au même instant, Mus recommença à tirer. Les deux flics se plaquèrent au sol. La Ford Transit trembla sous les impacts de balles.

« Pourvu qu'il ne touche pas le réservoir !

— Il est de ce côté-ci », répondit Van In.

L'escadron d'intervention spéciale arriva cinq minutes plus tard. Pas trop tôt. Le chef du peloton, un gars au visage taillé au couteau et doté d'une silhouette qui donna envie à Versavel de lever la tête, leur tendit deux gilets pare-balles – pas les vestes habituelles de la police locale, mais des protections à l'épreuve des munitions lourdes – c'était en tout cas ce que disait le dépliant publicitaire. Une fois informé par Van In, il briefa ses cinq hommes par radio. Cinq minutes plus tard, l'enfer sur terre éclatait. Ce fut exactement comme Versavel l'avait imaginé : ils brisèrent d'abord les vitres avant de lancer le gaz lacrymogène.

« N'hésitez jamais à nous appeler, dit le chef du peloton pendant que deux malabars de son équipe menottaient Jürgen Mus, incapable de s'arrêter de tousser, et le poussaient dans une voiture de police.

— J'y penserai la prochaine fois que les voisins se plaignent pour tapage nocturne, dit Van In.

— Avec plaisir, commissaire.

— Qu'est-ce qu'on fait du chien ? demanda Versavel. On appelle la Croix bleue ? »

Il n'avait pas terminé sa phrase que le caméraman de la télé locale braquait déjà son objectif sur la gueule du mâtin.

« À ta place, je me laisserais pousser la barbe dès demain, dit Versavel à Van In en voyant approcher une petite journaliste. Quand tout Bruges saura que tu as abattu un chien de sang-froid, plus personne ne voudra trinquer avec toi.

— C'était de la légitime défense, Guido.

— Pas sûr que les gens comprendront. »

L'interview ne dura pas plus de quelques minutes. Les images parlaient d'elles-mêmes. Lorsque Van In alluma une cigarette, la journaliste le regarda en secouant la tête, d'un air agacé :

« Et vous fumez, en plus ! »

« Étant donné les circonstances, il ne serait pas raisonnable que vous interrogiez le suspect, dit De Kee on ne peut plus formel.

— Je ne vous suis pas, monsieur le commissaire en chef.

— Le chien, Van In. Vous avez tué son chien.

— Qu'est-ce que vous auriez voulu que je fasse ?

— Le premier avocat venu établira que vous avez traumatisé son client ! »

De Kee et Van In n'étaient pas les meilleurs amis du monde, mais, cette fois, le commissaire en chef avait raison.

« Qui va l'interroger, alors ?

— Je pensais à l'inspecteur en chef Decoussemaecker. »

Van In échangea un bref regard avec Carine Neels, qui venait d'entrer dans la pièce. Elle secoua la tête. Après son petit bizutage, elle avait ramené le pauvre homme chez lui, l'avait mis au lit et avait tiré les rideaux.

« Decoussemaecker s'est fait porter pâle, monsieur le commissaire en chef. »

De Kee pivota sur lui-même avec l'élégance d'un kobold qui joue au petit rat de l'opéra depuis plusieurs années. C'était donc pour cela qu'il n'avait pas reçu le rapport sur Van In !

« Rien de grave, j'espère ?

— Je ne crois pas, monsieur le commissaire en chef. Des problèmes gastriques, à mon avis.

— Une indigestion ?

— Oui, sans doute.

— Je peux toujours mettre une cagoule, dit Van In, par défi.

— Ce n'est peut-être pas une mauvaise idée », dit De Kee en pensant malgré lui aux séances sado-maso qui lui coûtaient bonbon chaque mois, mais qui avaient l'avantage de lui faire prendre son pied.

« C'était une blague, reprit Van In. Si nécessaire, on peut toujours faire appel aux collègues de la police fédérale. »

Il appuyait sur un point sensible.

« On va trouver une autre solution », dit le commissaire en chef.

S'il existait un prix Nobel du compromis, il aurait déjà été attribué au moins une dizaine de fois à un Belge. De Kee s'illustra dans le registre de la demi-mesure. Ce serait Versavel qui auditionnerait le suspect, en présence de Van In, mais celui-ci resterait dans l'ombre. Les deux flics pourraient communiquer.

La procédure n'avait absolument rien d'orthodoxe, mais elle n'était pas illégale pour autant.

Sur ordre de De Kee, deux inspecteurs préparèrent la salle d'interrogatoire. Ils tirèrent la table au milieu de la pièce, y installèrent une lampe de bureau, qu'ils raccordèrent à la prise au moyen d'une rallonge. Puis ils occultèrent la fenêtre. Cela se passerait comme dans un vieux film en noir et blanc. Le suspect serait ébloui par la lampe, et il ne verrait pas Van In sur le côté.

Après avoir crié « C'est la police. La maison est encerclée. Jetez votre arme et sortez les mains en l'air ! » dans un mégaphone, c'était un deuxième rêve d'enfant de Van In qui se réalisait. Il alluma une cigarette, prit un cendrier et s'installa sur la chaise que les inspecteurs avaient mise à sa disposition dans un coin. Versavel passa la main dans ses cheveux et se tortilla la moustache. Il n'avait jamais participé à rien d'aussi loufoque.

« Nous devons d'abord savoir comment Mus est entré en contact avec Dominique Candries », dit Van In lorsque des pas dans le couloir annoncèrent l'arrivée imminente du suspect.

Quand la porte s'ouvrit, un trapèze de lumière se dessina sur le sol de la salle d'interrogatoire, créant un magnifique effet dramatique. Les deux inspecteurs qui avaient aménagé la salle firent entrer Jürgen Mus.

« Êtes-vous Jürgen Mus, né le 11 juin 1962 à Blankenberge et domicilié rue Lappersfort 94 à Moerkerke ? »

La voix de Versavel résonnait comme celle d'un bourreau du dix-neuvième siècle. Il avait assisté à plusieurs centaines d'interrogatoires, mais c'était la première fois qu'il menait la danse.

« Allez vous faire foutre », répondit Mus.

Le temps n'était pas éloigné où une telle réponse lui aurait valu une gifle, mais les choses avaient changé. Un inspecteur posa une main sur l'épaule du prévenu et le força doucement à s'asseoir.

« Vous pouvez disposer », dit Versavel.

En renvoyant les deux malabars, il espérait mettre le prévenu en confiance. Van In tira sur sa cigarette. Il prenait son pied.

Une fois les inspecteurs sortis, Versavel se racla la gorge en se demandant désespérément ce que Van In ferait à sa place. La situation lui faisait horreur.

« Recommençons, dit-il. Jürgen Mus, né le 11 juin 1962 à Blankenberge, souhaite être entendu en néerlandais. Vous vous déclarez d'accord avec ce qui précède ?

— Je cause pas aux pédales. »

Van In jura dans sa barbe. Un des deux inspecteurs avait dû parler. Versavel garda son sang-froid.

« Nous sommes là au sujet d'une femme. Une femme à poil. Concentre-toi sur elle. »

Il y eut un silence.

« Tu ne vas quand même pas me dire que tu n'as aucune expérience des femmes, Mus ? Un beau brin de fille comme Dominique Candries ne se donne pas au premier venu. Ou alors je me trompe, et le sexe, c'est seulement dans tes rêves ? »

Van In admirait le travail.

« En tout cas, tu ne l'as pas baisée avant de la buter. C'est con, non ? »

Van In était estomaqué. Si Versavel continuait comme ça, les choses allaient vite dégénérer. Mais il se leva et se posta à côté du prévenu.

« Moi, ce que j'en pense, c'est que tu fais plutôt ça avec des mineures. C'est plus facile. Pas besoin de les menacer avec ton flingue. »

Lorsqu'ils se sentent insultés, les êtres frustes réagissent violemment, ou alors ils se rétractent dans leur coquille.

« Je n'ai rien à voir avec cette fille.

— Mais tu la connais.

— Je suis vraiment pas le seul ! »

La résistance d'un suspect se fissure dès qu'il admet ne fût-ce qu'un détail. C'est quelque chose que savent même les étudiants en criminologie.

« Bien », dit Versavel.

Il prit une profonde inspiration et se rassit à la table.

« Alors, raconte-moi maintenant ce qui s'est passé hier.

— Il ne s'est rien passé.

— On sait déjà tout, Mus. Je veux seulement que tu me dises comment tes empreintes se trouvent sur un de ses verres à vin.

— Je ne bois jamais de vin.

— Ah ah… On est abstinent ? » dit Versavel. Il sourit en se caressant la moustache. « Dis-moi, Mus. Si tu es innocent, tu n'as rien à craindre. Et si c'est toi qui l'as tuée, tu devrais savoir que des aveux spontanés peuvent te faire gagner dix ans de taule… »

Il est bon, se dit Pieter. *Il est meilleur que moi.* Il alluma une cigarette et avala la fumée. Dommage qu'il ne puisse pas commander une Duvel.

« C'est elle qui m'a appelé. »

Lorsque Mus admit qu'il connaissait la victime depuis longtemps et qu'ils s'étaient croisés par hasard deux semaines plus tôt au Lambin, Van In sut qu'il disait la vérité et qu'il allait tout débobiner.

« Elle m'a fait comprendre qu'elle avait besoin d'un homme.

— Si j'étais une femme, moi aussi je craquerais pour un mec comme toi, dit Versavel d'une voix monocorde.

— Elle voulait cent cinquante euros.

— Et tu l'as payée ? »

Mus se mit à rire, ce qui eut pour effet de dévoiler un clavier d'ivoire en putréfaction.

« Avec quel argent ? ! Je vis sur le CPAS[1] !

— Tu le lui as dit ?

— Vous, vous le lui auriez dit ? »

Versavel plissa les yeux. Il pensa aux résultats du test qu'il connaîtrait incessamment.

« Ne nous préoccupons pas de ce que j'aurais fait dans ces circonstances. Raconte-moi plutôt ce qui s'est passé hier soir.

— Rien de bien excitant. »

Dominique Candries l'avait ramené chez elle et ils avaient bu un verre de vin. Quand il avait refusé de payer un acompte, elle lui avait montré la porte.

1. Prestation sociale.

— Quelle heure était-il ?

— Il faisait nuit.

— C'était avant ou après minuit ?

— Aucune idée. »

Versavel se dit qu'il ne s'en était pas trop mal tiré jusque-là. Le suspect avait admis qu'il connaissait la victime et qu'il avait bu un verre de vin avec elle le soir où elle avait été tuée. Il pouvait évidemment consulter Van In sur la façon de tirer les choses à son avantage, mais cela aurait été trop facile. Toute sa vie il avait vécu dans l'ombre. Avant de mourir, il voulait être dans la lumière des projecteurs au moins une fois. Ce moment de gloire contrebalançait dix années de basses besognes. Cela avait peut-être un petit côté pathétique, mais l'idée lui plaisait. Il partait en beauté. Pour quelqu'un qui ne croyait pas en l'au-delà, c'était une belle consolation.

« À ta place, j'y réfléchirais à deux fois, Mus. Aucun juge ne croira qu'un pilier de comptoir comme toi ne se souvient pas si c'était avant ou après minuit. »

Van In alluma une cigarette avec avidité. Il aimait vraiment la façon de procéder de Versavel.

« Ça devait être aux alentours d'une heure du matin, dit Mus en dialecte.

— Sûr et certain ? »

L'homme fit oui de la tête. Quand Dominique Candries l'avait fichu à la porte, il était retourné au Lambin. Le café était fermé. À ce moment-là, il avait consulté sa montre.

« Pourquoi tu ne l'as pas dit tout de suite ?

— On ne sait jamais.

— Comment ça, on ne sait jamais ?

— Je connais la loi ! Tout ce que je dirai pourra être retenu contre moi !

— Il ne fallait pas nous tirer dessus, Mus.

— J'avais pris quelque chose.

— Quoi ? De la bière ou de la came ?

— Du shit. Une tantouze, ça doit connaître ça, la merde ! »

Versavel fit comme s'il n'était pas touché au vif. Il se leva et marcha vers la partie sombre de la pièce.

« Je propose qu'on l'enferme dans la cellule la plus cradingue, murmura-t-il à Van In.

— Du calme, Guido. Ça va aller. »

Van In alluma une cigarette. Les choses n'étaient pas aussi bien embarquées qu'il l'aurait voulu. Après la fusillade, les gars du labo technique avaient passé la fermette de Mus au peigne fin. À part le fusil avec lequel le forcené avait tiré sur les flics, ils n'avaient trouvé aucune arme. Et Dominique Candries avait été tuée de plusieurs coups de pistolet.

6

Quand on se réveille à côté d'un corps complètement nu, il est normal de nourrir certaines attentes. Van In réagit aussitôt, mais fit chou blanc. Hannelore écarta résolument la main que son homme tendait vers son ventre. S'il brûlait de désir, elle, c'était de fièvre.

« Prends une bonne douche, Van In ! Ça te fera du bien ! »

Il posa docilement sa main sur sa poitrine.

« Tu es rentré à quelle heure ? demanda-t-elle en se tournant sur le côté et en s'enroulant dans les draps.

— Vers minuit.

— Menteur !

— On ne parle pas comme ça quand on est malade !

— Quand on est malade, on veut qu'on s'occupe de vous !

— Tu veux une tasse de café ? »

Van In repoussa les couvertures. Le givre avait déposé des fleurs de glace sur les fenêtres. Personne ne pouvait le voir se balader à poil chez lui. Il n'avait pas besoin de fermer les rideaux. Il chercha en vain son peignoir un moment, puis décida de descendre ainsi. De toute façon, il ne s'habillait jamais avant d'avoir avalé son premier café.

Les nudistes ne se contentent pas de se balader tout nus sur la plage, ils mettent aussi un point d'honneur à effectuer ainsi toutes leurs activités quotidiennes. Faire le café, passe encore, mais s'asseoir sur une chaise… ridicule ! Van In se releva et alluma une cigarette. Il devait avoir l'air fin, avec ses chaussettes. La plupart des femmes tolèrent les bourrelets, les cicatrices, et même un visage grêlé par la petite vérole, tout, sauf un homme à poil en chaussettes. Van In comprit pourquoi en apercevant son profil dans le miroir. *Mais où est donc ce fichu peignoir !* pesta-t-il intérieurement. Au lieu de le chercher, il régla le chauffage au maximum. *Je ferais bien d'aller prendre ma douche*, pensa-t-il. Il écrasa son mégot dans un cendrier plein à ras bord. Après l'interrogatoire de Mus, lui et Versavel étaient allés boire un verre à L'Estaminet. Ils y avaient trouvé Zlotkrychbrto, hélas. La dernière chose dont Van In se souvenait, c'était que le Polonais s'était mis debout sur une table et qu'il avait entonné un chant cosaque en dansant… Un peu après, Johan avait appelé un taxi et les avait gentiment poussés dehors.

« Tu veux une tartine grillée avec ton café ? » cria-t-il du pied de l'escalier.

Bob, qui s'était jusque-là tenu coi dans le salon, approcha en remuant la queue et en se léchant les babines. Van In se sentit mal à l'aise, sans savoir si c'était à cause du souvenir du mâtin de Naples ou parce qu'il n'avait pas envie de s'exposer ainsi devant son chien. Il était arrivé à la moitié de l'escalier quand on sonna à la porte.

« Qu'est-ce qui se passe ? demanda Hannelore depuis la chambre.

— Le café est presque prêt, ma chérie ! »

Van In courut en bas et repoussa l'énorme tête du berger.

« J'arrive, Guido, j'arrive ! » cria-t-il.

L'horloge de la cuisine indiquait huit heures cinq. Ce n'était pas la première fois que Van In n'entendait pas son réveil, mais, compte tenu des circonstances – Versavel devait recevoir les résultats des analyses dans le courant de la matinée –, il n'était pas très fier de lui. D'où sans doute sa hâte à aller ouvrir.

« Salut, Guido ! Entre ! »

Il était déjà arrivé à Van In de vouloir s'enfoncer dix pieds sous terre tellement il était honteux, mais à ce point-là, non, jamais. Carine Neels le fixa une fraction de seconde, pétrifiée, avant de fermer les yeux et de reculer d'un pas.

« Excusez-moi, commissaire, mais… »

Van In croisa les mains devant ce qu'il avait de plus précieux. Il se rappela subitement que Versavel l'avait prévenu, la veille, juste avant de le quitter, qu'il demanderait à quelqu'un d'autre de passer le chercher ce matin-là. Trop tard. Le mal était fait.

« Un moment, Carine. Je reviens tout de suite. »

La jeune femme resta devant la porte, sidérée, comme si elle venait de recevoir une décharge de dix mille volts. Autrefois, les électrochocs étaient utilisés dans le traitement des patients en psychiatrie, car la méthode produisait des résultats aussi rapides que l'administration de lithium ou la lobotomie. Les psychiatres d'aujourd'hui trouvaient ces thérapies bar-

bares, à l'exception du traitement aux électrochocs, justement, qui continuaient à se révéler très efficaces dans certains cas. La preuve : l'aversion que Carine avait développée pour Van In s'était instantanément évaporée. Elle était de nouveau amoureuse comme une midinette.

« Tu embrasseras Guido de ma part ! » dit Hannelore lorsque Van In lui apporta son café et sa tartine grillée.

De la sueur perlait sur son front, et elle avait le regard flou.

« Tu es certaine que je ne dois pas appeler le médecin ?

— On fabrique des médicaments contre le sida, mais ce n'est pas demain la veille que l'industrie pharmaceutique trouvera quelque chose contre la grippe.

— Je t'appelle dès que j'ai du neuf.

— Ne t'inquiète pas si je ne décroche pas.

— Je t'aime », dit Van In en se penchant vers sa compagne pour l'embrasser sur le front.

Le nez à nez avec Carine Neels l'avait chamboulé. La testostérone : une bombe. Lorsque Van In referma la porte d'entrée derrière lui et qu'il regarda le petit popotin de la fliquette qui remuait devant lui, il ne put nier que cela lui faisait quelque chose.

Pendant ce temps, Bob était monté dans la chambre et s'était déjà fait une place au chaud dans le lit. Hannelore passa un bras autour de son cou et se serra contre lui. Il tendit les pattes et se frotta contre elle. *Mmm... Je vais bien dormir... Et puis je serai de nouveau en pleine forme...*

« Versavel a pris la journée et il m'a demandé de venir te chercher, expliqua Carine alors que Van In bouclait sa ceinture de sécurité.

— J'avais oublié. Il t'a dit autre chose ? »

Carine tourna la tête vers le commissaire. Il eut l'impression qu'elle avait toujours à l'esprit la vision qu'elle venait d'avoir quand il avait ouvert la porte. Mais que devait-il dire ? Il avait ouvert la porte à poil alors qu'il s'attendait à trouver Versavel de l'autre côté. Lui demander de bien vouloir taire cet incident ? Autant publier tout de suite un avis de faire-part dans les journaux !

« J'ai failli oublier, dit-elle avec un sourire mi-indulgent mi-caustique. Versavel te demande de rester au bureau entre midi et deux heures. Il va t'appeler.

— Bien. »

Cela signifiait que Versavel était persuadé qu'il allait recevoir une nouvelle désastreuse et qu'il préférait l'annoncer à Van In par téléphone.

« On va où ? demanda Carine en démarrant.

— Aucune idée. Fais toujours un tour. »

Il était un peu tôt pour réinterroger Jürgen Mus. Le Lambin, où il avait donné rendez-vous à Dominique Candries la veille, n'ouvrait pas avant midi. Et il n'avait aucune envie d'attendre le coup de fil de Versavel toute la matinée au commissariat.

« Des nouvelles de Vermeulen ?

— Pas que je sache. »

Van In hocha la tête. Le chef du labo technique était d'une lenteur légendaire, mais il était efficace et précis. Mieux valait ne pas l'ennuyer.

« Je dois bien admettre que j'ai été stupéfaite, Pieter. »

Cela faisait des semaines que Carine n'avait plus appelé Van In par son prénom.

« Stupéfaite ? Pas déçue ? dit-il, incapable de s'empêcher de reprendre le ton du flirt.

— Je dirais… agréablement surprise. »

Elle sourit et lui jeta un rapide regard comme le font les chauffeurs de taxi quand ils veulent montrer à leur client que la conversation les intéresse.

« J'avais mes chaussettes, dit Van In.

— Je n'ai pas remarqué.

— Ah ah. »

Ils prirent par la rue des Monnaies. Traverser Bruges à l'heure où dort le touriste, cela procurait à Van In le même genre de sensation que d'assister à un concert privé de… allez, disons des Stones.

« Il faut que je t'avoue quelque chose, Carine. »

S'il y avait eu plus de trafic, ils auraient été bons pour un tête à queue. La pensée qu'elle avait encore ses chances fut si agréable à Carine qu'elle décida de faire durer le plaisir le plus longtemps possible.

« Il faut faire attention avec les aveux, Pieter.

— Pourquoi ?

— Parce que tu risquerais de me décevoir.

— J'avais juste envie de te dire que tu es d'une beauté époustouflante aujourd'hui. »

Tout plutôt que de laisser circuler le bruit que je dors en chaussettes ! Pas sûr que le compliment va suffire à désamorcer la bombe, mais c'est mieux que rien.

« Tu sais que Decoussemaecker est un espion à la solde de Kétounet ? » dit-elle après un silence.

Van In haussa les épaules.

« Je propose de passer chez Agnès Ottevaere pour commencer. Tu connais son adresse ?

— Non, mais toi, tu l'as ? »

Van In la lui communiqua avant d'allumer une cigarette. Decoussemaecker était un arriviste que tout le monde avait dans le collimateur, mais un espion… ? ! Il ne fallait pas exagérer. C'était peut-être juste un truc de la part de Carine pour faire l'intéressante.

Ils prirent la voie rapide. De nombreux automobilistes se rangeaient sur le côté pour les laisser passer. Depuis que les amendes pour excès de vitesse avaient fortement augmenté, ils respectaient les limitations à un point que c'en était grisant.

« Decoussemaecker a rendez-vous à neuf heures chez De Kee, reprit Carine. Il va lui remettre un rapport qui te discrédite.

— Je me demande bien ce qu'il pourrait encore ajouter à ma mauvaise réputation ! »

Cela faisait dix ans que De Kee s'acharnait sur Van In. Demander à Decoussemaecker d'écrire qu'il petit-déjeunait au genièvre serait aussi efficace que de demander à Sisyphe de changer de caillou.

« C'est plus grave que ça, répondit Carine. De Kee tient Decoussemaecker. Tu savais que son père était un collabo ?

— Qui se préoccupe encore de ça aujourd'hui ?

— Qu'est-ce que tu es naïf, Pieter ! »

À dix-neuf ans, Henricus Decoussemaecker avait rallié la Ligue nationale flamande. Il n'avait jamais porté l'uniforme de l'ennemi, mais on le considérait comme responsable de la mort d'au moins seize membres de la Brigade blanche : six d'entre eux avaient fini à Buchenwald, quatre avaient été gazés à Auschwitz et les autres abattus par un peloton d'exécution.

« Henricus Decoussemaecker avait des amis puissants, poursuivit Carine. Après la guerre, son dossier a disparu sans laisser de traces. Il a fait carrière au ministère des Affaires intérieures. Il est même devenu soi-disant membre de la Brigade blanche ! Le gars a été décoré plusieurs fois ! Son nom est devenu synonyme de patriotisme, d'abnégation et d'héroïsme.

— Comment tu sais tout ça, toi ? »

Carine négocia un virage, laissa le volant tourner sous la pointe de ses doigts et passa la troisième. Ses yeux pétillaient.

« Le dossier de Decoussemaecker est dans le coffre de De Kee.

— Non ? !

— Puisque je te le dis.

— Je ne te crois pas ! »

On racontait les histoires les plus folles au sujet de ce coffre-fort. Certains prétendaient qu'il contenait des dossiers explosifs sur des hommes politiques ouest-flandriens, d'autres une exceptionnelle collection de revues porno. Mais personne ne l'avait jamais vu ouvert. Personne n'avait jamais entendu non plus qu'on l'ouvrait ou qu'on le refermait.

« Et pourtant, c'est vrai. »

Carine en avait des palpitations. Pour une fois qu'elle avait l'occasion de damer le pion à Van In, personne ne pourrait lui ôter ce plaisir. Mais au lieu de manifester sa curiosité en lui demandant des explications, le commissaire alluma une cigarette et regarda par la vitre d'un air blasé. Poser une question à Carine aurait flatté son ego, et Dieu savait ce que cela pouvait avoir pour conséquence. Il préférait se taire : cela la rendrait nerveuse et la pousserait peut-être à parler spontanément.

« Tu n'as pas envie de savoir ? » demanda-t-elle à peine trente secondes plus tard.

Ils n'étaient plus qu'à quelques rues de la maison d'Agnès Ottevaere. *Allez, cause !* pensa Van In. *Si tu ne dis rien, il faudra bien que je finisse par te poser une question.*

« Merde !

— Qu'est-ce que j'ai fait ? »

Van In se recroquevilla sur lui-même. Même si Agnès Ottevaere savait qu'il était commissaire, il était préférable qu'elle continue à penser qu'il écrivait un livre durant ses loisirs. Ce n'était pas très malin d'arriver chez elle dans une voiture de police avec une inspectrice en uniforme.

« Continue à rouler, Carine.

— Mais…

— Je t'expliquerai. »

Carine obéit et gara la Golf dans une rue latérale. Lorsqu'il lui demanda de rester assise et d'attendre son retour, elle explosa :

« C'est ça ! Je ne suis pas assez bonne pour toi, une fois de plus ! »

Van In aurait pu lui expliquer de quoi il retournait, mais il se ravisa : Carine était une pipelette de première. Il risquait que tout le commissariat, De Kee y compris, soit informé en moins de deux des méthodes peu orthodoxes qu'il employait pour obtenir des informations des citoyens ordinaires. Et ça, c'était plus grave que de boire du genièvre au petit déjeuner.

« Je te demande de me faire confiance, Carine », dit-il en essayant de prendre un ton paternel.

Quelques mois plus tôt, il n'aurait pas hésité à poser une main sur son épaule, mais après ce qui s'était passé entre eux, il était préférable de s'en abstenir.

« Tu es fâché parce que je ne veux pas te dire comment j'ai réussi à lire le dossier de Decoussemaecker.

— Je ne te demande rien du tout. Tout le monde sait que tu as essayé de draguer De Kee », dit-il en jouant à quitte ou double.

Carine regarda Van In avec des yeux horrifiés. Elle n'en croyait pas ses oreilles. Quand elle fut certaine d'avoir bien entendu, elle le gifla de toutes ses forces. Cela pouvait signifier deux choses : Van In avait raison et elle était furibarde ; ou il avait tort, et elle était hors d'elle.

« Tu es un malotru, Pieter. »

Il se frotta lentement la joue. Elle ne l'avait pas raté.

« C'est bon, pour une fois », dit-il.

Il sortit de la voiture, ferma la portière et se mit à marcher en faisant non de la tête, sans lâcher sa joue brûlante. Cela faisait une éternité qu'il ne s'était plus fait frapper par une femme. Sonia, son ex, lui avait balancé une fameuse torgnole, un mois après leur mariage, parce qu'il avait osé faire une blague sur le rosbif du dîner. Carine avait loupé plusieurs occasions, mais pas celle-ci. Décidément, il ne faisait pas bon dire ce qu'on pensait aux femmes.

Avant de sonner, Van In rajusta sa veste et se recoiffa en passant une main dans ses cheveux.

Agnès Ottevaere portait une robe rouge cerise en satin qui la rajeunissait. *Dommage pour le décolleté*, se dit Van In. *Il y a des choses qu'il vaut mieux cacher.*

« Quel hasard, commissaire ! Je pensais justement à vous ! » dit-elle en souriant.

Van In, qui était l'heureux propriétaire de quatre pivots (trois cent cinquante euros pièce), calcula qu'elle avait consacré à sa dentition un an et demi de SMIC.

« Je ne vous dérange pas, j'espère ?

— Pas le moins du monde ! Je pensais vous appeler. »

Elle lui ôta sa veste dans le couloir. Il sentit ses seins frotter contre son dos. À partir d'un certain âge, les femmes ne se gênent plus quand elles veulent faire l'amour avec un homme, et elles ont un tas de trucs pour le lui faire savoir. Évidemment, Van In pouvait se tromper, car il n'avait aucune expérience avec des femmes plus âgées.

« Entrez ! Je vous offre un verre de vin ? »

Le monde est pétri de clichés, comme celui qui veut que les écrivains préfèrent le pinard à la bière. Agnès Ottevaere précéda Van In dans le salon. Il y faisait juste un peu trop chaud. Van In prit place dans un fauteuil : le canapé lui semblait trop dangereux.

« Votre livre avance ?

— J'ai terminé le quatrième chapitre hier soir », répondit Van In.

Elle portait des escarpins et des bas nylon transparents. Lorsqu'elle disparut dans la cuisine, Van In vit malgré lui le bas de sa robe flotter autour de ses jambes. Les murs étaient d'un blanc immaculé, mais il y avait un cendrier sur la table basse, ainsi qu'un paquet de Gauloises. Van In ne disait pas non à un verre de vin, mais s'il y avait bien une chose qu'il détestait, c'était les cigarettes françaises.

« Vous avez déjà allumé une cigarette ! dit-elle, un peu déçue, en revenant avec les verres.

— Ça ne vous dérange pas ?

— Non, bien sûr que non. »

Quarante ans auparavant, un metteur en scène lui aurait immédiatement proposé un rôle, notamment pour les regards pseudo-intellectuels que lançaient ses yeux noirs. Avant de s'asseoir, elle remonta les plis de sa robe au-dessus de ses genoux puis les dispersa en éventail autour d'elle.

« Ce n'est pas tous les jours que je reçois la visite d'un écrivain ! »

Elle gloussa comme une écolière en glissant sa main gauche entre ses cuisses.

Van In saisit le verre par son pied, porta un toast à la santé de son hôtesse et but poliment une gorgée, essayant de jouer son rôle.

« Des éléments récents éclairent selon moi l'affaire d'une lumière nouvelle, dit-il lorsqu'elle l'interrogea du regard. Sans compter qu'il y a eu un nouveau meurtre avant-hier, qui ressemble en de nombreux points à ceux de l'époque.

— Dominique Candries…
— Vous la connaissiez ?
— Je lis le journal, comme vous. »

En Flandre, un million de personnes lisaient le journal tous les jours, mais Van In était prêt à parier qu'une dizaine seulement auraient été capables de donner le nom de la victime d'un fait divers à brûle-pourpoint. S'il voulait être honnête, il devait admettre que les meurtres étaient rares à Bruges, ce qui était peut-être une explication.

« Depuis que vous m'avez demandé de collaborer à votre livre, je m'intéresse davantage à ce genre d'information, s'empressa-t-elle d'ajouter en voyant Van In hausser les sourcils.

— Mais vous êtes certaine de ne pas l'avoir connue ?

— Bien sûr que j'en suis certaine. »

Van In aurait pu répéter sa question en lui mettant sous le nez une photo de Dominique Candries, mais il ne le fit pas, pour deux raisons : d'abord, une courtisane sait parfaitement comment mener un homme par le bout du nez, ensuite, il avait une autre question à lui poser, plus importante, et il ne voulait pas la mettre sur ses gardes.

« Mes compliments pour le vin, dit-il. Excellent ! Mais enfin… Quand on sert un médoc, on sait ce qu'on a dans son verre. »

Il avait parlé au petit bonheur la chance, mais il avait tapé juste, car elle fit un petit signe d'approbation du menton.

« Dommage que je n'aie jamais pu gâter un écrivain quand j'étais jeune, dit-elle. La virilité et le raffinement… qu'est-ce qu'une femme pourrait désirer de plus ?

— Un inculte impuissant qui s'inscrit à un cours d'ikebana », répondit Van In en riant.

Il pesta intérieurement : il disait vraiment n'importe quoi. Mais Agnès Ottevaere était aux anges.

« Encore un verre ? »

Elle retourna à la cuisine sans attendre la réponse. Cette fois, elle ramena la bouteille. Un Saint-Julien, Van In le vit immédiatement. Lorsque Agnès Ottevaere eut rempli les verres, elle se rassit, en relevant cette fois les plis de sa robe jusqu'à mi-cuisse. Elle portait des jarretelles, des accessoires qui rendent fous la plupart des hommes, mais qui laissaient Van In totalement indifférent.

« Encore une petite, dit-il, s'empressant d'allumer une nouvelle cigarette parce qu'il sentait que son hôtesse allait lui sauter dessus d'une minute à l'autre. J'ai rencontré Alain van Zuylen de Bocarmé il y a quelques jours, reprit-il.

— Comment va-t-il ?

— Vous n'êtes plus en contact avec lui ? »

Elle éclata d'un rire de gorge. Si elle avait été plus en chair, on aurait pu l'imaginer chanteuse d'opéra.

« Que vous a-t-il dit à propos de nous deux ? »

Elle ramena sa robe sur ses genoux et croisa les jambes, comme si elle voulait lui signifier qu'il venait de laisser passer sa chance.

« Il a franchement admis qu'il vous arrivait encore de vous rencontrer en secret de temps en temps.

— De temps en temps, oui, dit-elle d'une voix haut perchée en jetant la tête en arrière et en lui lançant un regard ardent. Il ne peut pas se passer de moi plus d'une semaine.

— Quand je lui ai demandé si vous n'aviez jamais été enceinte de lui, il s'est arrangé pour ne pas me répondre, reprit Van In en regardant la sexagénaire droit dans les yeux.

— Eh bien je vais vous le dire, moi. Je ne suis jamais tombée enceinte, ni de lui, ni de personne d'autre. Vous savez, commissaire, je n'y crois pas, à cette histoire de livre. Je crois que vous avez inventé cette fable pour me faire dire des choses que je ne vous aurais pas dites autrement. J'ai raison, ou allez-vous me contredire ?

— C'était stupide de ma part d'essayer de vous faire croire à ces sornettes, madame Ottevaere, admit-il, beau joueur.

— Heureusement, ce n'est pas vous qui les avez inventées, commissaire. »

Elle remonta une nouvelle fois les plis de sa robe et les coinça entre ses cuisses. Quand ils seraient tous les deux dans les draps, il ferait docilement tout ce qu'elle attendait de lui. Elle se mit à le fixer à la manière d'un cobra. Van In essaya d'éviter son regard en fixant un point au-dessus de son épaule, en vain. L'hypnose l'avait jadis passionné. Il avait lu des dizaines de livres sur le sujet. Il s'était même un jour proposé comme cobaye pour un test scientifique mis sur pied par une connaissance d'Hannelore, un psychiatre qui avait consacré sa thèse à ce sujet. Au grand plaisir d'Hannelore, qui avait assisté à l'expérience, l'homme de l'art n'avait pas réussi à hypnotiser Van In, pas même une petite seconde. Mais, cette fois, c'était différent. Il dut rassembler une énergie considérable pour parvenir à articuler :

« Il est temps que j'y aille. »

Il avait parlé d'une voix mate, absente, et les mots étaient sortis comme au ralenti de sa bouche.

« Vous vous êtes introduit chez moi sous un faux prétexte dans le but de m'impressionner et de me séduire. Comme vous n'arriviez pas à vos fins, vous avez essayé la force. De tels écarts de conduite peuvent vous coûter cher, commissaire. À votre place, je ne résisterais pas trop. C'est votre parole contre la mienne. »

Les paroles de son interlocutrice pénétrèrent lentement mais profondément dans l'esprit de Van In. Ce ne serait pas la première fois qu'une femme l'accuserait d'agression sexuelle. Il s'était toujours tiré d'affaire, mais il s'en était chaque fois fallu d'un cheveu. Il en était à imaginer les pires extrémités lorsque la sonnette de la porte d'entrée retentit.

« Restez bien sagement assis, dit Agnès Ottevaere. Je reviens tout de suite. »

Van In entendit la porte qui s'ouvrait, puis la voix de Carine Neels.

« Je sais qu'il est ici, madame. »

Il y eut une brève lutte, Agnès Ottevaere déclara qu'elle allait porter plainte pour violation de domicile, mais Carine ne se laissa pas impressionner. La porte du salon s'ouvrit à la volée.

« Pieter ! Viens vite ! dit-elle. Il est arrivé quelque chose d'horrible chez toi ! »

Van In ouvrit les yeux.

7

À hauteur de l'église Saint-Jacques, deux ambulances des pompiers bloquaient la rue du Marécage. Des hommes casqués et masqués en uniformes bleu marine portant une bouteille d'oxygène sur le dos pénétraient à la queue-leu-leu dans l'entrée étroite de l'impasse du Poisson-Gras. Van In bondit hors de la Golf à peine arrêtée et se mit à courir comme un dératé. Carine avait appris sur la radio de la police que sa maison était la proie d'un incendie. Grâce à son entrée en force chez Agnès Ottevaere – elle avait sauvé Van In *in extremis* au moment où il allait succomber aux charmes de la vieille (c'est du moins ce qu'elle avait cru comprendre, car elle avait dû répéter qu'il y avait le feu chez lui pour qu'il réagisse) – et à sa conduite pour le moins sportive à travers Bruges, ils étaient arrivés juste après les pompiers.

« Qui dirige les opérations, ici ? » hurla Van In à un homme du feu.

Le type, un robuste quarantenaire aux yeux enfoncés, fit semblant de ne pas avoir entendu. Lui et ses collègues, ils en avaient ras la patate des braves citoyens qui voulaient imposer leurs services.

« Allez, dégagez ! dit-il d'une voix ferme. Ou j'appelle la police !

— C'est moi, la police ! beugla Van In. Et c'est ma maison qui crame ! »

Il repoussa l'homme et descendit l'impasse en courant. Aucune flamme, seulement un filet de fumée. À première vue, c'était rassurant. Les spécialistes savent pourtant que la fumée est plus dangereuse, surtout si le bâtiment en feu est occupé. Van In était au courant, bien sûr, mais la pensée qu'Hannelore puisse être la proie des flammes lui était si insupportable qu'il décida d'y voir un signe favorable.

Quatre pompiers – vus de loin, des géants – se pressaient devant la porte d'entrée. L'un d'entre eux était sur le point de la défoncer à la hache.

« Avec une clé ça va plus vite ! » hurla Van In en exhibant son trousseau. Le malabar cligna des yeux pour montrer qu'il avait compris, sans parvenir à stopper son élan. La lame tomba à quelques centimètres du crâne de Van In.

« Sans vêtements de protection, vous ne passez pas ! cria un jeune pompier quand Van In eut ouvert la porte. Vous ne supporterez pas la fumée ! »

Il saisit Van In par l'épaule et tenta de l'écarter.

« J'en ai bouffé plus que toi dans toute ta carrière, de la fumée ! dit Van In en forçant le passage. Hanne ! »

L'air sentait le brûlé dans la cuisine, mais il n'y avait aucune trace de fumée. Van In monta l'escalier quatre à quatre jusque dans la chambre. Lorsqu'il vit Hannelore sous les draps, serrant Bob contre elle, il eut un instant l'impression d'avoir été victime d'une blague trop bien orchestrée.

« Hanne ! »

Bob ouvrit une paupière, secoua sa gueule massive et se coula silencieusement en bas des escaliers.

« Mais qu'est-ce que tu fiches ici ? »

Hannelore bâilla et posa un regard fiévreux sur Van In. Il arracha les draps et entreprit de la relever.

« La maison brûle !

— Ne dis pas n'importe quoi, Pieter ! »

Elle se dégagea et essaya en vain de ramasser les couvertures qui étaient tombées sur le sol. En entendant quelqu'un monter l'escalier en trombe, Van In plongea sur Hannelore et la plaqua sur le matelas.

« Ça va, commissaire ? »

Le pompier qui avait failli le décapiter se tenait dans leur chambre à coucher, jambes écartées, mains sur les hanches, un regard amusé aux lèvres, espérant que la bonne femme parviendrait à se libérer. Il allait y avoir du spectacle.

« Mais qu'est-ce qui se passe, ici ? ! » cria Hannelore en remarquant la présence de l'homme.

Van In détacha le drap du dessous et se laissa rouler sur le côté pour couvrir la nudité de sa compagne.

« Qui a bien pu jeter une bombe fumigène depuis l'autre côté du mur ? demanda Van In alors qu'ils venaient de s'installer, lui, Hannelore et le commandant des pompiers, à la table de la cuisine.

— Aucune idée, répondit l'homme du feu. En tout cas, ce n'est pas le genre de choses qu'on achète chez l'épicier du coin. »

La maison était la dernière de l'impasse du Poisson-Gras. Le jardin se trouvait derrière un haut mur, dans le prolongement de la façade. C'était là que les pompiers avaient trouvé la bombe fumigène.

« Je sais bien, dit Van In.

— Une tasse de café, commandant ? »

Hannelore avait enfilé à la hâte un jean et un gros pull en laine.

« Avec plaisir, madame.

— Tu ne ferais pas mieux de retourner te coucher ?

— Ne t'en fais pas, mon chéri. Je me sens en pleine forme. »

Étrange laboratoire que le corps humain, avec tous ses processus chimiques plus mystérieux les uns que les autres. Même si de nombreux scientifiques refuseront toujours d'admettre que l'organisme est capable de se rétablir d'une maladie à la suite d'une expérience intense (d'une façon quasi miraculeuse, au sens propre du terme), Hannelore disait la vérité : elle se sentait en pleine forme.

« J'ordonne illico une enquête de voisinage, dit Van In. Il y a sûrement quelqu'un qui a vu quelque chose. On est en plein jour, merde !

— Personne n'aurait remarqué la fumée pendant la nuit, fit observer le commandant des pompiers.

— C'est vrai, ça. »

Hannelore versa quatre doses de café dans le filtre, remplit le réservoir et alluma l'appareil. Bob vint s'asseoir à côté d'elle, poussa sa gueule contre sa cuisse, puis se coucha à ses pieds, l'air penaud, comme s'il voulait se faire pardonner de ne rien avoir repéré dans le jardin.

« La question est de savoir qui a bien pu jeter une bombe fumigène depuis l'autre côté du mur.

— Je viens de le dire, Hanne. »

Van In s'en voulait à mort. Versavel avait-il eu raison, quelques jours plus tôt, quand il lui avait dit qu'il avait ouvert la boîte de Pandore en décidant de faire la lumière sur l'affaire du tarot ? Cette bombe fumigène était-elle un signe destiné à lui faire comprendre qu'il ne fallait pas jouer avec le feu ?

« J'espère que nous n'avons pas de nouveau affaire à un pyromane », dit le commandant des pompiers.

Quelques années plus tôt, Bruges avait été victime d'un fou qui avait réussi à allumer des dizaines d'incendies avant d'être enfin arrêté.

« Si on trouve un autre fumigène dans quelques jours, ce sera la preuve que vous n'étiez pas visé.

— Vous savez déjà ce que c'est, comme bombe ?

— Non, mais je peux vous dire que ce n'est pas une petite.

— Elle viendrait de la police ou de l'armée ?

— Les gars du service d'enlèvement et de destruction d'engins explosifs vont arriver. »

Van In hocha la tête. Il regarda Hannelore, qui sourit aussitôt. Le preux chevalier dont elle était tombée éperdument amoureuse venait une fois de plus de prouver qu'il n'avait peur de rien pour la sauver du danger. Dans son armure étincelante, ce noble cœur au regard vaillant avait couvert sa nudité et sauvé son honneur.

« Qu'est-ce qu'il y a ? demanda Van In en voyant son regard se brouiller.

— Toutes ces émotions m'ont donné faim, Pieter.

— Tu veux que je te prépare une tartine de fromage ?

— J'ai envie d'autre chose, dit-elle en baissant les yeux. De quelque chose qui ne se mange pas dans la cuisine. »

Vite fait bien fait, ce n'était pas le genre de Van In. Il aimait les câlins, les caresses, les tendresses, et s'il y avait une chose qu'il désirait par-dessus tout, c'était de baigner le plus longtemps possible dans la chaleur d'Hannelore avant de jouir. Là, pourtant, ils firent l'amour comme des bêtes. Il lui arracha ses vêtements – pour le pull, ce fut facile, mais elle dut l'aider pour son jean – avant de se déshabiller en quatrième vitesse et de lui sauter dessus. Ils se retinrent de pousser des gémissements et des hurlements, mais, à entendre leurs halètements, il était assez facile de comprendre qu'ils ne jouaient pas au rami.

« Tu as fermé la porte de la chambre ? » demanda soudain Van In en reprenant son souffle.

Il entendait quelqu'un monter l'escalier. La maison grouillait toujours de pompiers, mais il avait cru pouvoir espérer que personne n'aurait l'audace de monter pendant qu'ils, hum, prenaient une collation dans leur chambre.

« Réponds-moi ! »

Hannelore tira les couvertures jusqu'à son menton. Si quelqu'un les surprenait ainsi, les rumeurs seraient vite ingérables. Ses confrères se permettraient des remarques à double sens, la suivraient de près dans l'escalier quand elle serait en jupe et lui enverraient des petits mots salaces. Elle avait déjà connu ça quand le procureur Beekman les avait surpris, elle et Van In, dans une situation compromettante… *sur* son bureau.

Van In sauta en bas du lit et courut à la porte, mais il n'eut pas le temps de la fermer à clé. Elle s'ouvrait toute seule.

« Guido ! Qu'est-ce que tu fiches ici ? !

— On m'a dit en bas que vous étiez montés manger un morceau. »

Versavel était rasé de frais, il portait un costume élégant et s'était aspergé d'une eau de toilette exotique. En le voyant sourire au lieu de s'excuser, Van In comprit que les nouvelles étaient bonnes. Il prit son ami dans ses bras et le gratifia de trois bises sonores.

« Il ne faudrait pas que quelqu'un nous voie ! » dit Hannelore en souriant.

Ils devaient faire une étrange version du « Déjeuner sur l'herbe » : Van In totalement nu qui tenait Versavel dans les bras, pendant qu'elle était tout aussi peu vêtue, sous les couvertures.

« Entre donc, Guido ! »

Van In se tourna pudiquement pour enfiler un pantalon et cacher les larmes qui lui montaient aux yeux.

« Je me suis dit que le mieux était de venir vous avertir en personne », dit Versavel.

Hannelore lui ouvrit les bras et le serra contre sa poitrine.

« Tu n'imagines pas à quel point nous sommes heureux tous les deux », dit-elle.

Certains jours sont si chargés que c'en est trop : l'étrange tête-à-tête avec Agnès Ottevaere, l'incendie qui n'en était pas un, le coup de folie avec Hannelore et, enfin, la bonne nouvelle que Versavel n'était pas séropositif.

« Qu'est-ce qu'on fait, maintenant ? demanda Van In.

— On va fêter ça ! Descendez, vous, les hommes ! Je m'habille. J'arrive tout de suite !

— Enfile quelque chose de sexy ! demanda Van In.

— Pour que j'attrape de nouveau la crève ? !

— Sous tes vêtements, alors. »

Dans le jardin, le commandant des pompiers discutait avec quelqu'un du service de déminage, un type bedonnant aux joues violacées. Lorsqu'il vit Van In et Versavel descendre l'escalier, il fit semblant de rien. Il préférait ne pas essayer de comprendre.

« C'est bien une bombe fumigène de l'armée, dit-il lorsque Van In les eut rejoints. Probablement volée, puis vendue au marché noir. Le lieutenant Waes va enquêter pour nous.

— Il y a un précédent ?

— Pas que je sache », dit Waes.

Van In communiqua le numéro de téléphone d'Hannelore et demanda combien de temps allait durer l'enquête.

« En ce qui me concerne, l'incident est clos, dit le commandant des pompiers.

— Bien. Il nous reste à attendre les gars du labo technique. »

Van In avait demandé à Versavel d'appeler Klaas Vermeulen. Malgré leurs rapports tendus, il était décidé à lui confier les clés de la maison dès son arrivée. Il n'aurait qu'à les déposer dans la boîte aux lettres quand il aurait terminé son travail. C'était ça ou faire une croix sur leur petite fête, ce qui aurait été on ne peut plus dommage.

« Vermeulen arrive, dit Versavel. Et Carine s'occupe de l'enquête de voisinage. »

Il avait rajeuni de dix ans. Son sourire juvénile, les étincelles dans son regard, sa voix douce et maîtrisée, sa moustache éclatante : il était enfin redevenu lui-même. Hannelore aussi avait retrouvé tout son peps : avec son blush sur les joues, son rouge à lèvres carmin et sa petite veste de fourrure, elle était resplendissante. La fourrure était vraie : Van In l'avait achetée en faisant fi de tous ses principes après avoir bu une Duvel de trop. Il préférait s'en rappeler le prix en euros plutôt qu'en francs belges, ça lui paraissait moins décadent. D'accord, cet achat n'avait pas fait beaucoup de bien aux populations du pôle, mais Van In s'était consolé avec l'idée que le manteau avait été fabriqué dans les années soixante, à une époque où ce problème ne se posait pas encore – c'était en tout cas ce que lui avait affirmé le vendeur. De toute façon, Hannelore était splendide, et cela seul comptait.

« Je suis prête ! »

Jésus, Marie, Joseph, pensa Van In en se rappelant que son professeur de religion, à qui il avait confessé avoir parfois des pensées impures, lui avait recommandé d'invoquer la Sainte Famille pour lutter contre la tentation.

Marc Decoussemaecker se trouvait sous la douche lorsqu'on sonna à sa porte. Cela faisait longtemps qu'il pensait faire quelque chose pour modifier le timbre irritant de cette satanée sonnette. Ce ding dong lui donnait la chair de poule. Et il détestait être dérangé un jour de congé. Il ferma le robinet d'eau froide, se noua une serviette autour des reins et descendit l'escalier, encore tout dégoulinant. Ses pieds laissèrent des marques humides sur le parquet. Son père lui avait appris à châtier son corps jusqu'au moment où la souffrance devenait plaisir. Au début il avait refusé, mais son paternel avait su se montrer persuasif. Il lui avait donné le choix : le ceinturon ou dix minutes de douche froide. La première fois, il avait à peine tenu trois minutes. Mais il n'oublierait jamais le bruit du cuir qui lacère la peau nue, ni la douleur cuisante. Il n'avait plus pu s'asseoir normalement pendant quatre jours. Depuis, il n'était plus jamais sorti trop tôt de sous la douche.

« Merde !

— Je dérange ?

— Je t'ai pourtant dit de ne jamais venir ici.

— T'inquiète. Personne ne m'a vu. »

Primo Vollekindt portait un pantalon en lin, un pull en laine d'alpaga et une veste en cuir qui bâillait avec nonchalance. D'un geste de la tête, Decoussemaecker l'invita à entrer ; il ferma à double tour derrière lui. Dans le salon, il tira les rideaux.

« Les voisins vont croire qu'on prend du bon temps ensemble, dit Primo.

— Je n'ai vraiment pas la tête à ça.

— Pourtant tu as l'air fin prêt », dit le visiteur en tendant la main vers la serviette nouée autour des reins de l'inspecteur.

Celui-ci se déroba.

« Seulement si tu paies d'abord, tu le sais très bien.

— Pffft !

— Tu es de nouveau venu sans fric ? »

Decoussemaecker alla s'isoler dans sa chambre, ferma à clé derrière lui et s'habilla. Il avait douze ans quand son père l'avait violé pour la première fois, soi-disant pour faire de lui un homme. Les choses n'en étaient pas restées là. Chaque fois que sa mère quittait la maison, et à l'époque cela s'était produit de plus en plus souvent, l'enfant avait dû se plier aux désirs de l'homme qui lui avait appris à jouir de la douche froide. Beaucoup plus tard, il avait lu que les victimes d'abus sexuel ont tendance à reproduire le comportement qu'ils ont subi. Chez lui, cela ne s'était pas passé comme ça. Il avait réussi à dompter ses traumatismes en s'adonnant au bouddhisme. Le souvenir des horreurs qu'il avait dû supporter enfant avait cessé de le hanter dans ses cauchemars ; il n'avait pas non plus développé une personnalité multiple pour s'en sortir. Mais il y avait deux choses avec lesquelles il n'avait jamais pu faire la paix : le fait que son père était un collabo et cette histoire si horrible qu'elle en restait pour lui innommable.

« Tu veux boire quelque chose ?

— Qu'est-ce que tu as ? De l'eau plate et de l'eau pétillante, c'est ça ?

— Il me reste une bouteille de vin.

— De chez Aldi ou du Colruyt ?

— C'est une vieille bouteille.

— Quand même pas le Pomerol que je t'ai offert en 1983 ? »

Decoussemaecker fit oui de la tête et sortit le vin d'un placard.

« Tu l'as vraiment gardé jusqu'à aujourd'hui ?

— Tu sais bien que je ne bois plus depuis... »

La voix de Decoussemaecker se noua. Cela faisait vingt ans qu'il n'avait plus bu la moindre goutte d'alcool – le genièvre que Van In l'avait forcé à ingurgiter ne comptait pas.

« Tu n'aurais pas dû continuer à manger, ce jour-là. »

Decoussemaecker se sentit mal. La bouteille lui échappa des mains et se fracassa sur le sol. Le vin gicla jusque sur les rideaux. Le goulot de la bouteille, qui avait gardé son bouchon, roula sous le dressoir.

« C'est pas grave. Il ne devait plus être bon, de toute façon. »

Primo ôta sa veste et s'installa dans le divan en prenant une pose de pacha. Decoussemaecker se rendit mécaniquement dans la cuisine et en revint avec le rouleau de papier absorbant. Il était livide. Le souvenir de cette soirée d'il y a très longtemps le revisitait souvent durant ses cauchemars. Même en méditation, cette image le poursuivait. Le jour où il atteindrait la lumière, il romprait définitivement avec le passé et se soumettrait volontairement à la justice, car il serait alors prêt à passer le restant de ses jours en prison. On peut enfermer un corps, pas un esprit libre.

« J'ai promis de t'informer de l'évolution de l'enquête à condition qu'on ne parle plus jamais de ça. »

Primo étendit les jambes sur le canapé et jura en constatant que des taches de vin maculaient son pantalon chic.

« Comme tu veux », marmonna-t-il.

Pendant que Decoussemaecker ramassait les éclats de verre et qu'il épongeait le vin, le visiteur alluma une cigarette.

« Comment ça va, avec Mus ?

— Il est en cellule.

— Il a avoué ?

— Non, bien sûr.

— Mais ils croient que c'est lui qui a fait le coup ?

— À ta place, je ne sous-estimerais pas Van In, dit Decoussemaecker.

— Pfff. Personne ne peut prouver que c'est moi qui ai commandité le meurtre de Dominique. »

Decoussemaecker ferma le sac plastique contenant les débris de verre et le papier absorbant, et alla le déposer dans la cuisine.

« J'espère que tu as raison, dit-il.

— T'inquiète, Marco. Tant que tu tiendras ta langue, je resterai hors de portée. Et tu es obligé de tenir ta langue, sinon tu en prends pour vingt ans. C'est aussi simple que ça. »

« Il reste des huîtres, Anneke ? »

Van In goûta le vin avec un air de connaisseur, alors qu'il en était déjà à la troisième bouteille. Versavel, qui buvait rarement, terminait son quatrième verre. Il s'emmêlait un peu les pinceaux en parlant et, surtout, il embrassait Hannelore à chaque toast. Il venait de le refaire, et sur la bouche, en plus. Heureusement, personne n'y trouverait rien à redire : pour une fois, le restaurant Malesherbes était quasi vide. Près de la fenêtre, deux couples anglais dégustaient une couronne d'agneau aux petits légumes, un plat qui leur semblait bien meilleur que chez eux.

« Tu veux que j'aille chercher une autre bourriche chez le poissonnier ? »

Sans attendre la réponse de Van In, Anneke enfilait déjà son manteau.

« Tu es un amour ! cria Van In dans son dos.

— Et toi, un enfant gâté, dit Hannelore entre deux bouchées. Tu sais bien qu'ils ne servent pas d'huîtres ici. Ça ne t'empêche pas de...

— Entre nous, admets qu'elle a un joli petit cul.

— Je ne vois pas le rapport.

— Et un beau nombril ! compléta Versavel. L'été on vient souvent ici pour prendre la température...

— N'exagère pas, Guido !

— Ne croyez surtout que vous m'impressionnez, tous les deux ! » dit Hannelore en prenant d'autorité la dernière huître.

Van In jouait volontiers au macho, mais au fond de lui, c'était un homme on ne peut plus fidèle. Et Versavel était saoul. Dans vingt-quatre heures, il serait redevenu lui-même.

« Si on reste encore longtemps ici, on aura passé la journée à glander aux frais du contribuable.

— Et quand on sait combien gagne un juge d'instruction... !

— Abruti !

— Hannelore a raison, intervint Versavel. Ce n'est pas très déontologique de rester ici à ne rien faire.

— Parlez pour vous ! Je réfléchis, moi ! dit Van In.

— Tu médites sur le cul d'Anneke, oui !

— Non, je pense à Agnès Ottevaere. »

Van In raconta alors l'étrange déroulement de sa visite à la sexagénaire.

« On ne devrait pas plutôt se focaliser sur le dernier meurtre ?

— À mon avis, ce n'est pas Mus qui a dégommé Dominique Candries, Hanne.

— Tu peux le prouver ?

— Pas encore. »

Il était évidemment possible que quelqu'un s'inspire des meurtres du tarot : il y avait suffisamment de fous qui regardaient des films policiers, sans compter que la presse avait largement fait écho à toute l'affaire.

« Mais imagine que Dominique Candries ait réellement été tuée avec la même arme.

— Qu'est-ce qu'il dit, Vermeulen ? »

Les meurtres du tarot avaient été commis avec un Walther P38, un pistolet de fabrication courante.

« Même type, même calibre, Hanne. Le hic, c'est qu'on ne sait pas encore si c'est le même flingue. »

Van In avait demandé une étude balistique, mais il ne recevrait pas les résultats avant plusieurs jours. Et pour une fois, il ne rouspétait pas, car il savait combien ce travail de précision nécessitait de patience et d'expérience. Une balle tirée et sa douille portent des traces uniques (rayures, champs, stries et micro-stries) aussi spécifiques que des empreintes digitales. Parfois, les experts réussissaient à boucler l'enquête balistique en vingt-quatre heures, mais cela durait généralement plus longtemps. Or, pendant ce temps, Jürgen Mus était en préventive.

« Il doit y avoir une autre manière de démontrer l'innocence de ce type, dit Van In, que cela turlupinait.

— Voilà qu'il se prend à nouveau pour Sherlock Holmes ! » s'exclama Hannelore.

Elle aussi, elle avait trop bu. Cela s'entendait : elle n'arrêtait pas de glousser. Heureusement, il fallait plus que quelques verres à Van In pour l'empêcher de réfléchir. Il carburait ferme. Il y avait un truc qui lui avait échappé, mais quoi ? !

Ce fut lorsqu'il entendit les touristes anglais dire : « *It's precisely the same weather as sixteen years ago* » que le déclic se fit.

« Tu as vérifié s'il avait un alibi ?

— Qui ?

— Jürgen Mus.

— Tu étais là.

— Ce n'est pas ce que je veux dire.

— Laisse tomber. »

Van In s'empara du sac d'Hannelore, accroché au dossier de sa chaise.

« Qu'est-ce que tu fais ?

— Il faut que je téléphone, Hanne. »

À cet instant même, Anneke rentra dans le restaurant. Elle portait une bourriche d'où sortaient des algues.

« Je dois le reconnaître, Pierrot. Tu es un génie. »

Hannelore dégustait un café serré. Les médecins estiment que cette boisson ne prémunit pas contre la gueule de bois. Ils ont raison, elle ne peut aider que dans la mesure où on cesse de boire de l'alcool entre les tasses.

« Disons que j'ai eu un peu de chance, admit Van In, modeste. Qui aurait pu deviner que Jürgen Mus était en prison il y a vingt ans, au moment des meurtres du tarot ?

— Mais pourquoi ne l'a-t-il pas dit ? demanda Versavel.

— Parce qu'il n'a pas été une seule seconde question de cette affaire. Nous l'avons seulement interrogé dans le cadre du meurtre de Dominique Candries.

— C'est ma faute. C'est moi qui l'ai auditionné.

— Ne dis pas n'importe quoi, Guido. On ne va pas se laisser gâcher notre journée pour si peu.

— Tu as raison. »

Bientôt, le service de Versavel prendrait fin, et il rentrerait chez lui. La fête pourrait commencer. Cela faisait six mois que lui et Frank n'avaient plus fait l'amour. Le sieur Onan pouvait aller se rhabiller.

« Tout est bien qui finit bien », dit-il.

Hannelore vida sa tasse et adressa un clin d'œil à Van In.

« Je vais me montrer un peu au tribunal. Tu voudras bien t'occuper du dîner ?

— Mais… on vient de dîner, Hanne !

— Manger des huîtres, je n'appelle pas ça dîner, Pieter. Je crève la dalle. »

Elle se leva et alla chercher son manteau de fourrure au portemanteau.

« Je serai là à sept heures et demie.

— Il reste deux steaks dans le frigo.

— Prépare des frites et beaucoup de mayonnaise ! »

« Ne m'attends pas, Guido. Cours retrouver Frank ! »

Van In se servit un café, alluma une cigarette et regarda par la fenêtre. Monsieur Météo avait annoncé de la neige fondue. À voir le ciel, il aurait peut-être raison, pour une fois.

« Seulement si ça ne t'ennuie pas.

— Bien sûr que non ! Allez, file !

— À demain.

— À demain. »

Van In allongea les jambes. C'était la première fois depuis des lustres qu'il se retrouvait seul au commissariat. Il écouta un moment les bruits de la ville : un bus qui démarre, des cris d'écoliers, un chien qui aboie… Tout cela aurait pu avoir sur lui un effet apaisant, mais le regard étrange d'Agnès Ottevaere le poursuivait. Dans les rideaux, dans l'écran de son ordinateur, dans le ciel, partout, il voyait ses grands yeux noirs. Cela en devenait si obsédant qu'il envisagea de sortir la bouteille de Filliers que Versavel gardait dans l'armoire à archives pour les cas d'urgence.

« Salut. »

Van In sursauta. Carine venait d'entrer dans la pièce.

« Je ne dérange pas ? »

Je me trompe, ou tu t'es changée ? faillit demander Van In. Chaque femme a son arme secrète. Chez Carine, c'était les jambes. Elle était restée en uniforme, mais elle avait troqué la jupe normale contre une plus courte.

« J'allais rentrer, dit Van In.

— Il n'est que quatre heures et quart. »

Van In jeta un coup d'œil à l'horloge murale.

« Quatre heures et dix-sept minutes, précisa-t-il.

— C'est toi le boss, mais… »

De toutes les petites phrases d'apparence anodine, celle-là était certainement l'une des moins inoffensives, surtout quand elle était dite avec un petit air de soumission feinte.

« Je peux encore faire quelque chose pour toi ? »

Van In n'aurait pu choisir plus mal sa réponse. Carine tira sa chaise contre la sienne. Le commissaire sentit la chaleur de ses cuisses irradier jusqu'à lui.

« Tu ne veux vraiment pas savoir comment j'ai trouvé le code du coffre-fort de De Kee ? »

Elle avait consacré l'après-midi à l'enquête de voisinage liée à la présence d'une bombe fumigène impasse du Poisson-Gras. Pour une fois, celle-ci s'était révélée fructueuse. Une vieille femme vivant rue des Baudets avait vu un homme sortir en courant de l'impasse sur le coup de dix heures, alors qu'elle-même descendait la rue du Marécage. Il avait bondi dans une voiture et démarré sur les chapeaux de roue. Mais la voisine était incapable de décrire l'homme ou son véhicule, car elle n'avait pas ses lunettes. La seule chose qu'elle pouvait affirmer, c'était que le pot d'échappement du bolide sentait mauvais.

« Je dois aller faire le dîner, Carine. »

Elle jeta un regard ostentatoire à l'horloge.

« C'est un menu gastronomique ?

— Non : steak-frites mayonnaise.

— Madame le juge aurait-elle une fois de plus des problèmes avec ses hormones ? »

Van In aurait dû remettre la fliquette à sa place, mais il ne le fit pas, car elle avait raison. Il savait très bien que c'était toujours au même moment de son cycle qu'Hannelore avait une envie de mayonnaise.

« Il faut que j'y aille, Carine. »

Cela ne sonnait pas très convaincant.

« Je sais que tu brûles de curiosité », dit-elle.

Les hommes restent des hommes, même ceux qui ont la réputation d'être on ne peut plus fidèles. Lorsque Carine lui jeta son sourire désarmant, il s'admit vaincu. Il était quatre heures vingt et une.

« Tu ne me laisses pas le choix.

— Non, répondit-elle.

— Alors, je t'écoute.

— Il faut aller dans le bureau de De Kee.

— Ne dis pas n'importe quoi.

— Ça ne craint rien. Le commissaire en chef assiste à une réunion de la ligue de football à Bruxelles. Il y a autant de chances qu'il rentre avant dix heures du soir que… »

Elle termina sa phrase par un clin d'œil. La chasse était ouverte. Van In hésita. Il plissa les yeux et renifla.

« Désolé, Carine, mais je ne peux pas.

— Dans ce coffre, il y a aussi ton dossier, Pieter. »

La bataille n'est perdue que lorsque les troupes de réserve ne peuvent se ranger à temps en ordre de bataille. Van In disposait d'un dernier argument.

« Sa secrétaire ne nous laissera jamais…

— Barbara est en congé cet après-midi. »

C'était le coup de grâce. Van In s'avoua vaincu.

De Kee ne se privait pas. Son bureau, immense, était même équipé d'un téléviseur grand écran et d'un lecteur de DVD achetés aux frais du contribuable, prétendument pour analyser les images que les inspecteurs de l'équipe Argus prenaient des hooligans et des vandales qui écumaient les stades.

« Si quelqu'un apprend quoi que ce soit, on est tous les deux bons pour retourner à la circulation, dit Van In.

— Toi peut-être. Pas moi. »

Carine se dirigea droit sur le coffre-fort, qui était comme de bien entendu dissimulé derrière un tableau horrible. Elle forma la combinaison : 6996. Van In n'en croyait pas ses yeux. C'était trop simple.

Trois semaines plus tôt, Carine s'était fait rappeler à l'ordre par De Kee pour avoir osé arrêter un citoyen respectable (en clair, un grand ami du commissaire en chef) qui tripotait une mineure au lac d'Amour.

« Et voilà que Barbara entre en coup de vent, dans tous ses états. Elle avait oublié de rappeler à De Kee son rendez-vous avec le proc.

— J'imagine très bien la scène, dit Van In. Il lui a sonné les cloches.

— Exactement. »

De Kee était parti en catastrophe et Barbara était allée noyer son chagrin à la cafétéria, comme chaque fois qu'elle avait un accrochage avec son patron.

« Jolie anecdote, dit Van In. Mais ça ne m'explique pas comment…

— Un moment, Pieter. Tu sais que j'aime prendre mon temps.

— Je ne sais rien du tout.

— Non ? »

Elle ouvrit grand les yeux, puis serra les mâchoires, comme si elle voulait se rappeler à l'ordre.

« Il fallait trouver la combinaison, dit-elle. Quand on connaît un peu De Kee, on sait que ce n'est pas l'imagination qui l'étouffe.

— 6996, c'était ton premier essai ?

— Non, j'ai d'abord pensé à quatre fois zéro », répondit-elle en riant.

Elle était maintenant tout près de Van In. Il aurait pu s'écarter d'un pas, pour lui faire comprendre qu'il restait de marbre, mais il laissa les choses se faire. Carine réveillait chez les hommes leurs instincts animaux, elle le savait très bien.

« Commençons par regarder les dossiers », dit-il.

Carine consulta sa montre à la dérobée. Il était six heures moins vingt-cinq.

Les chiens ont un flair terrible, tout le monde sait ça. Quand Bob se mit à renifler son maître un peu partout dès qu'il eut passé la porte, Hannelore eut immédiatement la puce à l'oreille.

« Ta journée s'est bien passée, mon chéri ? »

Elle passa ses bras autour du cou de Van In et se mit elle aussi à le renifler partout. Il puait la cocotte.

« Ce n'est pas ce que tu crois ! dit Van In pour se disculper.

— Ah non ? Et qu'est-ce que c'est, alors ? »

Van In aurait difficilement pu lui raconter ce qui s'était passé. Elle deviendrait furax si elle apprenait qu'il avait ouvert le coffre-fort de De Kee. Et sans doute encore plus si elle comprenait le rôle joué par Carine dans cette histoire.

« J'ai un dossier à lire, dit-il d'un air niais.

— Quel tour de poitrine, ton dossier ?

— Hanne, s'il te plaît. Tu sais que…

— Je sais surtout que la petite Neels est capable de n'importe quoi ! »

Bob s'étendit devant l'âtre et ferma les yeux. *Qu'ils se disputent !* pensa-t-il. *Et les steaks seront pour moi.*

8

Ce n'était pas la première fois que Van In passait la nuit sur le canapé du salon. Cela ne le dérangeait pas trop, sauf au moment de changer de position. Chaque fois qu'il se tournait, les couvertures tombaient par terre et le froid le réveillait. À cinq heures et demie, il estima que cela avait assez duré. Il se leva et alla se servir une Duvel dans la cuisine. Il ne pouvait pas vraiment en vouloir à Hannelore. La veille, Carine lui avait offert sa bouche. Il n'avait malheureusement rien fait pour repousser ses avances. C'était le prix à payer pour consulter les dossiers – en tout cas, c'était ce qu'il se disait pour apaiser sa mauvaise conscience. Il alluma une cigarette et suivit du regard les volutes bleues jusqu'au plafond. À part son propre dossier, qui ne contenait à première vue rien dont il eût à rougir, et celui de Decoussemaecker, dont il était seulement établi que le père avait été un collabo, Van In avait trouvé un document qui lui avait fait froncer les sourcils. C'était une lettre, signée par l'évêque de Bruges, où le prélat déclarait tout ignorer des faits dont on soupçonnait le père Lionel Desmidt, mais qui se disait néanmoins prêt à un échange de vues sur la question avec le commissaire adjoint De Kee, afin de parvenir à un accord qui siérait à toutes les parties. La missive était datée du 20 novembre 1982, un mois avant les meurtres du tarot.

Van In but une gorgée de Duvel, qui lui parut particulièrement bonne malgré l'heure matutinale. Carine prétendait que De Kee avait demandé à Decoussemaecker de l'espionner pour le discréditer. Cette thèse ne tenait pas la route. Non, si De Kee avait introduit Decoussemaecker dans la cellule de recherche spéciale, c'était pour pouvoir suivre de près les progrès de l'enquête sur l'affaire du tarot. La lettre de l'évêque réorientait totalement l'enquête et la complexifiait encore. D'autant que l'innocence de Jürgen Mus était désormais évidente. Il ne faisait plus aucun doute que Dominique Candries avait été assassinée par le meurtrier d'il y a vingt ans. Peut-être parce qu'elle était en possession d'informations susceptibles de le mettre en danger. Mais sa mort n'avait aucun rapport avec la réouverture de l'enquête, et Van In n'avait certainement pas « ouvert la boîte de Pandore », puisque le nom de la jeune femme ne figurait pas dans le premier dossier. Van In y trouva une certaine consolation. Et un encouragement à considérer cette histoire sous un angle nouveau.

« Bonjour, bonjour ! claironna Versavel, le visage illuminé d'un large sourire, lorsque Van In lui ouvrit la porte sur le coup de huit heures moins le quart.

— Entre, Guido. Un café ? »

Versavel repéra le verre de Duvel sur la table de la cuisine.

« Tu as eu froid cette nuit ? demanda-t-il d'un air guilleret.

— Je suis rentré tard hier soir.

— Ne crois pas ses sornettes, Guido ! S'il devait dormir sur le canapé chaque fois qu'il rentre à pas d'heure… Mais il puait la cocotte ! »

Hannelore descendit lentement l'escalier, suivie de près par Bob.

« Sois contente que ce ne soit pas l'after-shave ! dit Versavel.

— Ça va, Guido.

— Un café, ma chérie ? demanda Van In d'un air soumis.

— Oui, merci. »

Van In n'était pas catho pour un sou, mais il croyait à la rémission des péchés. Il prépara le café avec amour et mit humblement la table du petit déjeuner. Hannelore se laissa servir, impassible.

« De quelles lettres de créance ai-je besoin pour approcher un évêque ? demanda Van In lorsqu'Hannelore se resservit pour la deuxième fois.

— Pourquoi ? Il est dans ta liste des suspects ?

— Non, mais…

— Fais comme tout le monde. Prends rendez-vous. »

Quand Van In se leva pour griller deux nouvelles tartines, Hannelore adressa un clin d'œil à Versavel.

« La nuit porte conseil ! » dit-elle lorsque Van In servit les toasts.

Il n'aurait pas été très intelligent de sa part d'avouer que si elle avait relégué Van In sur le canapé, ce n'était pas parce qu'il puait la cocotte – elle avait immédiatement reconnu le parfum bon marché de Carine et elle savait que cette fille était prête à tout pour la rendre jalouse –, mais parce qu'elle avait été déçue de ne pas trouver de la mayonnaise maison sur la table à son retour. Et elle doutait qu'il soit capable d'en rire avec elle.

« Mais je suis plus inspiré quand je dors dans mon lit, commenta le commissaire.

— Et il sort d'où, cet évêque ?

— Lionel Desmidt était curé, je te rappelle. Quand on cherche à se renseigner sur un juge d'instruction, on va voir le procureur, non ?

— À ta place, je serais un chouïa plus prudent, Pieter Van In. Tu ne peux pas auditionner un évêque sur un caprice. Tu dois pouvoir justifier ta démarche. Et pour l'instant tu n'en es pas capable, à moins que tu me caches de nouveau des choses.

— Il est délicieux, ce café, dit Versavel.

— Tu veux que je prépare des frites et de la mayonnaise maison pour ce soir ? » demanda Van In, sentant que la conversation prenait un tour dangereux.

Si elle continuait dans cette voie, il allait de nouveau devoir mentir, et c'était au-dessus de ses forces.

« Je n'en ai plus envie. »

Van In vida sa tasse et écrasa sa cigarette – c'était déjà la cinquième – dans le cendrier.

« Je peux avoir un bisou ? »

Hannelore commença par détourner la tête. Mais quand il s'agenouilla devant elle et la supplia avec des yeux de chien fidèle, elle lui tendit sa bouche et se laissa embrasser fougueusement. Versavel regarda ailleurs. Décidément, il ne comprendrait jamais les hétéros.

Primo Vollekindt grignotait sans appétit la tartine de fromage fondu que Decoussemaecker lui avait préparée. Toute la nuit il avait gardé les yeux ouverts à côté d'un gars qui s'était mis à ronfler dès que la baise avait été expédiée. Coucher avec un flic, c'était comme jouer une fugue de Bach avec des doigts gercés.

« On ferait mieux d'arrêter là, dit-il.

— Je pense aussi, répondit Decoussemaecker. Je suis bouddhiste, maintenant. Le sexe ne m'intéresse plus.

— J'ai remarqué.

— Trouve-toi une fille, comme avant.

— Sûr, Marco. Ta mère vit toujours au même endroit ? »

Malgré toutes ses séances de méditation et de pénitence pour atteindre un degré de conscience plus élevé, Decoussemaecker ne laisserait personne entacher la réputation de sa mère. Sa lèvre inférieure commença à trembler. Il s'empara du couteau posé sur la table du petit déjeuner.

« Sale connard !

— Pour une pipe, c'est quand tu veux, mon chéri. »

Decoussemaecker ferma les yeux. À travers un voile, il vit la tête de son père penchée au-dessus de son lit. « Maman est partie, Marc. Je sais que tu vas être gentil avec ton papa. » Le goût douçâtre, l'odeur âcre… Malgré des années et des années à travailler la maîtrise de soi, il bondit de sa chaise et pressa la pointe de son couteau contre la gorge de Primo.

« À ta place, je ne ferais pas ça, Marc. Tu sais très bien ce qui arrive aux flics qui atterrissent en prison. On les encule jusqu'à ce que le foutre leur sorte par les oreilles. C'est ça que tu veux, hein ?

— Je ne veux plus jamais te voir, Primo.

— On peut se téléphoner.

— Je t'ai dit tout ce que je savais. Fiche-moi la paix, maintenant.

— Il n'en est pas question. Je veux que tu continues à m'informer de l'évolution de l'enquête. Sinon…

— Sinon quoi ? Si tu me donnes, tu tomberas aussi.

— Ça reste à voir. »

Primo s'essuya la bouche avec la serviette en papier que lui avait préparée Marc.

« Absolument pas.

— Oh que si, Marco. Tu n'as quand même pas oublié que j'ai des photos de ce fameux festin. Si je les montre à Van In, tu n'arriveras jamais à prouver que tu n'étais pas dans le coup. Tu feras de la taule. Et moi, de toute façon, je m'en sortirai. J'ai toute la thune que je veux pour me payer un bon avocat, ce qui n'est pas vraiment ton cas, mon chéri. »

« Les pièces que tu as subtilisées dans le bureau de De Kee n'ont aucune valeur, décréta Versavel lorsque Van In lui eut expliqué ce qu'il avait découvert la veille. Et de toute façon, la lettre de l'évêque ne contient aucune allusion concrète aux meurtres. Il demande peut-être seulement à De Kee de l'aider à couvrir une affaire de mœurs.

— Tu as sans doute raison », dit Van In.

Dans la rue des Monnaies, un groupe de touristes japonais longeait les façades comme une horde de chiens qui a perdu sa piste. Ils allaient tout droit vers le Zand, où il n'y a rien à voir, hormis une affreuse fontaine et un bunker faisant office de salle de concert.

« Ce n'est pas ta faute, Pieter. Tu as interrogé toutes les personnes liées à l'enquête. Tu ne peux pas faire plus. »

Versavel guidait la Golf à travers le Zand. Ils allaient atteindre le commissariat lorsque Van In eut une illumination.

« J'ai oublié quelqu'un ! »

Il avait en effet interrogé toutes les personnes liées aux meurtres du tarot, sauf une : Claire Hautekiet, la nièce du colonel assassiné, qui exploitait la filiale d'une banque à Blankenberge. Depuis qu'il avait fait chou blanc avec Hannelore à son domicile, il l'avait complètement oubliée, celle-là !

« L'air de la mer te fera le plus grand bien », commenta Versavel.

On peut toujours déranger le directeur d'une banque : il suffit que le motif soit lié de près ou de loin à l'argent. Lorsque Van In expliqua à Claire Hautekiet qu'il souhaitait lui parler à propos du meurtre de son oncle, elle lui lança le regard qu'elle réservait aux mauvais payeurs.

« Je suis très occupée aujourd'hui, dit-elle.

— Vous m'en voyez désolé », répondit Van In en souriant.

Toute discrimination est interdite par la loi, mais si on lui avait demandé contre qui ses préjugés étaient les plus forts, il est certain que les banquiers auraient obtenu un score élevé.

Ils entrèrent dans le bureau de Claire Hautekiet – enfin, « entrer » était un bien grand mot, étant donné qu'il n'y avait pas de porte, mais des panneaux latéraux séparés par une ouverture médiane. Soit la banquière se retirait derrière l'un d'eux pour s'isoler, soit elle s'installait de façon à pouvoir surveiller les membres de son personnel qui s'activaient derrière leur ordinateur. *Big Sister is watching you*, pensa Van In. Avant de s'asseoir, il compta huit employés, tous apparemment très concentrés sur leur mission : subtiliser l'argent de leurs clients d'une manière légale.

« Mon oncle est mort il y a vingt ans, commença Claire Hautekiet. Je ne comprends pas pourquoi la police s'intéresse de nouveau à cette histoire. »

Van In prit une mine grave. Dire froidement qu'il avait rouvert l'enquête parce qu'il s'ennuyait ne lui semblait pas la manière la plus indiquée d'impressionner cette femme de décision. Admettre que jusqu'à présent il piétinait, non plus. Alors il inventa quelque chose, s'appuyant sur le fait que, de toute façon, tout le monde a quelque chose à cacher.

« Vous saviez que votre oncle menait une double vie ? »

Versavel changea de couleur. *Là, il va trop loin ! S'il a tort et que le colonel a eu une vie transparente... Ou pire, si Van In a raison et qu'il met le doigt sur quelque chose que la banquière a essayé de refouler jusqu'à présent...*

Claire Hautekiet maîtrisa parfaitement ses émotions.

« Qu'entendez-vous par là, commissaire ? »

Elle enfonça un bouton. Aussitôt, un écran descendit du plafond et vint s'insérer entre les deux panneaux, de façon à fermer hermétiquement l'ouverture médiane. *Ah ben ça, c'est le pompon !* se dit Van In, même s'il savait que les banques sont souvent équipées de gadgets sophistiqués.

« Je pense que vous êtes mieux placée que moi pour le savoir, madame, dit Van In, le visage sévère, conscient qu'il venait de marquer un point.

— Vous en avez parlé à quelqu'un d'autre ?

— Pas encore, madame.

— Puis-je vous demander de ne pas le faire ?

— Cela dépendra de vous, madame.

— Je peux vous offrir à boire ?

— Une Duvel et un Perrier, s'il vous plaît. »

Si la banquière envoyait une secrétaire au café du coin, Van In saurait que c'était dans la poche. Versavel en avait la chair de poule. C'était Van In tout craché.

« Un moment. »

Elle appuya sur le bouton de l'interphone.

« Comprenez-moi, reprit Van In. Je ne rouvre pas de vieilles blessures pour le plaisir. Mais une quatrième personne est morte il y a quelques jours, exactement de la même manière que votre oncle et les deux autres victimes. Nous craignons que le meurtrier ne frappe à nouveau. Voilà pourquoi nous sommes ici.

— Je l'ignorais. »

Son oncle était un militaire de la vieille école : juste, rigoureux et consciencieux. Telle était du moins l'impression qu'il avait faite sur l'enfant qu'elle était alors. C'est seulement beaucoup plus tard qu'elle avait appris qu'il était passionné d'occultisme et qu'il y avait consacré toute sa vie. Il déifiait Joris Karl Huysmans, le romancier du dix-neuvième siècle dont toute l'œuvre en était irriguée. Il s'était aussi engoué de gens comme Rudolf Steiner et Mme Blavatsky, des esprits éclairés persuadés que l'homme pouvait s'élever à un plus haut degré spirituel par l'étude. Que cela dût se faire au détriment d'une vie de famille normale, c'était un détail qui ne devait pas écarter la personne en recherche de son objectif ultime : la sublimation. C'était peut-être pour cette raison que Claire Hautekiet s'était tournée vers le monde bancaire : là, au moins, on travaillait sur du concret.

Les journaux en ont parlé, faillit répondre Van In.

« Mais vous saviez que votre oncle avait une vie cachée ? »

Elle fit oui de la tête. Le téléphone intérieur sonna. Elle enfonça le bouton qui commandait la cloison coulissante. Une jeune fille aux courts cheveux blonds apparut. Elle était vêtue d'un pantalon moulant et d'un petit haut étonnamment sexy. Elle apportait une Duvel et un Perrier sur un plateau.

« Merci, Marina. »

Van In se fit la réflexion que les prénoms aussi avaient changé. De son temps, il fallait s'appeler Charlotte ou Claudine pour travailler dans une banque, et porter un tailleur qui camouflait sa poitrine.

L'écran redescendit.

« Mon oncle exerçait une activité de voyant durant ses loisirs, dit enfin Claire Hautekiet.

— C'est de cela que je voulais parler avec vous », dit Van In avec le plus grand sérieux.

Il ressortit des explications de la banquière que le colonel ne se contentait pas de jouer au tarot ; il se montrait aussi très sensible aux avantages que pouvaient lui offrir ses clientes s'il leur lisait l'avenir.

« Comment avez-vous eu connaissance de tout cela ? demanda Van In.

— C'est ma tante qui m'a raconté. Elle lui avait un jour envoyé une amie.

— Agnès Ottevaere ? »

Claire Hautekiet eut du mal à cacher son étonnement.

« Vous aussi, vous êtes doué pour la voyance, commissaire.

— Tout est une question d'empathie, madame. »

Van In étendit les jambes et but une gorgée de Duvel.

« Je voudrais vous demander une dernière chose. Votre oncle avait une belle collection d'armes à feu. Qu'est-elle devenue ?

— Je l'ai écoulée dans une vente aux enchères.

— À Bruges ?

— Non, à Bruxelles.

— Vous avez gardé un document qui peut le prouver ?

— Oui, bien sûr.

— Un inventaire ?

— Oui, quelque chose comme ça.

— Vous pourrez me le faire parvenir ?

— Il faudra que j'en parle à mon mari. »

La menacer d'une perquisition aurait eu peu de sens, aussi se contenta-t-il de lui tendre sa carte de visite et de lui demander de lui faxer le justificatif.

Claire Hautekiet prit la carte et acquiesça. Elle voulait éviter toute publicité négative qui aurait nui à la réputation de la banque.

« Je vous envoie cette liste dès demain.

— Je vous remercie. »

Van In tenta à son tour un sourire professionnel.

« Si je raconte à Frank ce que tu viens de faire, il ne me croira jamais, dit Versavel lorsqu'ils remontèrent dans la Golf.

— Le prédateur ne se pose pas de question sur la manière dont il attrape sa proie, Guido. »

Van In alluma une cigarette et s'enfonça dans le siège du passager. Il venait certes d'obtenir une belle avancée, sur un coup de dés, mais l'affaire du tarot n'était toujours pas élucidée. Pas moyen d'établir le lien entre les victimes, et cela lui laissait un goût amer dans la bouche. Agnès Ottevaere, la sexagénaire mangeuse d'hommes au regard hypnotique, jouait manifestement un rôle clé dans l'histoire : elle avait eu une relation avec le père Lionel Desmidt et elle avait été l'amie de Mme Hautekiet, qui l'avait poussée malgré elle dans les bras de son mari. Restait Étienne Vollekindt, la troisième victime. Comment se rattachait-il à cette histoire ?

« Tu es déjà allé voir une voyante ? demanda-t-il tout à trac à Versavel.

— Pourquoi ?

— Affirmatif, si je comprends bien.

— Ça fait un fameux bail.

— Et… ? »

Versavel regarda par la vitre. Il n'avait jamais parlé de ça à personne, pas même à Frank.

« Ce ne sont que des sornettes.

— Tu éveilles ma curiosité, Guido. »

Ils franchirent le pont qui surplombait les anciennes douves et passèrent la porte Maréchale. L'eau habituellement noire était couverte d'une fine couche de glace où se réverbérait un maigre soleil qui illuminait par ricochet les vieux arbres de la berge. Enfant, Van In avait passé là de longues journées d'été à jouer avec ses amis à s'inventer des joutes entre chevaliers ou des camps secrets dans les hautes herbes. Désormais, on ne voyait pratiquement plus d'enfants à cet endroit. Même les adultes évitaient les remparts, surtout l'hiver, à cause du sentiment d'insécurité véhiculé par les médias. En vieillissant, on découvre un nouveau sentiment : la mélancolie.

« Elle n'a quand même pas prédit que tu allais épouser une jolie princesse ?

— Je savais bien que tu allais te moquer de moi.

— Ne dis pas n'importe quoi, Guido. »

La radio de bord émit des craquements. Van In augmenta le volume. La voix métallique de Roger Devriendt, l'officier de garde, venait par vagues, car l'homme se balançait sur sa chaise, ce qui faisait constamment varier la distance entre sa bouche et le micro.

« Qu'est-ce qu'il baragouine encore, celui-là ?

— On peut aller lui poser la question en personne. On arrive », dit Versavel en se garant devant le commissariat.

«… uylen de… armé…

— Van Zuylen de Bocarmé ! répéta Van In.

— Maintenant que tu le dis, commenta Versavel en souriant. Qui oserait encore prétendre qu'il y a des problèmes de communication dans la police ? »

Les nobles vivent en général dans des châteaux, avec ferme et dépendances, et la plupart d'entre eux s'abaissent à dire quelques mots en flamand, pour faire montre de bonté d'âme avec le petit peuple. Le baron van Zuylen de Bocarmé occupait une ancienne métairie et avait dû vendre de nombreuses terres au fil des décennies, mais il ne parlerait plus jamais flamand, car il gisait sur un lit de glace, une balle en plein front.

« La gouvernante l'a trouvé il y a une demi-heure », dit Zlotkrychbrto, qui, pour une obscure raison, était arrivé le premier sur les lieux.

Le baron de Bocarmé était allongé sur le dos, jambes écartées, bras le long du corps, dans une mare glauque. La glace s'était reformée sous son corps.

« Noblesse oblige », dit Van In en français, en se faisant la réflexion que l'homme avait peut-être veillé à adopter une position seyant à son statut. Qui sait si cela n'avait pas été sa dernière pensée ! « La beauté des apparences jusque dans la mort ! » La devise aurait pu orner un blason.

« Je crois qu'il est mort depuis longtemps, dit Zlotkrychbrto.

— Tu vois ça comme ça ?

— Non, Piotr. Mais la gouvernante m'a dit que son lit n'était pas défait.

— Ah ah. »

Van In alluma une cigarette et se passa la main dans les cheveux. Le domaine comptait encore six hectares, dont la plus grande partie était plantée de feuillus – « le bosquet », comme l'appelaient les gens du coin.

« Hannelore vient d'appeler, dit Versavel. Ils arrivent.

— Qui ça, ils ?

— Elle et le procureur.

— J'aurais dû m'en douter. »

Les procureurs sont aussi des hommes. Van In ne pouvait pas reprocher à Beekman de se déplacer sur les lieux du crime. Un baron trucidé, c'était autre chose qu'un rôdeur victime d'un règlement de comptes. La presse allait arriver, et elle n'aurait pas compris l'absence du parquet. C'était partout pareil. Pour les Américains, la vie d'un enfant soldat valait mille fois moins que celle d'un compatriote ; en Flandre, les choses n'étaient pas aussi graves, mais un baron restait un baron.

« Il y a autre chose, dit Versavel.

— Quoi ? Beekman a oublié ses bottes en caoutchouc ?

— Non, Pieter. »

Versavel connaissait son ami. Il imaginait très bien sa réaction s'il lui cachait la vérité.

« Beekman veut charger la police fédérale de l'enquête. En raison, je cite, de la délicatesse de l'affaire. »

Il y eut un silence. Van In tira plusieurs fois sur sa cigarette avant de lancer le mégot sur la terre gelée. *Et voilà ! Il y a deux mois, on me portait aux nues, j'étais le meilleur flic de Flandre. Aujourd'hui, on me jette comme un vulgaire déchet. Que personne après ça ne vienne me parler des délices de la célébrité !*

« Qu'est-ce qu'elle en dit, Hannelore ? »

Versavel n'osa pas lui répondre que la proposition venait d'elle.

« Je crois qu'elle est d'accord.

— Tu crois ou tu en es sûr ? »

Hannelore pouvait bannir Van In au salon, le traiter d'abruti pour un oui ou pour un non, le provoquer puis dire qu'elle avait la migraine, mais ça, il ne le lui pardonnerait jamais.

« Je suis désolé, Pieter. »

Versavel connaissait Van In par cœur.

« Te laisse pas abattre, Piotr ! »

Zlotkrychbrto, qui avait suivi la conversation d'un peu plus loin, sortit une flasque de la poche de sa veste et en proposa une gorgée à Van In. Mesure d'urgence.

« Je vais lui donner une jolie leçon, à Beekman. Qu'est-ce qu'il imagine ? Qu'on vit dans un État totalitaire ? »

Van In sourit et tendit la main.

« Du Metaxa ?

— Quelque chose comme ça. Tu sais, dit le Polonais, sous le régime communiste, tu serais déjà dans un camp de travail.

— Communiste ou pas, ce n'est pas ça qui compte, Zlot. C'est les gens qui pourrissent le système.

— Tu as raison, Piotr. »

Zlotkrychbrto savait ce que cela faisait, d'être remercié sans raison. Durant ses études, il avait fait la connaissance de la fille d'un grand avocat. Ils s'étaient embrassés deux fois sur la bouche : d'abord dans la rue, puis chez elle, dans le couloir de l'entrée. Le père avait donné le choix à sa fille : le bon à rien, ou une vie de luxe. Katia, car tel était son prénom, lui avait écrit deux jours plus tard qu'elle était désolée.

Van In but plusieurs grandes lampées. L'alcool titrait au moins 46 degrés, mais cela ne lui fit rien. La trahison d'Hannelore, en revanche, se frayait un chemin brûlant jusqu'à son âme.

« Je crois que je vais faire un petit tour », dit-il à Zlotkrychbrto.

Le Polonais hocha la tête. Comme Versavel, il connaissait Van In par cœur.

9

Pour avoir une idée de ce qu'endure une bille de loto dans un tambour en rotation, il faut avoir pris le bus au moins une fois dans sa vie à Bruges. Lorsque Van In mit pied à terre sur la grand-place, il eut l'impression de sortir d'une essoreuse. Il ne pouvait pas en vouloir au chauffeur, un blondinet aux favoris impressionnants, ce n'était pas lui qui avait instauré le règlement des services de transport public, ni celui dont il dépendait ; il se contentait de faire ce que les citoyens et les autorités exigeaient de lui : mener les usagers d'un point A à un point B dans le temps imparti. Mais attendre une correspondance, par exemple ? L'idée devait à elle seule filer une grosse déprime à certains conducteurs. Non, il fallait aller vite, toujours plus vite, réagir sans délai, dans l'instant, dans l'urgence, *asap*... Pour Van In, on aurait tout aussi bien pu supprimer ces expressions du dictionnaire et des usages. Car qu'était la vie sinon l'attente, l'attente suprême de celui qui, au final, viendrait éteindre la lumière ? Le reste n'était que perte de temps.

Van In se frotta le coude – il avait heurté plus souvent qu'à son tour une barre métallique durant le trajet – et baissa la tête pour lutter contre le vent dans sa progression vers la rue aux Laines. Avant de faire ses adieux au macchabée du baron de Bocarmé, il avait fait promettre à Versavel de ne pas dire un mot de son escapade. « Quelques Duvel et il n'y paraîtra plus. Tu comprends ça, quand même, Guido ? » Versavel avait hoché la tête. Il imaginait bien l'enfer que son ami traversait.

Tous les chemins mènent à L'Estaminet, en tout cas ceux du commissaire Van In. À hauteur du Pandreitje – impossible pour lui d'oublier que le bâtiment rénové avait jadis été une prison –, il fut saisi d'une douleur à la poitrine. C'était quelque chose qui lui arrivait de plus en plus souvent. Fumer, boire et vieillir… Il fallait bien qu'il apprenne à vivre avec. Fumer, boire, vieillir… et se sentir complètement inutile. Mortelle combinaison. Il s'arrêta un moment pour reprendre le contrôle de sa respiration. La douleur s'éloigna. Il reprit sa route, frôlant les bâtiments à petits pas prudents comme le vieil homme qu'il était en train de devenir.

Le parc Astrid avait l'air désolé, avec ses sentiers couverts de feuilles mortes mouillées, mais pour une raison qu'il ne comprit pas, il pensa subitement au midi de la France. Le ciel gris céda la place à un azur lumineux, et les phares d'une voiture devinrent pour lui deux énormes soleils. *Qu'est-ce qui m'arrive ? Je deviens fou ?* Durant les derniers cent mètres qui le séparaient du café, les images traumatiques qu'il tenait généralement bien enfermées dans les cachots de sa mémoire rejaillirent à la surface. L'instituteur qui avait voulu le tripoter en première année de primaire, la peur de l'échec qui le poursuivait depuis lors comme un monstre à plusieurs têtes, le premier râteau qu'il avait pris auprès d'une fille, la timidité maladive contre laquelle il avait lutté jusqu'à la trentaine et son incapacité à aimer vraiment. *Ah ! Connais-toi toi-même !* Exemple : Hannelore l'aimait, mais lui était seulement amoureux d'elle. Il devait bien admettre que ce n'était pas pareil.

« On enquête tout seul ? demanda Johan en voyant Van In s'installer à sa petite table près du miroir.

— Qu'est-ce que tu veux qu'on fasse d'autre quand tout le monde vous laisse tomber ?

— Une petite Duvel ?

— Donne-m'en deux. J'ai soif ! »

Van In alluma une cigarette. Combien devrait-il encore en fumer avant que la Grande Faucheuse ne vienne lui présenter la facture ?

« Je viens d'entendre la nouvelle à la radio ! dit Johan.

— Quoi ? Qu'on me retire l'enquête ? »

Johan haussa les sourcils. Il connaissait Van In depuis plus de vingt ans, mais il ne l'avait jamais vu dans un état aussi pitoyable.

« Non, le meurtre du baron de Bocarmé. »

Van In enfonça le nez dans la mousse et but une grande gorgée, une très grande gorgée, si grande en réalité qu'il vida presque sa choppe d'un trait. Combien de fois n'avait-il pas haussé les épaules quand les gens lui avaient raconté leurs déboires ? *Rien n'est grave, puisque tout passe**. Une belle devise, encore une, du moins pour ceux qui n'ont jamais connu de vrai malheur. Van In palpa son coude douloureux. Et s'il s'était fichu un nerf en l'air ? Pourvu qu'il ne doive pas en venir à l'extrémité de montrer ça à un toubib ! La tête lui tourna rien qu'à l'idée qu'il faudrait lui faire une injection. Il s'agrippa à la table pour ne pas tomber.

« Je ne te crois pas une seconde, Guido ! » dit Hannelore lorsque Versavel lui eut expliqué d'une manière un peu maladroite que Van In était parti faire un tour.

Beekman et Klaas Vermeulen, le chef du labo technique, discutaient devant le corps sans vie du baron de Bocarmé. Deux inspecteurs étaient occupés à délimiter le terrain au moyen d'un ruban de police. Le procureur leur avait intimé l'ordre d'écarter tous les curieux et de veiller à ce que personne n'entre dans le périmètre sécurisé, pas même d'autres policiers.

« Il est peut-être sur une piste, proposa Versavel lorsque Hannelore le regarda droit dans les yeux.

— Mais je t'ai appelé pour te dire que j'arrivais ! »

Pour la première fois de sa vie, Versavel eut l'impression qu'elle le traitait comme un subalterne, et cela lui fit mal.

« Je suis désolée, madame le juge. Je ne peux vous dire que ce que je sais.

— Mais Guido, qu'est-ce qui te prend ? »

Si quelqu'un était un sensible, c'était bien Versavel. Hannelore ne comprenait pas quelle mouche le piquait.

« Je suis désolé, Hanne. »

Versavel pivota sur ses talons et prit la direction de la Golf, garée un peu plus loin. Il aurait voulu hurler

– « Mais c'est vrai, aussi, Hanne ! Pourquoi tu l'as démis de l'enquête ? ! » –, mais cela aurait été trahir la confiance de Van In. Il se dit qu'il valait sans doute mieux prendre un peu de distance, lui aussi. De toute façon, il ne manquerait à personne. Il y avait suffisamment de monde sur place.

« Tu n'es pas malade ? » demanda Johan.

Van In avait le visage gris et le regard trouble. Quelques semaines plus tôt, Johan avait dû appeler les secours pour un homme qui tirait la même tête. Il s'était par la suite avéré qu'il venait d'avoir un infarctus.

« Mais non, dit Van In en essayant de sourire.

— Sûr et certain ?

— J'ai une drôle de sensation dans l'estomac. Rien de grave, ne t'en fais pas.

— Je te prépare une assiette de fromage ?

— Ça ne ferait pas de mal, oui, merci. »

Pour donner le change, Van In entreprit de feuilleter un exemplaire tout chiffonné du *Journal de votre région* posé sur la table d'à côté. Il passa les publicités aux couleurs criardes. Ne restaient que les petites annonces et les avis de recherche, pitance habituelle des retraités, des allocataires sociaux et des déprimés qui, à part prendre leur petit déjeuner à l'extérieur, surveiller les voisins et regarder la télé toute la journée, n'avaient de toute façon rien d'autre à faire. Cela grouillait de Saskia et de Natacha qui se proposaient de vous câliner, de bricoleurs désireux de venir déboucher vos toilettes et de cœurs solitaires qui, à en croire la façon dont ils se présentaient, n'étaient que douceur et gentillesse. Les écrivains sérieux s'escriment à décrire l'existence en soignant leurs métaphores, mais, en réalité, l'essence de la vie n'est nulle part mieux décrite que dans les petites annonces du *Journal de votre région*. « Jeune veuf non démuni de ressources, cinquante-quatre ans, sportif, aime la nature et la musique classique, cherche gentille compagne. Pas sérieux s'abstenir. » Ou « Logopède[1], trente-cinq ans, mince, sans enfants, cherche homme désireux de partager sa vie avec elle. » Le livre de la Genèse lui-même, qui promet le paradis terrestre à ses lecteurs, ne peut pas rivaliser sur ce terrain. Van In but une gorgée de Duvel et tourna la page. « Prédire votre avenir, c'est mon métier. Plusieurs centaines de clients satisfaits. Tél. : 0476/452 136. » C'était simple, sans fioritures, mais efficace. Et surtout intrigant. « Prédire votre avenir, c'est mon métier. » Qui avait écrit cela ? Une vieille femme derrière sa boule de cristal ? Non, c'était peu probable. Un homme ? Les mots choisis indiquaient en effet davantage cette direction, à moins que ce ne soit une femme qui ait appris à s'adapter au monde masculin, ce qui ne correspondait pas vraiment à l'image que Van In se faisait des voyantes. Il alluma une cigarette et parcourut les autres petites annonces.

Il arrive même aux intellectuels purs et durs de se perdre de temps en temps dans un hebdomadaire populaire. Chez le coiffeur, ou dans la salle d'attente de leur médecin, dans des endroits où ils ne connaissent personne. Ils dévorent aussi leur horoscope. L'instinct

1. Orthophoniste.

est plus fort que l'éducation, même chez eux. Van In n'avait certes pas fait l'université, mais il possédait malgré tout une bonne dose d'esprit critique. Pourtant, cette petite annonce continuait de l'obnubiler.

« Je peux téléphoner ? »

Johan tendit le sans-fil à Van In.

Lorsque les gars du labo eurent terminé leur travail, Hannelore donna aux pompiers l'autorisation d'emporter le corps du baron de Bocarmé à la morgue. Le procureur Beekman fit un signe d'approbation. Aussi bien le légiste que les enquêteurs, tout le monde avait travaillé dans le respect des règles et fait de l'excellent travail.

« Drôle d'affaire, tu ne trouves pas ? »

Hannelore approuva, perplexe. Elle continuait à se demander où avait pu passer Van In. Lorsque les pompiers soulevèrent le cadavre pour le poser sur la civière, elle sursauta.

« Et merde ! » s'exclama-t-elle en prenant Beekman par le bras et en lui montrant de son doigt tendu, parmi les feuilles en putréfaction, une carte de tarot.

Tous les hommes, y compris les pompiers, tournèrent la tête dans sa direction. Une juge qui prononce des gros mots en public, ça n'était pas fréquent.

« Quelqu'un a mal fait son travail ? demanda Beekman, inquiet.

— Non, Jozef. C'est ma faute. Je croyais que… »

Elle se tourna vers un des deux inspecteurs qui avaient bouclé le terrain, un type aux épaules larges, apparemment un habitué des cabines de bronzage.

« Où est Versavel ?

— Je ne sais pas, madame.

— Eh bien, ce serait trop vous demander de partir à sa recherche ? ! »

Hannelore avait une voix douce et chaleureuse, et il était très rare qu'elle hausse le ton. Personne, pas même Beekman, ne l'avait jamais entendue se montrer si cinglante avec quiconque. L'inspecteur se recroquevilla sur lui-même.

« Je prends immédiatement contact avec l'officier de service, madame.

— Allez-y. »

Elle fit volte-face, retourna à l'endroit où on avait trouvé le baron et ramassa la carte de tarot.

« Entrez, monsieur. »

La voyante portait un jean moulant et un pull ample. Ses cheveux blonds et courts étaient coiffés à la mode ; le piercing de son oreille gauche était orné d'une croix ansée, une ânkh, symbole égyptien de la vie éternelle.

« Je viens de vous appeler, dit Van In.

— Je sais, dit-elle en souriant. Je reconnais votre voix. »

Au moins, elle est honnête, pensa Van In. *Elle aurait tout aussi bien pu dire qu'elle l'avait senti à mon aura.* Il jeta un rapide coup d'œil derrière lui. Il espérait que personne ne l'avait vu entrer.

« Je m'appelle Sonia. »

Ils se serrèrent la main. La jeune femme suivit la ligne de vie de Van In d'un geste léger du pouce qu'il ne trouva pas désagréable.

« Et moi, c'est Marcel, dit-il. Marcel Debusschere.

— Ah ah. »

Elle lui fit un petit clin d'œil, puis se retourna et le guida jusqu'à son cabinet de consultation. Van In avait déjà admiré beaucoup de jolis petits culs. Il pouvait juger en connaisseur : celui de Sonia était parfait.

« Asseyez-vous. »

La pièce baignait dans une lumière diffuse. Une toile *New Age* était accrochée au mur, comme Van In s'y attendait. Mais aucune boule de cristal nulle part. Près de la fenêtre – le store était baissé –, une table en pin et deux fauteuils confortables.

« Je demande cent euros la séance, dit-elle d'une manière qui donnait à penser qu'elle se préoccupait peu de savoir si le client payait ou non.

— Vous acceptez les cartes de crédit ?

— Oui. Nous verrons cela plus tard. »

Elle sourit et prit place, imitée par Van In. Il ne lui donnait pas plus de trente-cinq ans. Elle avait la peau lisse et de grands yeux pétillants. Sonia… Saskia… Natacha… Il avait du mal à croire que cette femme gagnait sa vie en tirant les cartes. « Des centaines de clients satisfaits », disait la petite annonce.

« J'aurais dû le savoir, madame, dit-il.

— Qu'est-ce que vous auriez dû savoir ? »

Les traits de son visage se crispèrent. Elle inspira profondément et poussa un soupir. Les femmes fortes en imposent aux hommes rien qu'à leur manière de contrôler leur souffle.

« La petite annonce disait que vous prédisiez l'avenir.

— Je fais plus que ça, monsieur Van In. »

Les habitants d'Hiroshima et de Nagasaki qui ont survécu à la bombe atomique se sont longtemps souvenus du silence qui avait suivi l'explosion. Même en carburant très fort, Van In ne trouva aucune explication raisonnable au fait qu'elle connaissait son nom. Il lui semblait peu vraisemblable qu'elle ait un jour vu sa photo dans le journal, à l'instar d'Agnès Ottevaere.

« Nous nous sommes déjà rencontrés ? »

Elle prenait manifestement plaisir à lire la surprise sur son visage. De petites étincelles dansaient dans ses yeux et un sourire mystérieux se dessinait sur ses lèvres, comme on en voit chez les magiciens qui viennent de réussir un tour de passe-passe.

« Non, commissaire. »

Les téléphones modernes sont munis d'un petit écran où apparaît le numéro de l'appelant. La voyante en faisait bon usage. Elle prenait note des chiffres, puis consultait l'annuaire sur internet. Lorsqu'elle avait compris que son visiteur l'avait appelée depuis un café, elle s'était aussitôt manifestée pour demander au patron le numéro du portable de l'homme qui venait de prendre contact avec elle, car elle devait partir de toute urgence et elle voulait le prévenir. Johan, qui n'y avait vu que du feu, lui avait répondu en riant que le commissaire Van In n'avait pas de portable.

Elle se leva, marcha jusqu'à un grand coffre en bois posé contre le mur, en souleva le couvercle et en sortit un jeu de tarot.

« Je pense que vous avez des problèmes avec une femme.

— Je suis homo, répondit Van In.

— Je ne vous crois pas. »

Dans le couloir, elle avait senti le regard du commissaire sur ses fesses – rien de paranormal à ça : cela arrive à la plupart des femmes. Un commissaire d'âge moyen et du genre séducteur ne consulte pas une voyante s'il n'est pas désespéré. Il devait certainement vivre une histoire avec une femme plus jeune.

« Cela aurait-il un rapport avec l'âge de la dame ? »

Van In ne croyait pas à la voyance, mais il fut ébranlé. Comment cette petite pouvait-elle savoir qu'Hannelore était plus jeune que lui ?

« Cela n'a rien à voir avec les femmes.

— *Les* femmes ? »

Van In battit des paupières.

« Elle vous a déçu ?

— Je veux seulement que vous lisiez mon avenir, dit-il d'une voix un peu enrouée.

— Je comprends. »

La voyante battit les cartes. Cet homme devait craindre l'impuissance, comme c'était souvent le cas, à cet âge. Alors elle s'arrangea pour commencer par retourner une carte faisant allusion à la fécondité. Elle était curieuse de voir comment il allait réagir. Le commissaire demeura impassible, à fixer un point devant lui, même quand elle lui eut dit qu'il avait encore beaucoup à attendre de la vie. C'était une phrase qui incitait souvent les hommes à lui ouvrir leur âme, lui fournissant ainsi suffisamment d'informations pour peaufiner sa prédiction.

Les choses devinrent encore plus difficiles lorsqu'elle retourna les deux cartes suivantes et qu'il ne réagit pas non plus. Sonia afficha son plus beau sourire. En général elle avait horreur de ce genre de situation, mais, cette fois, c'était différent.

« Des âmes tourmentées..., dit-elle. Vous en rencontrez de plus en plus souvent...

— Vous ne vous débrouillez pas trop mal, dit-il.

— Vous trouvez ?

— Je me demande comment vous vous êtes mise à faire ce métier. »

Elle avait pour principe de ne jamais parler de sa vie privée avec les clients, mais cet homme qui ne faisait que la regarder en silence exerçait un pouvoir étrange sur elle. Il n'y avait pas grand-chose à dire sur son avenir ; elle lisait dans ses yeux une ardeur suffisamment éloquente. Le commissaire Van In vivait au présent ; ni le passé ni l'avenir ne l'intéressaient vraiment.

« Mon ancien ami était persuadé que je connaissais bien l'âme humaine. » Elle repoussa les cartes et regarda Van In droit dans les yeux. « Mais en réalité, je suis coiffeuse.

— Ah ah.

— Je peux vous proposer quelque chose à boire ? Un café ? Autre chose ?

— Ce sera plus cher ?

— Non, bien sûr. »

Elle se leva et sortit de la pièce. Elle l'aimait bien, ce client, malgré sa résistance. Il avait un petit quelque chose de paternel, et puis, on voyait qu'il avait vécu. Elle aimait ce type d'hommes. Contrairement aux jeunots, ils savaient se montrer tendres et attentifs au lit. Le simple fait de s'imaginer nue à côté de lui dans un lit l'excita.

Van In attendit patiemment le café. Les meurtres du tarot devaient être reliés d'une manière ou d'une autre à la voyance. Cette idée était confirmée par le fait que le colonel Hautekiet lui-même tirait les cartes, même si en réalité cela ne voulait peut-être pas dire grand-chose. Cette Sonia avait beau très bien connaître son métier, si le client ne desserrait pas les dents, elle était dans l'incapacité d'aller bien loin. Mais comment avait-elle découvert son nom ? Mystère et boule de gomme. Il ne croyait pas à la thèse du tueur en série. Sinon, les cartes du tarot qu'on aurait retrouvées auprès des victimes auraient eu une valeur symbolique, et tel n'était pas le cas.

« Du lait et du sucre ?

— Du sucre, seulement. Merci. »

Sonia entra dans la pièce avec un plateau. Van In tenta de prendre l'air détendu. Il savait qu'une simple intuition pouvait modifier le cours d'une enquête. Cette conversation avec cette voyante lui fournissait peu d'indications, mais il avait le sentiment qu'elle n'était pas inutile pour autant. Il venait d'avoir une idée : les trois premiers meurtres avaient dû servir à dissimuler un secret. Si le meurtrier avait recommencé à frapper après tout ce temps, c'était pour la même raison. Le passé, l'avenir, les cartes du tarot… Il y avait là un fil à tirer…

Sonia s'approcha de lui pour servir le café. Elle portait un parfum discret auquel il n'était pas insensible. Il n'avait pas vraiment envie de lui sauter dessus, non. Le désir qui montait en lui était plus ténu, plus discret, plus cérébral, et tenait surtout au fait de la savoir là, tout près.

« Je trouve ça très fort de votre part d'avoir découvert mon nom », dit-il.

Elle lui tendit un sucre. Leurs doigts s'effleurèrent. Elle s'assit de l'autre côté de la table et commença à touiller son café en faisant tinter sa cuillère.

« Il y a un truc, dit-elle.

— Je m'en doutais. »

Il aurait aussi voulu lui dire qu'il la trouvait adorable, et très belle, mais, vu les circonstances, il lui sembla préférable de s'abstenir. Comme elle, il sentait que le feu prenait peu à peu.

« Mon ex s'appelait Sonia.

— Quel hasard ! s'exclama-t-elle. Le mien s'appelait Pieter. »

Des situations telles que celle-là où la tension sexuelle est presque tangible sont extrêmement rares. Encore un mot, et les flammes allaient monter jusqu'au plafond. Van In soutint sa main qui portait sa tasse. Hannelore l'avait trahi, et le sort l'avait conduit jusqu'à Sonia. La tentation était comparable à celle à laquelle Jésus avait résisté dans le désert, mais il n'était pas le Christ.

« Délicieux, ce café », dit-il on ne peut plus bêtement.

L'homme qui résiste à la tentation en sort grandi. Mais parce qu'il a tenu bon, il ne saura jamais à quelle douceur il a renoncé. Dommage pour lui. Saint Augustin avait profité de tous les plaisirs de la vie avant d'opter pour une vie monacale. *Idem* pour Ignace de Loyola, le fondateur de l'ordre des Jésuites. Et ces gars-là avaient même été sanctifiés !

« Une autre tasse de café, commissaire ? »

Sonia se pencha en avant pour prendre la bouteille thermos. La vue était à couper le souffle.

« Non merci », dit Van In.

Il essaya de s'imaginer sous une douche froide, les pieds dans un bac de glaçons, avec des serpents rampant sur ses vêtements qui attendaient le moment propice pour lui envoyer leur venin dans les parties.

« Et si on allait boire un pot tous les deux à L'Estaminet ? On se tutoie, d'accord ? »

C'était un compromis. Dangereux et inoffensif à la fois. Il n'avait pas trouvé mieux.

« Eh bien d'accord », dit-elle d'un ton laconique.

« Ta loyauté t'honore ! dit Hannelore à Versavel. Mais tout repose sur un malentendu. Quand Beekman m'a appelée pour m'annoncer le meurtre du baron de Bocarmé, rien n'indiquait qu'il y avait un lien entre les deux affaires. J'ai simplement dit au procureur qu'il était préférable de ne pas charger Pieter des deux enquêtes. À ce moment-là, j'ignorais qu'on retrouverait une carte de tarot à côté du mort. Je voulais seulement aider Pieter.

— Ouais », dit Versavel.

Il était rentré au commissariat. Pas de Van In, bien sûr, mais il s'y attendait. Le commissaire était certainement à L'Estaminet. Si Hannelore voulait le retrouver, elle n'avait pas à aller chercher bien loin.

« Et il n'est pas non plus à la maison », dit-elle.

Deux ans auparavant, après une terrible dispute avec Hannelore, Van In avait pris un train pour Bordeaux, où il avait erré pendant deux bonnes heures avant de remonter dans un train en sens inverse. À son arrivée à Bruges, il était allé frapper chez Versavel et lui avait demandé de dire qu'il l'avait accueilli pour la nuit.

« Il va revenir, Hanne.

— C'est facile pour toi, explosa-t-elle. C'est ton ami. Moi, c'est mon homme ! »

C'était la première fois que Versavel la voyait pleurer. Elle essayait de ravaler ses larmes, mais lorsqu'il vint s'asseoir à côté d'elle et qu'il passa un bras autour de ses épaules, elle éclata en sanglots.

« Mais qu'est-ce que j'ai fait ? »

Versavel avait une grosse boule dans la gorge.

« Du calme, Hanne ! Dès que tu lui auras expliqué, tout rentrera dans l'ordre. »

Il comprenait ce qu'elle traversait, mais, d'un autre côté, il était aussi en empathie avec Van In. Lui-même savait quel effet cela faisait de se sentir trahi par l'amour de sa vie.

« Tu ferais mieux de rentrer, dit-il. Je te promets de te le ramener d'ici une heure.

— Tu es sûr ? dit-elle en reniflant.

— Crois-moi, Hanne. Dans une heure, il est à la maison.

— Je t'adore, Guido. »

Elle se serra contre lui. Il sentit la douceur de ses seins et la chaleur de son corps. Certains magazines auraient payé une fortune pour une photo de la juge d'instruction cherchant une consolation dans les bras d'un flic homo. Heureusement, Bruges n'était pas encore un terrain de chasse pour les paparazzis. Et les rideaux étaient baissés.

Johan n'en crut pas ses yeux lorsqu'il vit Van In tenir la porte à Sonia et la guider sans aucune gêne vers sa table habituelle près du miroir. Cela faisait trente ans qu'il tenait L'Estaminet, et il en avait vu passer, des énergumènes, mais Van In était le seul client qui continuait à le surprendre. La femme qui était maintenant assise en face de lui était d'une beauté resplendissante. À la manière dont elle le regardait, ce n'était ni sa nièce ni sa tante.

Johan n'avait pas fini de penser cette dernière phrase qu'une tante, une vraie, apparut dans l'encadrement de la porte. Versavel portait un imperméable bleu marine et un pantalon gris à pli, ce qui lui donnait l'allure d'un comptable ou d'un banquier. N'importe quoi, car Johan le connaissait bien. C'était à cause de sa mine grave que le patron du bar avait pris l'inspecteur pour un commercial.

« Tu bois quelque chose aussi ? »

Van In fit un clin d'œil à Sonia. Pourquoi renoncer à la tentation ? Un plaisir de courte durée, c'était mieux que pas de plaisir du tout. Il se sentirait coupable, bien sûr, mais ce serait une conséquence pas si grave que ça pour un péché qui s'annonçait maintenant inévitable. D'après les scientifiques, les hormones provoquent des réactions contre lesquelles il est impossible de lutter. Pour une fois, Van In était bien de leur avis. Ne pas coucher avec Sonia, cela aurait été comme de refuser un verre d'eau en plein désert.

« Prends-moi un Perrier.

— Une bulle, une Duvel et… ?

— Un Bloody Mary », dit Sonia.

Van In avait une théorie selon laquelle les femmes ne buvaient ce cocktail que lorsqu'elles avaient leurs règles. Peut-être Sonia annonçait-elle la couleur, consciente que, pour certains hommes, faire l'amour avec une femme qui saigne, c'est comme de savoir que le steak qu'on a dans son assiette est tombé deux fois par terre dans la cuisine. Ça leur coupe l'appétit.

« J'ai promis à Hanne, dit Versavel en remontant sa manche et en consultant sa montre, … que tu serais rentré dans quarante-huit minutes très exactement.

— Tes promesses, tu peux en faire de la chair à saucisse », répondit Van In.

La jambe de Sonia vint frotter la sienne. Tout son corps frissonna. « En faire de la chair à saucisse »… L'expression qu'il venait d'inventer avait un petit sens freudien qui ne lui déplaisait pas.

« Elle ne t'a pas retiré l'enquête, Pieter. C'est un malentendu.

— Un malentendu. »

Van In porta sa Duvel à la lumière et but une gorgée. Si Versavel avait raison, la moindre infidélité de sa part lui vaudrait une culpabilité insurmontable, voire un nez cassé. Il avait très bien vu que Guido le fusillait du regard et qu'il serrait les poings.

« C'est elle qui t'envoie ? tenta Van In pour essayer de sauver l'honneur.

— Non. Je me suis porté volontaire.

— Ah ah. »

Sonia sentit que la bataille était perdue. Elle retira brusquement son genou.

« Vas-y, dit-elle. Ce sera peut-être pour une autre fois. »

Les voies du Seigneur et des femmes sont impénétrables. Que voulait-elle dire exactement ? Était-ce une invitation, ou pure politesse de sa part ?

« Alors, allons-y. »

Van In vida sa Duvel et embrassa benoîtement Sonia sur la joue. Après cela, il se laissa emmener par Versavel. Voilà, il avait renoncé à la tentation. Le pire, c'était qu'il ne s'en sentait pas grandi pour autant. Si Versavel n'était pas arrivé très à propos, il aurait certainement pris son pied avec Sonia, pour punir Hannelore de l'avoir trahi.

Deux grosses bûches de hêtre crépitaient dans l'âtre et les haut-parleurs inondaient le salon de Händel. Quand Van In entra, Hannelore le serra contre elle et lui susurra des choses émoustillantes à l'oreille. Il en fut tout chamboulé. Heureusement qu'il n'avait rien fait avec Sonia !

Hannelore le prit par la main et l'invita à s'asseoir sur le canapé. Une bouteille de bordeaux blanc prenait le frais dans un seau à glace sur la table basse.

« Mets-toi bien à ton aise », dit-elle.

Elle lui caressa doucement le front et le dévisagea d'un air tourmenté. Puis, elle s'écarta un peu et entreprit de se déhancher très lentement au rythme de la musique. Elle portait une jupe tablier qui lui descendait jusqu'aux chevilles et un chemisier moulant avec une longue rangée de boutons. Van In n'y avait pas prêté attention en arrivant. Ce fut en la voyant défaire le premier bouton tout en tanguant voluptueusement sur le tapis qu'il comprit son intention.

« Je veux m'excuser pour ce qui s'est passé ce matin », dit-elle.

Elle ouvrit le deuxième petit bouton au moment où les percussions faisaient vibrer la membrane des baffles. Van In avait oublié le titre de cette œuvre. Il se souvenait seulement du film dans lequel il l'avait entendue pour la première fois : *Barry Lindon*, l'histoire d'un noble anglais à la vie amoureuse turbulente. Hannelore mit trois longues minutes avant de déboutonner complètement son chemisier. Il lui fallut encore une éternité avant de l'ôter. Pendant tout ce temps, Van In était rongé d'un tel sentiment de culpabilité qu'il resta relativement maître de lui. Mais lorsqu'elle fit lentement glisser les bretelles de son soutien-gorge, il sentit son désir se tendre comme un bambou à la mousson. Combien de fois ne lui avait-il pas demandé un striptease ! Elle avait toujours refusé. Le spectacle qu'elle lui offrait ce soir disait à la fois combien elle regrettait et combien elle l'aimait. Lorsqu'elle enleva enfin son slip et qu'elle embrassa ce qu'il avait de plus précieux, Van In fit un serment : quoi qu'il arrive, il ne convoiterait plus jamais une autre femme, pas même en pensée.

10

Van In ôta sa veste et l'envoya valser au portemanteau. Les clochettes de la veille résonnaient encore dans le fond de son cerveau. Après l'amour, ils avaient bu le bordeaux blanc et échangé de vieux souvenirs jusqu'à une heure avancée de la nuit. Il était bien sûr resté muet à propos de son pas de côté avec Sonia.

« Bonjour à toi aussi, dit-il lorsque Decoussemaecker entra dans le bureau. Quoi de neuf du côté du labo ?

— Si je ne m'abuse, Carine Neels vient d'avoir Klaas Vermeulen au bout du fil. »

Decoussemaecker achevait sa phrase quand Carine entra à son tour. Elle s'assit en tirant sa jupe sur le haut de ses cuisses. Elle sentait bon le magnolia. Comme regarder le plafond aurait paru suspect, Van In la fixa sans aucune gêne. Il était un homme libre, désormais. Aucune femme ne pourrait plus le séduire. Il ne lui vint pas à l'esprit que les dieux punissent toujours qui se montre par trop téméraire.

« Je t'écoute, Carine.

— Tu avais raison, Pieter, répondit-elle en le matant droit dans les yeux. Deux balles dans la poitrine et une en plein front. Tout indique que Dominique Candries et le baron de Bocarmé ont été assassinés par la même personne. »

Carine ne croisa pas les jambes. Elle les écarta juste assez pour que Van In puisse voir son slip. Il n'y vit qu'un bout de tissu, rien de plus – rien, en tout cas, qui puisse éveiller son désir.

« D'après le docteur Zlotkrychbrto, la mort remonte aux environs de minuit. Il t'enverra son rapport d'autopsie par fax dans la journée.

— Le calibre ?

— C'est du neuf millimètres. »

Les résultats de l'enquête balistique ne seraient sans doute pas disponibles avant quelques jours, mais Van In estimait plus que probable que tout ce beau monde, y compris donc le colonel, le curé et l'échevin, avait été tué par une seule et même arme.

« Il reste quelque chose de frais au frigo ? »

Van In n'avait pas vraiment soif de quelque chose d'alcoolisé, mais il voyait venir le moment où Carine allait proposer de faire du café, et il voulait éviter ça coûte que coûte.

« Bonjour ! »

Versavel portait un imperméable beige d'une marque connue qui avait englouti la moitié de son salaire. Il faisait de plus en plus souvent des achats de ce type, totalement disproportionnés par rapport à ses moyens.

« Bonjour aussi. »

Versavel accrocha son imper au portemanteau et se caressa la moustache d'un geste rapide, selon son habitude lorsqu'il était mal à l'aise.

« Du thé pour moi, s'il te plaît, dit-il à Carine. Et n'oublie pas de retirer le sachet ! »

La dernière fois qu'elle lui avait préparé une bergamote, elle lui avait servi un breuvage noirâtre qui évoquait le café tellement elle l'avait laissé infuser longtemps.

« Hannelore te remercie, dit Van In dès que Carine fut sortie. De m'avoir ramené sain et sauf au bercail hier. »

Versavel lui lança un regard hargneux.

« C'est pour elle que je l'ai fait.

— C'est tout à ton honneur, Guido.

— Dommage que je ne puisse pas en dire autant à ton propos.

— Tu ne vas pas recommencer !

— Tu as eu une conduite scandaleuse, dit Versavel. Il faut bien que quelqu'un te remonte les bretelles.

— Il ne s'est rien passé, je te rappelle. »

Versavel prit le parti de se taire, mais son regard était furibond.

« On a passé une soirée très agréable, reprit Van In pour rompre le silence. Et toi ?

— Je n'ai pas à me plaindre.

— Alors, portons un toast à Éros !

— Tu ne vas pas boire du genièvre si tôt le matin ?

— Non, Guido. Je vais prendre du thé, comme toi. »

Cette conversation commençait à taper sur les nerfs de Van In, mais il essayait de ne pas le montrer.

« Hilaire Hautekiet, Lionel Desmidt, Étienne Vollekindt et le baron de Bocarmé étaient de bons et honnêtes citoyens. Et des hommes. Cherchez l'intrus… Ou je devrais dire l'intruse… Dominique Candries !

— Non seulement une femme, mais une femme légère, compléta Versavel.

— Ça, nous n'en savons encore rien. Tiens, est-ce que quelqu'un est allé voir la famille ?

— Decoussemaecker s'est fendu d'une visite à sa mère hier.

— Tiens donc.

— Tu avais disparu dans la nature. Il fallait bien que quelqu'un s'en occupe. »

Van In ravala un profond soupir, croisa les mains sur son ventre et regarda Versavel en faisant non de la tête.

« On ne va pas se chamailler toute la journée parce que je…

— Qu'est-ce que tu as contre Decoussemaecker, exactement ?

— Je te l'ai dit, De Kee le tient.

— C'est parce qu'il est homo.

— N'importe quoi !

— Mais si, je t'assure.

— Et comment tu sais ça, toi ? »

Un an et demi plus tôt, Marc Decoussemaecker avait tenté de séduire Versavel. L'histoire avait capoté quand ils avaient croisé Frank au Petit Truc en Plus, un café homo de la rue des Bouchers. Decoussemaecker s'était sagement éclipsé, mais Versavel avait passé le reste de la nuit à essayer de convaincre Frank qu'il ne s'était rien passé et qu'il s'était contenté de boire un pot en parlant du travail avec un collègue.

« Tu veux que je te dise ? commença Van In.

— Épargne-moi tes commentaires, tu seras un chou.

— La chair est faible, Guido. »

Versavel hocha la tête et alla s'asseoir à son bureau, pensif.

Van In alluma une cigarette et s'enfonça dans son fauteuil. Dans les livres, les enquêtes policières progressent toujours avec logique. Le coupable sème des indices, des témoins apparaissent qui ont vraiment vu quelque chose, ou le flic qui mène l'enquête est doué d'une capacité de déduction supérieure à la moyenne qui lui permet de tout boucler en trois cents pages. Dans la vie réelle, rien ne se passait comme ça. Le flic moyen était noyé sous les P-V, lesquels étaient pour la plupart flous ou contradictoires, il était tenu de respecter des procédures qui l'empêchaient d'effectuer certains compléments d'enquête, l'affaire était classée sans suite, il manquait de temps, etc., etc. Van In était loin de travailler d'une manière toujours très orthodoxe, mais, là, il ne voyait plus très bien ce qu'il pouvait faire.

« Tu as déjà lu le P-V de Decoussemaecker ? »

Versavel se leva pour aller consulter la pile qu'il avait soigneusement rangée la veille sur la grande table en chêne.

« Bizarre, finit-il par dire. Je ne le trouve pas.

— Tu veux bien lui demander si… ? »

Versavel fit un geste énervé, se rassit à son bureau et appuya sur le bouton de l'interphone.

Decoussemaecker prit une profonde inspiration avant d'oser regarder son supérieur.

« Oui, je suis allé interroger la mère de Dominique Candries, marmonna-t-il.

— Alors, le problème est résolu ! dit Van In joyeusement.

— J'ai bien peur que non.

— Pourquoi ça ?

— Je dois encore taper le P-V.

— Ah ah. »

Van In écrasa sa cigarette dans le cendrier plein à ras bord. La méfiance est quelque chose de difficile à définir, car c'est un sentiment, et que les critères objectifs font défaut. Mais Van In savait très bien qu'il se trompait rarement quand il la sentait pointer le bout du nez.

« Fais ça aujourd'hui, d'accord ? Je lirai ta petite bafouille demain matin. »

Versavel se frotta la moustache du dos de la main. Il ne comprenait pas la patience subite du commissaire.

« Je le tape maintenant ?

— Comme tu veux, dit Van In. En attendant, on lira les autres pièces. »

Dès que Decoussemaecker fut sorti, Van In appela Carine et lui demanda de garder l'inspecteur à l'œil. Elle accepta la mission en le gratifiant d'un clin d'œil.

« Qu'est-ce qu'on fait ? demanda Versavel.

— Eh bien, nous allons voir la mère de Dominique Candries », dit Van In d'une voix égale.

Le fax se mit à vrombir.

« Un message de Claire Hautekiet, dit Versavel, qui découvrait les pages sortant de l'appareil. Une sorte d'inventaire. »

Il y avait dix pages : cinq pour les armes de la collection du colonel, et cinq pour celles qui avaient été vendues aux enchères. Il fallut un bon quart d'heure à Van In et à Versavel pour les comparer. Il manquait un élément dans la seconde liste : un Walther P38 et son silencieux.

« L'arme du crime ?

— Donne-moi une autre explication et moi je te donne un bisou.

— Un oubli de Claire Hautekiet ?

— Ne dis pas n'importe quoi, Guido. »

Van In alluma une cigarette. Le fax de Claire Hautekiet démontrait que son oncle avait été tué avec une de ses armes.

« D'après le dossier, Hautekiet a été assommé avant qu'on lui tire dessus. Qu'est-ce que ça veut dire ?

— Qu'il a été tué pour son arme.

— Tu vois une autre raison ?

— Non », répondit Versavel.

Parier un nouveau bisou lui paraissait aussi absurde que de gloser sur la beauté des nains de jardin.

« Alors, on a un problème. Jusqu'à présent, on partait du principe que le colonel, le curé et l'échevin avaient été tués pour la même raison. La disparition du P38 fait s'effondrer cette théorie comme un château de cartes. Trois meurtres, un assassin, deux mobiles. Il y a de quoi perdre courage…

— Au contraire, je trouve que ça simplifie le problème.

— Explique-toi, Guido.

— Eh bien, je pense que…

— Attends ! »

Van In tira sur sa cigarette.

« Un mobile pour deux meurtres, dit-il lentement.

— Oui, c'est ça.

— Tu es un amour. »

Van In bondit de son fauteuil, enlaça Versavel et lui donna son bisou.

« N'exagère pas, grande folle ! » dit Versavel en se décrochant le poignet ostensiblement.

Ils éclatèrent de rire.

« Tu soupçonnes Decoussemaecker de quelque chose ? » demanda Versavel alors qu'ils montaient dans la Golf.

Dans une situation comparable, Sir Arthur Conan Doyle aurait fait froncer les sourcils à Sherlock Holmes, qui, ensuite, aurait allumé sa pipe et regardé devant lui sans rien dire, ce qui aurait fait planer des ombres d'incertitude à la fois pour Watson et pour le lecteur. Van In bâilla, alluma une cigarette et dit :

« Je continue à m'interroger sur la vraie raison qui a poussé De Kee à me le mettre dans les pattes.

— Là, tu pousses le bouchon un peu loin. Tu peux dire tout ce que tu veux sur De Kee, c'est quand même quelqu'un qui respecte la loi.

— Peut-être. Et pourtant, je sens qu'il est impliqué dans cette histoire d'une manière ou d'une autre. »

Quand Van In avait une idée en tête, il était aussi impossible de lui faire changer d'avis que d'obtenir d'un homme politique qu'il réponde à une question par oui ou par non.

« Je mets la sirène ou tu veux qu'on y aille incognito ? »

Aux États-Unis, quand un gamin des rues se hisse jusqu'au bureau ovale de la Maison-Blanche, il peut compter sur l'adoration et la gloire éternelles. La Flandre est moins généreuse avec les enfants du pays qui réussissent. Rue du Trèfle, seule une plaque de commémoration mal entretenue – et encore avait-elle été apposée là sur une initiative privée – rappelait le lieu de naissance du plus grand homme politique que la Belgique ait jamais compté, Achille van Acker, le premier Premier ministre belge de l'après-guerre.

La mère de Dominique Candries y occupait une petite maison ouvrière datant du dix-neuvième siècle. Lorsque Van In descendit de la Golf, il commençait à neigeoter. Des nuages enfarinés ouataient le ciel.

« J'espère qu'elle est chez elle », dit Versavel en sonnant.

Mme Candries – son nom de jeune fille était Catherine Dewulf – portait un tablier à fleurs, des pantoufles en pilou et des bas fatigués. Quand Van In et Versavel se présentèrent, elle recula d'un pas et leur fit signe d'entrer. Elle ressemblait à la mère de Van In. Cette pensée le rendit mélancolique, car il neigeait aussi le jour où elle était morte.

« On ne dérange pas ? » demanda-t-il.

Elle posa sur lui un regard triste et résigné. Les pauvres – on voyait à son intérieur qu'elle « n'avait pas eu facile tous les jours », comme disait le peuple – traversent les vicissitudes de la vie avec plus d'intensité. Van In lut les privations sur son visage.

« Vous vous demandez peut-être pourquoi la police vient vous voir une deuxième fois, commença-t-il. Mais nous y sommes parfois obligés.

— Une deuxième fois ? demanda-t-elle.

— Eh bien oui, un de nos collègues est passé vous voir hier. Vous ne vous en souvenez pas ?

— Non. »

Van In et Versavel échangèrent un regard.

Le poêle en fonte (qui se chauffe encore ainsi ? !) dispensait l'agréable chaleur que seul peut donner le charbon. Van In alla s'asseoir tout naturellement à la table de la cuisine, sans y avoir été invité. Versavel suivit son exemple.

« Une jatte de café ? »

Van In fit oui de la tête. La femme traîna ses pantoufles jusqu'au placard de la cuisine, en sortit deux boîtes en fer blanc et mit la bouilloire sur le feu. La mère de Van In préparait le meilleur kawa du quartier : quelques mesures de Jacquemotte et une petite dose de chicorée, sur quoi elle versait de l'eau frémissante. Mme Candries procédait exactement de la même manière.

« Ma fille a mal tourné », commença-t-elle.

Van In hocha de nouveau la tête. L'expérience lui avait appris à ne pas interrompre les gens qui se mettent spontanément à parler.

« Elle est tombée enceinte très jeune, je dois vous le dire. C'est pas facile, savez-vous, d'avoir un enfant à dix-huit ans. » Elle essuya ses larmes du dos de la main. « Quel joli bébé c'était, la petite Sophie ! »

C'était une de ces histoires tristes qui alimentent les émissions de télévision sous prétexte que les téléspectateurs ont le droit de savoir. Dominique Candries était tombée enceinte à l'âge de dix-sept ans, lors d'une petite fête, et l'enfant qu'elle avait porté en secret était mort quelques semaines après sa naissance.

« Votre fille avait-elle prévenu le père ?

— Elle ne m'a jamais dit qui c'était.

— Mais elle le savait.

— Je crois bien, oui. »

Mme Candries servit le café, qui sentait délicieusement bon – la chicorée fait des miracles. Au mur, l'horloge ancienne surmontée d'un cheval en bois sculpté égrenait bruyamment les secondes. Van In prit sa tasse et s'ébouillanta presque en buvant une gorgée.

« Vous avez une idée de qui c'était ? »

La vieille secoua la tête. Sur la cheminée, une statue de la Vierge était protégée par une cloche de verre et flanquée de deux candélabres en cuivre. *Les croyants portent leur croix jusqu'au bout*, se dit Van In. Elle ne mentait pas, il était prêt à en mettre sa main au feu.

« Il y a eu tellement de garçons qui ont défilé ! Je connaissais à peine leur nom !

— Mais vous les voyiez ?

— De temps en temps, à la porte, quand ils venaient la chercher. Dominique se mettait toujours très en colère quand je lui parlais de tous ces gars qui lui tournaient autour.

— Vous nous avez dit que vous connaissiez à peine leur nom, commença Van In prudemment. Est-ce que je peux vous demander si…

— Celui dont je me souviens le mieux, tenez, c'est Jürgen Mus. Je crois que quelques semaines après la mort de la petite Sophie, il a fait de la prison pour vol.

— Jürgen Mus, répéta Van In. Comme par hasard.

— Vous le connaissez ?

— Oui, répondit Van In. Nous le connaissons.

— C'était le plus gentil de toute la bande. »

Mme Candries plissa les yeux comme si elle essayait de retrouver une image d'un lointain passé.

« C'était lui, le père ?

— Je ne sais pas.

— Vous l'avez revu, depuis ?

— Dominique parlait de lui de temps en temps.

— Vous aviez donc gardé le contact avec elle ? »

La vieille sourit et jeta un regard reconnaissant à la Vierge.

« J'ai beaucoup prié pour qu'elle revienne à la maison. Vous ne pouvez pas imaginer comme j'ai été heureuse quand elle… » Sa voix s'étouffa dans un sanglot. « C'était il y a trois ou quatre mois, je ne sais plus. Elle se sentait si seule, commissaire. Et elle voulait changer de travail. Mais je n'avais pas les moyens de l'entretenir, alors il a bien fallu que… »

Suivit une triste histoire qui prit les deux hommes à la gorge. La drogue et la prostitution, on espère toujours que c'est pour les enfants des autres.

« On pourrait voir sa chambre ? demanda Van In lorsque Mme Candries se tut.

— C'est vraiment nécessaire ? »

Van In regarda Versavel. Sans mandat de perquisition, ils ne pouvaient pas la forcer.

« Nous avons besoin de votre accord, dit-il.

— Allez-y, alors. Mais ne faites pas attention au désordre.

— Ne vous inquiétez pas pour ça, madame. »

Ils la suivirent dans l'escalier. Le lit défait était plein d'ours en peluche et de slips sales. Pendant que Van In essayait de rassurer la dame, Versavel visitait discrètement les armoires. Sans résultat.

Après sa mise en libération provisoire, Jürgen Mus avait pris ses quartiers chez une amie qui vivait dans un appartement de la rue Nord-Saint-Pierre, dans un complexe de logements sociaux haut de treize étages. Pour gagner de l'espace, l'architecte, qui, lui, vivait dans une villa énorme, avait conçu l'édifice de telle manière que, une fois sorti de l'ascenseur, on n'accédait aux appartements que par une passerelle extérieure. Ce n'était pas du goût de Van In, car l'amie en question vivait au treizième étage.

« Quand il n'est pas ici, c'est qu'il est au Lambin », dit la jeune fille qui ouvrit aux deux hommes.

Elle avait les cheveux coupés au ras du crâne, elle portait un tatouage voyant sur le haut du bras et un piercing dans la langue, mais dans l'ensemble elle était assez mignonne.

« Vous êtes sa fille ? » demanda Van In.

Elle ouvrit grand la bouche, dit : « Ga ga ga ga ! », puis referma la porte sans autre forme de procès.

« Ça ira ? » demanda Versavel en passant devant Van In.

La passerelle semblait interminable, et la balustrade beaucoup trop basse. Van In marchait en se collant à la façade et en prenant appui d'une poignée de porte à l'autre. Avec l'âge, son vertige ne s'arrangeait pas. Il était couvert de sueur, malgré le vent d'est piquant et la neige qui lui arrivait en plein visage.

« La prochaine fois, tu montes tout seul », dit-il lorsqu'ils eurent enfin atteint la cage d'escalier.

Dans l'ascenseur, Van In alluma une cigarette, les mains tremblantes. Pourquoi Jürgen Mus n'avait-il jamais dit qu'il connaissait Dominique Candries depuis sa jeunesse ? Vraisemblablement parce qu'il craignait de paraître encore plus coupable aux yeux des enquêteurs. La découverte d'un lien entre Mus et Candries faisait de toute façon progresser l'enquête.

« Je propose d'aller faire un tour au Lambin, dit Versavel, une fois qu'ils furent dans le hall.

— Tu la crois, cette fille ?

— Je te parie un mois de salaire qu'elle est occupée à lui téléphoner.

— Je ne parie rien du tout.

— Je veux bien rester ici pour faire le guet.

— Il n'en est pas question !

— J'appelle qui, alors ? Carine ou Decoussemaecker ?

— Fais-les venir tous les deux ! Comme ça, Carine tiendra notre mystérieux inspecteur à l'œil. »

Dans la voiture, ils étaient convenus de ne pas confronter Decoussemaecker aux faits directement. Il était flic. Mieux valait rassembler un maximum de preuves contre lui, sans quoi il resterait intouchable.

Et puis, c'était peut-être de toute façon plus intelligent de ne pas jouer cartes sur table tout de suite.

Le Lambin était aménagé comme un café ordinaire : meubles de brasserie, affiches publicitaires aux murs, quelques bouteilles de martini sur une planche derrière le bar, et une sono aux baffles jaunis qui déversaient en continu la musique d'une radio privée. Lorsque Van In entra dans la salle et qu'il évalua la clientèle d'un regard, il sut avec une quasi-certitude qu'il se trouvait dans un repaire de dealers, sans doute à cause des deux jeunes gars qui tapaient le carton d'un air blasé près de la fenêtre, de la fille au regard vitreux assise au bar et de l'odeur de hasch évidente malgré un système de ventilation hypermoderne qui fonctionnait à plein rendement. Les dealers ont toujours une ruse d'avance sur la police. Choisir un petit café populaire comme terrain de chasse, c'était pas mal trouvé.

« Qu'est-ce que ce sera pour ces messieurs ? »

Le patron avait le profil de l'emploi : une bonne bouille, à quoi s'ajoutait le ventre des buveurs de bière.

« Une Duvel et un Perrier, s'il vous plaît. »

Van In alluma une cigarette. Combien de temps les deux gars qui étaient près de la fenêtre allaient-ils mettre avant de s'arrêter de jouer aux cartes et de filer sans demander leur reste ?

« Tu as le numéro du mobile de Carine ? »

Versavel fit oui de la tête.

« Quel temps de cochon, hein ? » dit le patron en servant la Duvel.

La jeune fille assise au bar cligna des yeux, tira sur sa jupe et alluma une cigarette d'un air las. Lorsqu'elle rangea son briquet dans son sac, ses doigts tremblaient.

« En fait, nous cherchons quelqu'un », dit Van In.

La jeune fille avait besoin d'un shoot à tout prix. Une pipe, et elle pourrait tenir vingt-quatre heures de plus. Elle se laissa glisser en bas de son tabouret et prit la direction des toilettes. En passant devant la table de Van In et de Versavel, elle les provoqua du regard en suçant son pouce d'une façon vulgaire.

« Tu as combien sur toi ? demanda Van In lorsqu'elle eut refermé la porte des toilettes derrière elle.

— Tu es fou ? !

— Combien, Guido ?

— Il faudra me passer sur le corps !

— Laisse tomber. »

Van In se leva et suivit la jeune fille. Il lui restait un billet de cent euros en poche. Il espérait que cela suffirait.

La neige tombait à gros flocons. Les toits du tribunal étaient déjà tout blancs, et dans la rue les voitures laissaient un sillage noir derrière elle. Hannelore dégustait un chocolat chaud en regardant par la fenêtre. Dans une demi-heure, elle aurait fini sa journée. Elle se réjouissait déjà à l'idée de la soirée langoureuse qu'elle passerait avec Van In au coin du feu. Elle avait planché tout l'après-midi sur le dossier du meurtre du baron de Bocarmé et sur le rapport de l'autopsie. Pour tuer le temps qui lui restait, elle relut la déclaration de la gouvernante. La vieille avait maintenu que son patron ne quittait jamais la maison après vingt-deux heures et qu'il était encore moins envisageable qu'il se balade en pleine nuit dans le bosquet. Que les indices retrouvés sur place prouvent que le baron avait pourtant été assassiné à cet endroit ne lui avait pas fait changer sa déclaration d'un iota. Hannelore trouvait étrange que cet élément n'ait pas retenu l'attention de Van In. *Il est peut-être temps que je résolve une enquête toute seule*, se dit-elle. *Van In a déjà bien assez de plumes à son chapeau.* Plus elle y pensait, plus elle trouvait l'idée tentante.

Elle décrocha le combiné et composa le numéro de Versavel.

« Allô.

— Salut, Guido. Pieter est dans le coin ? Tu peux me le passer ? » dit-elle d'une traite.

Cela faisait un quart d'heure que Van In était aux toilettes avec la fille. C'était très long, même pour un homme de son âge. Versavel sentit le rouge lui monter aux joues. Qu'est-ce qu'il pouvait inventer comme prétexte pour couvrir le commissaire ?

« Il y a un problème ? » demanda Hannelore.

Ce long silence était étrange, comme le fait que Guido ne s'était pas présenté comme il le faisait habituellement quand il répondait au téléphone.

« Mais non, qu'est-ce que tu vas chercher là ?

— Pieter n'est pas là ?

— Il est aux toilettes.

— Vous êtes encore dans un café ? !

— Euh…

— Oui, c'est ça !

— On est en train d'enquêter.

— Comme d'habitude. »

La porte des toilettes s'ouvrit. La fille sortit la première. Elle rajusta sa jupe, fixa Versavel et se frotta la bouche d'un geste brusque du dos de la main.

« Je crois qu'il arrive.

— Bien.

— C'est Hannelore, dit Versavel, le doigt sur le micro. Elle veut te parler de toute urgence. »

Van In regarda Versavel d'un air fripon, secoua la tête et saisit le portable de son ami.

« Salut, mon amour ! Je suis content de t'entendre. J'espère que tu ne viens pas m'annoncer de mauvaises nouvelles ? »

Hypocrite ! pensa Versavel.

On prétend souvent que les homos ne sont pas des champions en matière de fidélité, mais ce que Van In venait de faire dépassait l'entendement. Versavel ne savait pas ce qui le retenait de partir en claquant la porte. La curiosité, peut-être.

« Et alors ? » demanda-t-il lorsque Van In eut raccroché.

Van In but une gorgée de Duvel. Il n'avait pas l'air de se rendre compte de la gravité de ses actes.

« Elle me dit simplement qu'elle rentrera un peu plus tard que prévu. Elle me demande de m'occuper du dîner.

— Qu'est-ce que tu vas lui préparer ? Un banana-split ? »

Il fallut plusieurs secondes à Van In avant de faire l'association d'idées.

« Tu ne crois tout de même pas que…

— Et qu'est-ce que je dois croire, alors ?

— Mon cher Guido... » dit Van In en passant un bras autour des épaules de son ami.

Le patron du Lambin avait déjà assisté à de nombreux petits jeux pervers. Il s'arrêta d'essuyer ses verres, le visage exprimant quelque chose à mi-chemin entre le dégoût et la stupéfaction. Les joueurs de cartes s'éclipsèrent.

« Laisse-moi tranquille, Pieter. Tu devrais avoir honte ! » dit Versavel en se dégageant.

« Mais pourquoi tu ne me l'as pas dit !

— Parce que tu ne m'en as pas laissé le temps, voilà pourquoi ! »

Aux toilettes, Van In avait proposé cent euros à la fille – elle s'appelait Maaike – en échange d'informations sur Jürgen Mus. Elle avait d'abord refusé, mais son besoin d'un shoot avait été plus fort que la loi du silence. D'autant plus que, une semaine plus tôt, Primo avait laissé entendre que Mus était grillé.

« Mus était son principal fournisseur jusqu'à une date récente.

— Tu es fou ! dit Versavel. S'il y a une fuite, on la retrouvera dans le canal !

— Ne te fais pas de bile, Guido. Je lui ai promis une protection permanente.

— Une protection permanente ! Et tu vas la trouver où ? ! On est en sous-effectifs, je te rappelle !

— Écoute-moi ça, si ce n'est pas un drôle de hasard. Elle habite dans le même appart que la copine de Mus !

— C'est De Kee qui va apprécier !

— Il assiste à un congrès en Allemagne, Guido. Il ne rentrera que dans plusieurs jours. »

Van In but une gorgée de Duvel. Jusqu'à présent, trois choses étaient sûres. Un : Agnès Ottevaere avait été la maîtresse du père Desmidt et du baron de Bocarmé. Deux : Jürgen Mus, qui avait été le principal suspect du meurtre de Dominique Candries, la connaissait en fait depuis sa jeunesse. Trois, le colonel Hautekiet avait été tué par quelqu'un qui voulait lui dérober son P38. En outre, le baron de Bocarmé avait été tué vingt ans après le colonel, le curé et l'échevin ; et Jürgen Mus était la dernière personne à avoir rencontré Dominique Candries vivante, ce qui s'était produit, comme par hasard, vingt ans après l'époque de leur liaison. Qu'avait-il bien pu se passer ces derniers jours pour pousser le meurtrier d'antan à trucider deux nouvelles victimes ?

« Tu as vraiment l'intention de faire surveiller cette fille vingt-quatre heures sur vingt-quatre ?

— Bien sûr ! Si quelqu'un ose toucher à son petit doigt, je lui tords le cou !

— Et en attendant, qu'est-ce qu'on fait ?

— On boit une Duvel en espérant que tout se passe bien. »

11

Blottie dans son écrin de neige, la propriété du baron de Bocarmé semblait un décor de conte de fées. Avec un peu d'imagination, on pouvait voir des elfes et des gnomes gambader çà et là. Hannelore boutonna son manteau jusqu'en haut avant de sortir de la voiture. Elle avait bien conscience de trahir Van In en se rendant sur le terrain à sa place, mais elle endormit sa conscience en se disant qu'il l'aimait tellement qu'il ne lui en voudrait pas. Après un premier pas prudent, elle traça mentalement son chemin dans la neige jusqu'à la porte de la métairie et se mit en route, laissant derrière elle un sillon ondulant qui parachevait la féerie du lieu et s'accordait parfaitement à son humeur. Arrivée plus ou moins à mi-parcours, elle s'arrêta. Si l'entretien avec la gouvernante du baron ne donnait rien, elle ne serait pas obligée d'en parler à Van In. Un mensonge par omission : combien de fois ne lui avait-il pas dit que ce n'était pas grave ! *Allez, vas-y !*

Un rai de lumière s'échappait d'entre les rideaux. Mais fallait-il vraiment y voir le signe d'une présence humaine à l'intérieur ? Pas sûr. En tout cas, Hannelore n'avait pas vu bouger les rideaux depuis qu'elle avait garé sa voiture dans le parking, ce qui lui aurait paru normal dans un endroit si isolé. Peut-être le son de la télévision était-il réglé trop fort. Elle sonna. Il s'écoula au moins une minute avant qu'elle entende un signe de vie : une porte qui s'ouvre, des pas dans le couloir… Il y avait un judas dans la porte. Hannelore se plaça bien en face. Bonne idée. La porte s'entrouvrit.

« Je suis le juge d'instruction Martens, madame. Vous vous souvenez peut-être de moi. »

La gouvernante demeura silencieuse. Elle ôta la chaînette de sécurité et fit signe à Hannelore d'entrer.

« Quel temps romantique, vous ne trouvez pas ? »

Ce n'était peut-être pas la meilleure des entrées en matière, mais cette femme paraissait si triste qu'Hannelore se sentait le besoin de la réconforter. Les magistrats ne jouissent pas vraiment d'une bonne réputation, pour ce qui est de la qualité des contacts humains.

« Je parle de la neige », ajouta-t-elle.

Il faisait étouffant dans le salon.

« Je peux retirer mon manteau ? »

Un ficus géant occupait tout un coin de la pièce. Cette plante peut supporter énormément de choses, mais la couleur de ses feuilles indiquait qu'il n'y avait plus grand-chose à espérer d'elle.

« Qu'est-ce que je peux faire pour vous, madame ? demanda la gouvernante, droite comme un piquet sur le seuil.

— Je peux m'asseoir ?

— Bien sûr », répondit la femme en esquissant un geste de pantin articulé.

Hannelore en avait mal au cœur. On lui avait raconté pas mal d'histoires tristes à pleurer sur les fidèles domestiques qui servaient leur maître toute leur vie durant, pour un salaire de misère, et qui étaient renvoyés sans état d'âme quand ils atteignaient l'âge de la retraite. Comment les héritiers du baron allaient-ils la traiter ?

« Vous continuerez à vivre ici un certain temps, j'espère », dit-elle.

La gouvernante eut un pauvre sourire.

« Venez vous asseoir, vous aussi ! reprit Hannelore.

— Non merci, madame.

— Laissons tomber les formalités ! Appelez-moi Hannelore ! »

La gouvernante eut l'air choquée. Il semblait hors de question pour elle d'appeler ses supérieurs par leur prénom.

« Je sais que vous vous appelez Claire, dit la juge, émue par le malheur qui émanait de toute la personne de son hôtesse.

— Je ne suis que la gouvernante, madame. »

Cinquante ans plus tôt, elle avait rencontré un jeune homme qui répondait au nom de Jan et que tout le monde traitait de noceur car il se moquait des conventions. Ils avaient fait l'amour dans les endroits les plus inimaginables. Dans les bois, et jusqu'au grenier, et puis Madame les avait surpris un après-midi d'été dans l'orangerie.

« Je voudrais que vous m'écoutiez, Claire. »

Hannelore s'était levée et serrait le bras de la gouvernante aux traits impassibles.

« Je vais voir où vous gardez le café. En attendant… » Elle attira la vieille femme vers le canapé. « En attendant, vous vous asseyez ici, d'accord ?

— Oui, madame.

— Oui, Hannelore. »

La gouvernante battit des cils.

« Oui, Hannelore. »

Le Moyen Âge était révolu depuis longtemps, mais rien n'avait vraiment changé. Les gens avaient l'impression d'être libres, mais ils restaient des esclaves. Le baron s'était occupé de Claire. Il l'avait nourrie et logée. En échange, elle lui avait consacré les plus belles années de sa vie.

Hannelore se fit la réflexion que, si l'homme moderne avait changé de chaînes, il était désormais tenu par les plaisirs que lui procurait le capitalisme, qu'il payait par le stress.

« Le baron est mort, mais vous, vous êtes vivante, Claire. »

Hannelore partit préparer le café dans la cuisine. Elle entendait la gouvernante se moucher au salon. Quoi que Van In puisse lui reprocher par la suite, elle estimait avoir pris la bonne décision. En fait elle ne faisait pas autre chose que de suivre l'enseignement de la Bible. Si tous les maîtres s'agenouillaient devant les serviteurs, tous les hommes deviendraient enfin frères. Pendant que le café passait, elle entendit la neuvième de Beethoven. Le moment était si émouvant qu'elle en eut les larmes aux yeux.

« Je ne veux pas te gâcher ton plaisir, dit Versavel lorsque Van In lui tendit la cuiller en bois pour goûter.

— Quand il y en a pour deux, il y en a pour trois ! »

Van In piqua le rôti de porc avec une fourchette et le posa dans une poêle où grésillait du beurre.

« Elle a dit à quelle heure elle revenait ?

— Tu connais Hannelore. Quand c'est moi qui cuisine, elle rentre toujours à bride abattue.

— Sale macho, va !

— Quelle heure est-il ?

— Six heures moins cinq.

— On parie qu'elle sera là vers sept heures ?

— D'accord. Cinquante euros ! dit Versavel.

— Pffft.

— Cent ! »

Ils topèrent là. Puis, Versavel ouvrit une boîte de haricots et les versa dans la poêle après avoir jeté le jus dans l'évier.

« Si De Kee nous demande combien de temps le prince héritier d'Espagne est resté à Liège incognito, tu dis que tu n'es au courant de rien !

— Tu n'aurais pas pu trouver autre chose ?

— Imagine sa tête s'il découvre que j'ai mobilisé six hommes pour assurer la protection permanente d'une jeune toxico ! Je serai bon pour régler la circulation !

— Il rentre quand ? Après-demain ? »

De Kee était à Berlin pour un congrès sur la criminalité transfrontalière. Il fallait bien que l'argent du contribuable serve à quelque chose… Lorsque Versavel l'avait appelé sur son mobile, il était à une réception à l'ambassade, où il était bien gâté : en plus du champagne et des petits fours, on avait mis à sa disposition une jeune mondaine polyglotte qui, d'après un collègue, faisait d'autres miracles avec sa langue.

« Ne t'inquiète pas, Guido. L'ordre de mettre Maaike sous protection émane de moi.

— À vos ordres, *Herr Oberst* ! dit Versavel en se touchant le front avec le bout de sa cuiller en bois.

— Regarde ce que tu fais, Guido. »

Versavel s'affaira aussitôt aux fourneaux.

« C'est vrai ! Si ça brûle, c'est la fin des haricots. »

« Merci pour le café, mad… Hannelore. »

La gouvernante but une nouvelle gorgée avant de se laisser aller à reposer son dos contre le dossier du fauteuil du maître.

« Ne le prenez pas mal, Claire, mais…

— Vous voulez savoir pourquoi monsieur est allé au bosquet cette nuit-là ?

— Oui. J'ai lu votre déclaration attentivement.

— Je croyais que personne ne le remarquerait, dit la gouvernante. Et si je baissais un peu le chauffage ? »

Hannelore fronça les sourcils.

« Dans ma chambre, il n'y avait jamais plus de dix-huit degrés. Le soir, quand monsieur m'appelait et que je descendais, la chaleur me faisait suffoquer.

— C'est gras comme un porc et ça ignore la faim du voisin », dit Hannelore.

Il y eut un silence.

« Mon père disait ça souvent, commenta Claire.

— Le mien aussi. »

Les deux femmes se sourirent.

« Il reste du cognac dans le cabinet de monsieur. On oserait en boire un tout petit peu ? »

Claire gloussa comme une écolière lorsque Hannelore accepta sa proposition. Cinquante années de servitude glissaient de ses épaules comme la neige d'une branche de sapin.

« Quelle heure est-il ?

— Tu veux vraiment le savoir ? »

Van In fit oui de la tête. Le rôti était on ne peut plus appétissant dans la poêle, mais les haricots, à force de cuire, s'étaient transformés en une masse informe. *Il est beau, l'homme moderne !* se dit Van In. *Ta femme traîne dehors alors qu'il fait si bon à la maison !*

« Tu pourras me payer les cent euros demain matin », dit Versavel en ricanant.

Il savait très bien que gagner un pari avec Van In et obtenir qu'il vous paie réellement la somme qu'il vous devait, c'était jeter une pierre dans le canal et espérer la voir flotter.

« On ferait mieux de passer à table, tant que c'est encore mangeable », dit Van In en se levant pour aller remplir les assiettes.

Pendant la préparation du dîner, il avait essayé quatre fois de joindre Hannelore. Elle ne répondait pas, et ne rappelait pas davantage. Qu'est-ce qu'elle pouvait bien traficoter ?

« Deux tranches ou trois ?

— Une suffira, merci.

— Des haricots ?

— Deux cuillers, répondit Van In. Parce que tu insistes.

— J'insiste, moi ?

— Non, mais j'ai bien vu que tu allais le faire. »

Van In posa une portion royale de purée de légumes sur l'assiette de Guido et découpa une tranche de porc carbonisé.

« On dirait deux tantes, dit-il.

— Et c'est toi qui dis ça ! »

Un bruit de clés incita Van In à lever la tête. Il laissa l'assiette fumante sur le plan de travail et courut à la porte. Que devait-il faire ? Se fâcher parce qu'elle rentrait en retard ou l'accueillir en l'embrassant gentiment et en lui disant que ce n'était pas grave ?

« Salut, ma chérie ! »

Hannelore sourit bêtement et fit semblant de rien. Quand elle voulut ranger ses clés dans son sac, elles lui échappèrent et tombèrent sur le sol. La juge s'agenouilla pour les ramasser, mais Van In fut plus rapide qu'elle.

« Deux stripteases, et tes péchés te seront pardonnés ! » lui chuchota-t-il à l'oreille.

Elle battit des cils.

« Tu dis encore une connerie comme ça, et tu dors sur le canapé.

— Ça refroidit ! » cria Versavel depuis la cuisine.

Hannelore repoussa Van In et rejoignit Guido. Elle avait une faim de loup.

« C'était délicieux ! » dit la juge.

Pendant le dîner, elle avait raconté sa visite à la gouvernante. Van In ne semblait pas mal le prendre.

« Je te ressers, mon amour ?

— Merci, tu es un ange. »

Après avoir tendu une nouvelle assiette pleine à ras bord à Hannelore, Van In alluma une cigarette, avala la fumée et compta jusqu'à cinq. Dans sa tête, une toute petite voix lui enjoignait de garder son calme.

« Tu ne peux pas t'en empêcher, hein, d'aller enquêter toi-même ? dit-il, parfaitement maître de lui.

— Tu es jaloux ?

— Moi ? Jaloux ? ! »

Versavel regarda ailleurs avec la mine d'un paysan qui voit arriver un mauvais grain. Hannelore et Van In formaient un couple parfait. Jamais d'accord et toujours en bisbille, et si quelqu'un dans leur entourage osait dire quoi que ce soit, c'était lui qui recevait le couvercle sur le nez.

« Ça ne te plaît pas trop, en tout cas.

— Quoi ?

— Que la gouvernante soit désormais comme une amie avec moi et qu'elle m'ait confié des choses qu'à toi elle n'aurait jamais dites. »

Le soir du meurtre, Agnès Ottevaere avait appelé le baron de Bocarmé vers onze heures et demie. La conversation n'avait duré que quelques minutes. Ensuite, le baron était monté se changer, dans un état de fébrilité certaine.

« Ce qui m'étonne, c'est qu'ils se soient donné rendez-vous dans le bosquet, dit Versavel.

— Juste après, ils ont filé au petit pavillon », expliqua Hannelore.

Sa conversation avec la gouvernante avait été très fructueuse. Ils savaient maintenant qu'Agnès Ottevaere avait fait valoir ses droits après la mort de la baronne. Elle avait placé son amant devant cette alternative : faire d'elle une femme respectable, ou à tout le moins conclure un accord financier avant que les enfants du baron ne se taillent la part du lion sur l'héritage.

« Pourquoi est-ce que c'est la première fois que j'entends parler de ce petit pavillon ? » demanda Van In.

Versavel resta muet. Ils avaient tous les deux quitté le terrain de l'enquête le jour où on avait découvert le cadavre du baron de Bocarmé : Van In parce qu'il croyait qu'Hannelore lui avait retiré l'enquête, et Versavel, par solidarité avec lui. Autant dire que le travail réalisé sur place par les autres inspecteurs n'avait pas été très sérieux.

« C'est une sorte de relais de chasse que Bocarmé avait aménagé en petit nid d'amour, expliqua Hannelore. Officiellement, c'est là que vivait le jardinier. »

Il n'y avait pas la moindre trace d'un petit pavillon ou d'un relais de chasse dans les P-V, pour la simple et bonne raison que la gouvernante n'en avait pipé mot.

« Tu es allée jeter un œil ?

— Si je l'avais fait, je serais rentrée encore plus tard. Tu es toujours fâché ? dit-elle en faisant une moue si adorable que Van In ravala ses reproches.

— Non, mais il est grand temps que nous allions fouiller cette cabane au fond des bois.

— Qu'est-ce qui t'en empêche ? »

Elle avala le reste de haricots et le fit descendre avec une gorgée de vin.

De l'extérieur, le petit pavillon ne payait pas de mine, mais, aussitôt la porte franchie, on voyait que le baron n'avait ménagé ni sa peine ni son portefeuille pour transformer l'endroit en bonbonnière. Les spots à halogène caressaient d'une lumière chaude et douce les meubles anciens à la patine parfaite.

« Ma-gni-fique ! » commenta Van In.

La gouvernante restait dans l'entrée, médusée. Quand la juge d'instruction avait sonné à sa porte, cinq minutes plus tôt, elle était au lit à rêver à une autre vie.

« Vous n'êtes pas obligée de nous attendre, Claire, dit Hannelore. Je déposerai les clés dans la boîte aux lettres.

— Il y a du bon vin dans le cellier, répondit la gouvernante en souriant.

— Nous ne sommes pas là pour boire », riposta Van In un peu trop vite.

La gouvernante fit un petit signe de la tête et se retira.

« Il est déjà presque vingt-deux heures, dit Van In lorsqu'elle eut disparu. On aurait peut-être dû remettre ça à demain.

— Abruti ! »

Hannelore se laissa tomber sur le divan et admira le plafond peint en noir. Chaque détail parlait à la grande romantique en elle : l'odeur de bois brûlé, les rideaux un peu moisis, le plancher qui craquait sous les pas, les radiateurs massifs qui se mirent à chanter quand l'eau chaude commença à circuler…

« C'est une perquisition ou non ? demanda Van In.

— Qui de nous deux a dit qu'il était grand temps d'aller fouiller cette cabane au fond des bois ? »

Van In alluma une cigarette.

« Mais cela ne signifiait pas qu'il fallait absolument le faire ce soir.

— En tout cas, c'est chaleureux. »

Tout occupé qu'il est à essayer d'impressionner la femme qu'il veut séduire, l'homme en oublie d'être attentif aux signaux qu'elle lui envoie. Van In n'avait ni à impressionner Hannelore, ni à la séduire, et pourtant il n'entendait pas ce qu'elle lui disait à demi-mot.

« Nous ne sommes pas ici pour nous réchauffer.

— Ni pour boire du vin… ! » ajouta aussitôt Hannelore.

Van In écrasa sa cigarette dans un cendrier en marbre en forme de coquillage, qui avait autrefois servi de bénitier dans une église.

« Ne répète pas que c'était mon idée de venir ici ce soir.

— J'ai dit ça, moi ? »

Hannelore se leva et se dirigea vers la chaîne stéréo. Le baron y avait accumulé une petite collection de CD, essentiellement de musique de la Renaissance, et elle adorait ça.

« Fouille les placards, dit-elle. Pendant ce temps-là, je m'occupe du vin et du chant… tu sais, la valse de Strauss ?

— C'est *Wein, Weib und Gesang* ! Le vin, la femme et le chant.

— Ah bon ? »

Les magistrats sont aussi des êtres humains. Hannelore savait pertinemment qu'ils ne respectaient pas la procédure, mais elle prenait son pied. En fait, elle s'en fichait pas mal, de savoir comment le baron était mort. Elle en avait déjà vu beaucoup trop dans sa carrière, des meurtriers qui échappaient à la justice et des innocents qui payaient les pots cassés ! Ce qui comptait, se disait-elle, c'était de vivre et de se laisser vivre.

Ses jambes commençaient à tanguer. Il était tard, et le cognac qu'elle avait bu un peu plus tôt faisait son effet.

« Que dis-tu de ça ? Château Pétrus 1996 ! » dit-elle en brandissant triomphalement une bouteille poussiéreuse.

Van In était accroupi devant une antique lingère. Il venait de trouver un album de photos. Il l'ouvrit. À la belle époque, les gens de la haute faisaient immortaliser les grands moments de leur vie pour la postérité en recourant aux services de peintres officiels ; tout avait changé depuis l'invention de la photographie. La moitié des photos avaient été prises lors d'une fête au jardin.

« Si on résout cette enquête, ce sera grâce à toi », dit-il en lui montrant un cliché. On y voyait le baron de Bocarmé et Agnès Ottevaere, mais aussi le père Desmidt et le colonel Hautekiet. Tous étaient assis à une grande table dressée au jardin. Un jeune homme blond se tenait à l'arrière-plan. Il portait un costume noir et une serviette blanche sur le bras.

« La photo date de 1982 », dit Van In un peu inutilement car Hannelore pouvait lire aussi bien que lui les chiffres tracés au crayon blanc sur le papier gris foncé de l'album.

« Il y avait donc bel et bien un lien entre les victimes. »

Hannelore vint s'asseoir à côté de Van In. *Qu'attend-il encore, au nom du ciel ?* Il neigeait, et ils étaient seuls dans ce petit pavillon romantique aménagé aux seules fins de l'amour… Elle passa un bras autour de ses épaules.

« On pourra s'occuper du reste demain, Pieter. »

Le désir est plus fort que tout, plus fort que l'odeur de moisi des rideaux, qu'un plafond peint en noir, que des radiateurs qui chantent, surtout chez une jeune fille qui ne connaît pas encore grand-chose à l'amour ; que dire alors de son pouvoir chez une femme épanouie au bord de l'orgasme. Van In n'offrit aucune résistance. Il se laissa guider de bon cœur. Il la regarda, assise à califourchon sur lui, avala un soupir d'extase et pensa qu'il ne pouvait pas être plus heureux.

12

« Retire ta veste, dit Van In à Versavel. On ne part pas tout de suite. »

Hannelore était assise à la table du petit déjeuner, en longue chemise de nuit et en chaussettes. Versavel l'embrassa sur la joue.

« Vous n'êtes pas malades, j'espère ?

— Je me sens juste un peu raide partout », dit Van In.

Il s'empara de l'album de photos trouvé la veille et montra la fameuse photo à Versavel.

« Le jeune homme, là, à l'arrière-plan… Tu le reconnais ? »

Versavel plissa les yeux.

« Non, je ne vois pas, finit-il par dire.

— Réfléchis bien, Guido. »

Van In s'assit à côté de lui, alluma une cigarette et souffla la fumée devant lui. Les pète-sec qui condamnaient la vie de bâton de chaise qu'il menait se seraient sans doute étonnés qu'il ait si vite identifié ce jeune homme, mais les scientifiques sérieux qui étudient le fonctionnement du cerveau savent que l'entraînement est le meilleur moyen de conserver une bonne mémoire.

D'accord, sa capacité thoracique ne devait pas être extraordinaire. Par contre, il assouplissait ses neurones au quotidien en observant les choses et les gens autour de lui et en triant et en emmagasinant une foule d'informations. L'ado de la photo, c'était à coup sûr Primo Vollekindt, le fils du conseiller municipal.

« Chez la veuve Vollekindt, il y avait des photos partout ! s'exclama-t-il quand Versavel donna sa langue au chat. Tu t'en souviens, non ?

— Oui, mais…

— Ce n'est pas grave, Guido », dit Van In avec un grand sourire.

En fait, cela tenait du miracle qu'il ait mis cette photo en rapport avec celles qu'il avait vues chez Mme Vollekindt, mais ça, il ne l'aurait avoué pour rien au monde.

« C'est peut-être un hasard, Pieter.

— Un hasard ? Laisse-moi rire ! Trois victimes sur la photo, avec en prime le fils de l'échevin qui fait partie des morts !

— Tu comptes l'interroger ?

— Chaque chose en son temps. Il y a deux ou trois petites choses à régler avant ça. »

Lui et Hannelore avaient passé une grande partie de la nuit à discuter de la question. Ils étaient arrivés à la conclusion qu'il y avait plus urgent que de rencontrer Primo Vollekindt.

« D'après la gouvernante du baron de Bocarmé, seule Agnès Ottevaere était capable de le faire aller au petit pavillon en pleine nuit, reprit-il. Je suis curieux de l'entendre s'expliquer !

— N'oublie pas Decoussemaecker ! dit Hannelore. Qu'est-ce qui a bien pu lui passer par la tête pour mentir et prétendre qu'il était allé interroger la mère Candries ?

— Aucune idée, répondit Van In. Le fait est que nous ne pouvons plus lui faire confiance.

— Il est de service aujourd'hui ?

— Je l'ai envoyé en mission de surveillance avec Carine. Elle le tiendra à l'œil.

— Chez la copine de Mus ?

— Oui », dit Van In sobrement.

Il n'avait pas envie de commencer à expliquer à Hannelore tout ce qui s'était passé avec Maaike, sans quoi on était parti jusqu'au lendemain…

« Puisque notre bonhomme a disparu dans la nature, je vais lancer un avis de recherche, dit-elle.

— Bonne idée.

— Appelle-moi dès que tu as du neuf ! dit Hannelore. Je serai au tribunal toute la journée.

— Entendu. »

Van In écrasa sa cigarette et acheva son café.

« Eh bien, nous, nous allons donc rendre une petite visite à cette chère Agnès Ottevaere. »

« Elle est peut-être partie faire des courses », dit Versavel.

Van In mit ses mains en visière autour de ses yeux et les appuya contre la fenêtre.

« Il y a de la lumière dans la cuisine. »

Il sonna une deuxième fois, en laissant le doigt enfoncé sur le bouton pendant cinq longues secondes. Une voisine, qui avait repéré la voiture de police, vint aux nouvelles.

« Qu'est-ce qui se passe ? »

Elle avait la tête de toutes les voisines en pareille circonstance : bigoudis, peignoir en pilou et pantoufles informes.

« Est-ce que vous savez si Mme Ottevaere a l'habitude de faire ses courses à cette heure-ci ?

— Agnès ne sort jamais de son lit avant neuf heures !

— La veinarde !

— Pardon ?

— Rien », éluda Van In.

Il avait dans les reins une prestation qui aurait rendu Hercule vert de jalousie – pas les douze travaux, mais quand même... Une femme de trente-cinq ans qui y met de l'ardeur, ça peut être difficile à suivre.

Van In sonna pour la troisième fois. Les voisins s'agglutinaient maintenant sur le trottoir d'en face. Certains s'inquiétaient pour Agnès Ottevaere, d'autres y allaient de commentaires nettement moins sympathiques.

« J'appelle les pompiers ? demanda Versavel.

— Non, tu es fou ? »

Ils firent le tour par-derrière. Les gens dépensent souvent des fortunes pour sécuriser leur porte d'entrée, mais oublient carrément celle qui donne sur le jardin. Agnès Ottevaere faisait-elle exception à la règle ? Van In sortit sa carte bancaire de son portefeuille et la glissa entre la gâche et le penne de la serrure tout en exerçant une pression de l'épaule contre le panneau. *Et voilà le travail !* Ils n'eurent pas à se demander longtemps pourquoi Agnès Ottevaere ne leur répondait pas. Elle était là, dans le couloir, baignant dans une mare de sang.

« Et merde ! »

Van In se pencha sur le corps. Elle avait reçu deux balles dans la poitrine et une dans la tête, comme les autres. Une carte du tarot avait été posée sur sa poitrine. Trois meurtres en moins d'une semaine, c'était une belle publicité pour une ville qui se veut touristique. Versavel courut à la Golf et prit contact *via* la radio de bord avec l'officier de garde, lequel prévint le parquet et le labo technique. En trente secondes, la machine était lancée.

« On va bientôt figurer dans le *Livre des records* », dit Van In.

Il se laissa tomber dans un fauteuil et alluma une cigarette. Il essaya de s'imaginer à bord d'un petit bateau, sur une rivière calme, de préférence quelque part en Irlande, et tout s'arrangeait tout seul. Versavel lui ôta ses illusions.

« Il y a comme un petit problème », dit-il.

Il avait mobilisé tellement d'hommes pour les missions de surveillance qu'il n'y en avait plus pour leur prêter main-forte. L'officier de garde avait donc décidé de leur envoyer une patrouille de la circulation, ce qui revenait à demander à un médecin généraliste de pratiquer une transplantation cardiaque.

« Tu veux que j'annule les planques devant chez Maaike et chez Mus ? »

Van In tapota ses nouveaux pivots. La zone restait sensible, mais il ne pouvait pas s'en empêcher.

« Non, laisse tomber. On va se débrouiller. Fais-moi signe à l'arrivée de la cavalerie. Je vais fouiner. »

Agnès Ottevaere occupait une maison agréable. Elle n'avait jamais travaillé, mais cela ne voulait pas dire qu'elle s'était beaucoup privée dans la vie. Il y avait deux bouteilles de bon champagne dans la porte du frigo, et le congélateur était plein de plats préparés de luxe. Le baron de Bocarmé n'était pas sans moyens, mais si Van In devait en croire sa gouvernante, il n'était pas non plus suffisamment riche pour assurer un si grand train à sa maîtresse. Il restait le père Desmidt, mais il était mort depuis vingt ans. Ce qui était sûr, c'était qu'Agnès Ottevaere exerçait une force d'attraction singulière sur les hommes, comme il avait pu s'en rendre compte par lui-même. Van In monta l'escalier. Des aquarelles représentant des paysages étaient fixées tout au long du mur, jusqu'en haut. Van In en regarda une attentivement. Dans le coin inférieur gauche, il remarqua un monogramme : « AO ». Madame était donc artiste à ses heures… C'était peut-être de là qu'elle tirait une partie de son confort matériel. Les peintres du dimanche peuvent en réalité gagner très bien leur vie.

Dans la chambre aménagée avec sobriété, Van In s'assit sur le lit. D'après le témoignage de la gouvernante, le baron de Bocarmé avait été assassiné après avoir reçu le coup de fil d'Agnès Ottevaere. Personne n'aurait pu l'attirer dans le bosquet à cette heure sauf elle, avait dit Claire. Si c'était vrai – et pourquoi la gouvernante aurait-elle menti ? –, Agnès Ottevaere avait attiré son amant dans un piège et avait elle-même payé cette trahison de sa vie. Ou, plus logique encore : le meurtrier l'avait forcée à appeler le baron et puis l'avait liquidée. Van In commençait à se faire une image un peu plus précise de ce qui s'était passé, mais il lui manquait toujours le mobile.

Il regarda autour de lui. L'aménagement spartiate de la chambre contrastait avec la joyeuse profusion du rez-de-chaussée. Dans la maison de son enfance, c'était comme ça aussi. Des armoires pleines à ras bord dans les pièces de vie, et des chambres d'aspect monacal. Sa mère prétendait toujours que…

« Merde ! »

Van In bondit sur ses pieds et ouvrit la garde-robe. Sur les étagères, il trouva des piles de sous-vêtements, de mouchoirs, de serviettes, de draps. C'était idiot de penser qu'Agnès Ottevaere tenait sa maison comme la mère de Van In, qui était convaincue que les voleurs perdraient leur temps à fouiller tous les placards du bas au lieu de s'attaquer aux chambres. Mais s'il pensait juste… Bingo ! Entre deux piles de mouchoirs, il dénicha une épaisse enveloppe brune. Il n'eut même pas besoin de l'ouvrir pour savoir ce qu'elle contenait. L'argent se reconnaît facilement, même emballé. Mais sa mère ne conservait pas seulement des liasses de billets entre ses piles de linge… La photo de son premier amoureux, par exemple, un rouquin au sourire adorable qu'elle n'avait jamais pu oublier. Van In fouilla soigneusement. Entre les serviettes de bain, il trouva une enveloppe qui était un peu jaunie, comme si elle n'avait jamais été utilisée. *Merci, maman !* pensa Van In. Dedans, il y avait une photo montrant Agnès Ottevaere tenant un bébé dans ses bras et le père Lionel Desmidt. Agnès Ottevaere paraissait toute jeune, mais il était impossible de dire quand le cliché avait été pris.

« Pieter ! »

Versavel se trouvait au bas des escaliers. La cavalerie était arrivée, le procureur aussi.

« Je descends ! »

Van In replaça le linge où il l'avait trouvé et fit glisser la photo dans la poche de sa veste.

« Le bourgmestre Moens se fait du mouron, dit Beekman lorsqu'ils se furent serré la main.

— Il n'est pas le seul. »

Le procureur sortit de la maison à l'arrivée des gars du labo technique. Van In fut bien obligé de le suivre – il n'avait pas envie de se faire enguirlander par Vermeulen sous prétexte qu'on lui salopait ses indices.

« Tu as trouvé quelque chose ?

— Pas encore.

— Ça va te prendre longtemps ? Je dois rencontrer la presse. Tu sais comment sont les journalistes. Je vois d'ici le titre : "Un tueur en série met Bruges à feu et à sang."

— Ce n'est pas un tueur en série.

— Comment ça ?

— On a suivi la même formation sur le profilage des tueurs, Jozef, je te rappelle. Les tueurs en série procèdent autrement, tu devrais le savoir.

— On a de nouveau bu du vinaigre au petit déjeuner, Van In ? »

Au même instant, une Mercedes au pot d'échappement encrassé entra dans la rue.

« Voilà Zlotkrychbrto ! » dit Van In.

Le procureur poussa un soupir.

« Il n'est pas nécessaire d'être médecin pour voir que la pauvre femme est morte, dit-il. Je me demande ce qu'il va encore nous sortir comme imbécillité. »

Le docteur Zlotkrychbrto était d'excellente humeur. En sortant de sa voiture, il salua la foule des curieux d'un geste de la main avant de se diriger d'un pas décidé vers Beekman et Van In.

« Il neige ! Comme à la maison ! dit-il, un large sourire aux lèvres. Est-ce que je vous ai déjà dit qu'un jour j'ai ranimé un couple d'amoureux qui… »

Tout le monde connaissait par cœur cette histoire d'amants passionnés que le gel avait immobilisés dans une position qui aurait pu leur être fatale.

« Ils t'envoient toujours une carte à Noël ?

— Bien sûr ! »

Le légiste se tourna vers le procureur et lui serra la main juste au moment où celui-ci allait se moucher.

« Excusez, procureur. Vous avez quelque chose au bout du zizi.

— Plaît-il ?

— Zlot te conseille aimablement de t'essuyer le nez, dit Van In.

— Le pif, le zizi, c'est pareil, hein, Piotr ! »

Van In alla se planter à côté du procureur.

« Quelqu'un a dû lui dire que les mots étaient synonymes », lui chuchota-t-il à l'oreille.

Le procureur le fusilla du regard. Il n'avait vraiment pas envie de rire.

Pendant que Klaas Vermeulen et ses nouveaux collaborateurs se mettaient au travail et que le procureur Beekman improvisait une conférence de presse, Van In et Versavel se retirèrent dans la cuisine.

« Tu as trouvé quelque chose en haut ? »

Van In fit oui de la tête et montra la photo du bébé. La dater ne poserait pas de problème. Il serait plus difficile d'identifier l'enfant, car sa mère et ses deux pères potentiels étaient morts.

« Ceci reste entre nous pour le moment, Guido.

— Je comprends. »

Si la photo atterrissait dans le dossier, il y avait de fortes chances que l'informateur du meurtrier la voie. Ils ne pouvaient pas prendre ce risque tant qu'ils ne savaient pas qui était l'enfant d'Agnès Ottevaere. Beekman avait raison. Le temps commençait à presser. Si de nouvelles victimes tombaient, ce serait la panique.

« Du neuf du côté des équipes de surveillance ?

— Non, répondit Versavel. Mus reste introuvable et sa copine ne quitte pratiquement pas son appartement.

— Et Maaike ?

— Elle continue à ne sortir qu'en fin d'après-midi. »

Il y avait du pain sur la planche. Van In se trouvait face à un dilemme : frapper vite et fort, et courir le risque de faire capoter toute l'enquête, ou continuer à attendre patiemment le moment où il pourrait refermer son filet sur le meurtrier, une stratégie qui, dans le pire des cas, coûterait encore la vie à une personne. Tout dépendait de ce que dirait Decoussemaecker, car il était désormais clair qu'il était lié de près ou de loin aux meurtres du tarot.

« Je peux te parler entre quat-z-yeux, Van In ? »

Le procureur Beekman se tenait dans l'embrasure de la porte. La grimace qui déformait ses traits ne présageait rien de bon. Les journalistes l'avaient sans doute mis sur les charbons ardents, et il avait besoin de se défouler sur un subalterne… Ainsi en allait le monde. Van In devait bien admettre que l'enquête progressait d'une façon pour le moins chaotique. C'était dû en partie aux circonstances, et en partie au fait qu'au début, certains détails lui avaient échappé. Sans compter qu'il n'avait pas rassemblé certaines informations d'une manière rigoureusement orthodoxe.

« Ce n'est pas une affaire facile, Jozef.

— On me dit que tu passes plus de temps au café qu'au commissariat…

— On dit beaucoup de choses. Certains prétendent que les Américains ne sont jamais allés sur la Lune. »

Beekman se détacha du montant de la porte contre lequel il s'était adossé et alla s'asseoir à la table. Il avait à maintes reprises sauvé la tête de Van In, en raison de ses bons résultats, mais, cette fois, le commissaire était allé trop loin.

« Mobiliser six hommes pour protéger une toxico d'un éventuel règlement de comptes ! Admets que tu exagères ! Et c'est sans compter cette histoire de… »

Beekman hésita. D'après le patron du Lambin, Van In s'était fait faire une pipe dans les toilettes par la fille. D'accord, elle était majeure, mais ce fait restait inacceptable de la part d'un commissaire de police dans l'exercice de ses fonctions !

« Vas-y, Jozef. Je t'écoute. »

Le procureur serra les dents.

« Je vais fermer les yeux pour Hannelore. Mais si tu refais une seule fois une chose pareille, je te démets. »

Van In était stupéfait. Il n'avait fait de mal à personne en consultant une voyante et en allant boire un pot avec elle juste après. Ce fut plus fort que lui, il se défendit.

« J'enquête sur le tarot, monsieur le procureur, un jeu de cartes qui, si je ne m'abuse, joue un rôle assez important dans cette enquête !

— Qu'est-ce que tu me chantes là ?

— Les cartes… ! Les cartes de tarot qu'on retrouve chaque fois à côté des macchabées !

— Dans les toilettes du Lambin ? ! »

Van In se recroquevilla sur lui-même, lentement, lentement, puis soudain se frappa le front et explosa de rire. *Quel malentendu !*

« Ces messieurs s'amusent, à ce que je vois ? »

Hannelore entra dans la cuisine, embrassa Beekman sur la joue et alla s'asseoir à côté de Van In.

« Tu ne croiras jamais ce que Jozef a cru devoir te cacher, dit Van In lorsqu'elle lui fit la bise à lui aussi.

— Je n'y comprends rien !

— Moi non plus, dit Beekman.

— Je vais jouer cartes sur table », dit Van In, qui trouvait la situation jouissive.

Il alluma une cigarette et se lança dans un monologue de près de dix minutes au cours duquel il tenta de montrer que Decoussemaecker, qui l'espionnait sur ordre de De Kee, était manifestement en contact avec le milieu des dealers, notamment au Lambin. Car, sinon, comment aurait-il pu être au courant de cette pipe qui n'en était pas une ?

« Le premier avocat venu réduirait tes arguments à néant, objecta Beekman.

— J'en suis parfaitement conscient.

— Qu'est-ce que tu proposes, alors ? demanda Hannelore.

— Je veux savoir quel rôle a joué le père Desmidt dans cette histoire. Il doit bien y avoir quelqu'un qui sait s'il est le père de cet enfant ou non. »

Cinquante ans plus tôt, il aurait été impossible d'obtenir aussi rapidement un entretien personnel avec l'évêque, mais les temps avaient changé – les évêques aussi. Pour être honnête, il fallait ajouter que Beekman y avait mis du sien en passant un petit coup de fil au saint homme.

« J'ai du mal à croire que Beekman ait mis De Kee dans sa poche aussi facilement, dit Hannelore alors qu'un employé en costume gris souris les guidait à travers le dédale de couloirs du palais épiscopal

— Qu'il y reste, surtout, dit Van In en soupirant.

— Decoussemaecker aurait pu inventer quelque chose de plus original. Une gamine de dix-neuf ans ne fait quand même pas de pipes à des hommes de ton âge.

— Monseigneur va vous recevoir », dit l'employé gris souris en les faisant entrer dans la salle d'attente.

Il referma la porte et retourna à son bureau en secouant la tête. Cela ne faisait pas longtemps qu'il connaissait la deuxième signification de ce mot. Qu'un magistrat l'emploie ainsi sans honte aucune, et dans l'enceinte du palais épiscopal, c'était un scandale !

« Sans les intrigues de De Kee, je n'aurais jamais compris que Decoussemaecker était impliqué jusqu'au cou dans cette histoire.

— De Kee doit vraiment te haïr pour en venir à te faire une chose pareille.

— C'est de la jalousie, sans plus.

— Mais quand même…

— J'ai promis de protéger cette gamine, Hanne. Rends-toi compte... Si notre fille se retrouvait dans une telle situation !

— Je préfère ne pas y penser.

— Moi aussi. »

Hannelore s'assit sur un siège ancien. Heureusement, elle portait une robe plutôt longue. Elle ne serait pas embarrassée quand elle croiserait les jambes devant l'évêque.

« Drôle de type, ce Decoussemaecker.

— On va s'en sortir, Hanne. »

Lorsqu'il avait pris la décision de rouvrir cette enquête sur un coup de tête, pas grand-monde n'était au courant : Versavel, Carine, De Kee, Beekman, Hannelore et... Decoussemaecker, qui avait justement rejoint son équipe à ce moment précis, ce qui lui avait permis de lire à son aise tous les P-V de l'enquête. Tous étaient au-dessus de tout soupçon, même De Kee. C'était peut-être un raisonnement pervers, car Decoussemaecker était et restait un collègue. Le soupçonner des meurtres était vraiment la dernière option envisageable, mais...

« Ça pue un peu l'ail, ici, tu ne trouves pas ? demanda Hannelore, interrompant le cours de ses pensées.

— C'est parce que les curés ont toujours senti un peu mauvais. J'ai lu un jour qu'ils ne retiraient pas leur soutane quand ils prenaient leur bain.

— N'importe quoi ! Qui prendrait un bain tout habillé ?

— Pas toi, en tout cas ! »

La zoophilie, la pédophilie, la coprophilie, l'urophilie... Les gens normaux considèrent ces pratiques comme des perversions, mais à une époque où on ne fait plus seulement l'amour pour avoir des enfants et où l'orgasme est devenu un must, personne ne s'étonnera que la recherche de lieux inédits pour s'adonner aux joies du sexe soit devenue une préoccupation de premier plan. Sur la banquette arrière de la voiture, dans l'ascenseur, dans un champ de maïs, dans les toilettes d'un avion... Où encore ? *Dans la salle d'attente d'un palais épiscopal, peut-être, mmm ?* L'idée était incongrue, mais elle excita Van In.

« Je me demande combien de temps il va nous laisser poireauter ici, dit-il.

— *Roma mora...*

— Ou *Roma amor...* »

Hannelore lui jeta un regard étrange assez proche de celui des danseuses de tango, dont Van In n'arrivait jamais à déterminer si c'était leur partenaire ou la musique qui les mettait dans cet état extatique. Une énorme table en chêne au plateau rutilant occupait un coin de la pièce. Hannelore se leva et alla se planter devant, jambes écartées, en lançant un regard de défi à Van In. Ce fut ce moment-là que l'évêque choisit pour faire son entrée dans la pièce.

« Veuillez m'excuser de vous avoir fait attendre si longtemps. »

C'était un homme aux épaules solidement charpentées et au sourire inaltérable, qui salua Van In d'une ferme poignée de main. Hannelore dut se contenter d'un petit signe de tête, sans doute parce que les ecclésiastiques manquent toujours un peu d'assurance en présence des femmes.

Le bureau de l'évêque était aménagé avec sobriété : une table en chêne, plusieurs bibliothèques et un prie-Dieu de style néogothique, sans oublier le crucifix de bronze accroché au mur. Il y avait aussi un coin salon en similicuir usé, le genre de chose qu'on achète pour trois fois rien. Cet intérieur relativement chiche pouvait signifier deux choses : l'Église était modeste, ou elle voulait en donner l'impression.

« Vous m'avez dit que c'était urgent, commissaire Van In.

— Oui, ça l'est, euh… »

Van In hésita. Comment s'adressait-on à un évêque ?

« Nous sommes ici à propos du père Desmidt, monseigneur, dit Hannelore. Si je ne me trompe, vous veniez d'être nommé évêque quand il a été assassiné. »

L'évêque fit une petite moue et se frotta pensivement l'arrière de l'oreille.

« Une affaire particulièrement douloureuse, madame. Lionel Desmidt était adoré de ses paroissiens. Je me souviens que l'église était trop petite pour contenir tout le monde, le jour de son enterrement. »

Il pouvait difficilement cacher son émotion. La question était de savoir si elle était éveillée par le souvenir du prêtre ou par celui d'un temps où les églises étaient pleines. Van In n'osa pas poser la question.

« Le père Desmidt était-il vraiment un bon berger ? »

La subtilité de la formulation fit froncer les sourcils à l'évêque. Il ne pouvait pas se contenter de répondre par oui ou par non. Il lui était impossible d'entacher d'un mensonge cette si noble image.

« Le père Desmidt était un homme bon, dit-il.

— Et les hommes commettent des erreurs.

— Vous êtes mieux placé que moi pour le savoir, commissaire. »

Hannelore suivait la conversation avec un étonnement croissant. Elle était curieuse de voir comment Van In allait s'y prendre pour faire parler un interlocuteur aussi coriace.

« Rendez à César ce qui appartient à César, monseigneur, dit Van In. De nombreux indices nous poussent à croire que le meurtrier du père Desmidt a recommencé à frapper. Trois nouvelles victimes sont tombées cette semaine, et je crains fort qu'il n'y en ait bientôt une quatrième.

— Avec tout le respect que je vous dois, commissaire, je ne vois pas en quoi cela peut avoir un rapport avec la réputation du père Desmidt. »

Van In devait lancer le grand jeu.

« J'ai récemment pu mettre la main sur une lettre adressée à un fonctionnaire de police en relation avec une affaire délicate à laquelle le père Desmidt aurait pris part », dit-il.

L'évêque sentit les flammes de Lucifer lui lécher les chevilles, mais il serra les dents. L'Enfer de Dante comportait plusieurs cercles, et ce n'était que le premier.

« La plupart des accusations portées à l'encontre de prêtres se révèlent finalement sans fondement, dit-il.

— C'est vrai, concéda Van In. Mais pourquoi êtes-vous intervenu dans le dossier du père Desmidt ? »

L'évêque sourit. Il ne faisait pas de politique, mais il en connaissait les astuces.

« À ma connaissance, il n'y a jamais eu de dossier sur le père Desmidt, dit-il. La lettre que j'ai envoyée à l'époque au commissaire adjoint De Kee était une simple marque de reconnaissance pour la manière dont il a traité certaine information. »

Hannelore brûlait d'envie d'intervenir et de donner une petite leçon à ce prélat prétentieux. Quel charabia, oui ! Lorsque Van In vit les mouvements nerveux de son genou gauche, il lui jeta un regard rapide. *S'il te plaît, Hanne, pas maintenant !* pensa-t-il.

« Il s'agissait donc d'une fausse accusation ?

— C'est bien ce qu'a conclu le commissaire adjoint De Kee. »

L'évêque avait été formé chez les jésuites.

« S'agissait-il de jeunes garçons ou de petites filles, monseigneur ? »

Hannelore avait craché sa phrase comme le cobra son venin. Le fils de sa meilleure amie avait été abusé par un prêtre. Il s'était suicidé cinq ans plus tôt. Un juge doit juger à charge et à décharge, mais, avec elle, les pédophiles partaient perdants.

« Que voulez-vous dire, madame ? »

Hannelore se leva et fusilla l'évêque du regard.

« Je vais formuler ma question autrement, monseigneur. Le père Desmidt se faisait-il sucer ou préférait-il d'autres petites gâteries ? »

Van In se raidit sur sa chaise. Il avait remarqué des tampons dans la corbeille de la salle de bains depuis la veille, et, certains mois, elle avait vraiment beaucoup de mal à supporter ses règles. Il ne pouvait pas dire à l'évêque : « Pardonnez-lui, elle ne sait pas ce qu'elle fait. » Cela n'aurait qu'aggravé les choses.

« Madame », dit l'évêque d'une voix sans timbre.

Un très court instant, Van In perçut une lueur de colère dans ses yeux.

« S'il avait volé de l'argent, vous l'auriez aussitôt nommé directeur d'un couvent ! »

L'Église catholique était une institution tolérante ; elle condamnait rarement un de ses collaborateurs, même quand il avait abusé des enfants. Il y avait une exception à la règle : le vol pur et simple. Et là, oui, la sanction était lourde, comme venait de l'évoquer Hannelore.

« Le père Desmidt était un honnête homme, rétorqua l'évêque en se contenant.

— Les prisons sont pleines d'honnêtes hommes !

— Les couvents aussi, apparemment. »

Van In n'avait pu s'empêcher d'intervenir. La situation lui échappait complètement, mais il ne trouvait pas ça grave. Il se souviendrait longtemps du coup d'éclat d'Hannelore.

« Redevenons sérieux, monseigneur. »

L'évêque se détourna d'Hannelore. Il pensa à la putain de l'Apocalypse.

« Vous voulez bien être bref, commissaire ? On m'attend à la chapelle dans cinq minutes. »

Van In fit oui de la tête. Il ressentait une certaine culpabilité d'avoir laissé Hannelore maltraiter le pauvre homme.

« Partons du principe que le père Desmidt a été accusé à tort de pratiques inconvenantes. Nous ne pouvons pas annuler ce qui a eu lieu dans le passé, mais je trouverais vraiment dommage qu'une nouvelle personne soit tuée parce que vous estimez plus important de défendre la réputation d'un prêtre assassiné que…

— Que voulez-vous savoir, commissaire Van In ?

— Je veux savoir qui a porté de fausses accusations contre le père Desmidt à l'époque. »

L'évêque jeta un coup d'œil au crucifix. Pourquoi, durant la dernière cène, le Christ avait-Il désigné l'homme qui allait Le trahir ? Avait-ce été faiblesse humaine ou une dernière tentative pour ramener Judas à de meilleures intentions ?

« Une jeune femme du nom de Dominique Candries », dit-il enfin.

Van In lui montra la photo.

« C'était sa fille ?

— Non, commissaire.

— Vous en êtes certain ? »

L'évêque prit sa Bible personnelle qui était posée sur son bureau et posa la main droite sur la couverture.

« Je le jure », dit-il.

Van In échangea un rapide regard avec Hannelore. Il était difficile de mettre en doute la parole d'un évêque jurant sur la Bible.

« De qui est cet enfant, alors ? demanda Hannelore.

— De la jeune fille, madame. »

L'évêque s'assit et passa ses doigts dans ses cheveux clairsemés.

« Il y a vingt ans, Mlle Candries est allée frapper chez le père Desmidt. Elle était en fin de grossesse et totalement désespérée. Il l'a conduite auprès de Mme Ottevaere, où elle a accouché d'une petite fille deux jours plus tard. Mme Ottevaere a proposé d'adopter l'enfant, mais, subitement, Mlle Candries a refusé cette solution, elle avait changé d'avis. Le père Desmidt a tenté de la ramener à la raison. Ils eurent une violente dispute. Mlle Candries prit la fuite avec son bébé. Une patrouille de la police l'a retrouvée un peu plus tard sur un banc du parc Astrid. En état de choc. »

Van In devinait la suite. Dominique Candries avait accusé le curé d'intimidation sexuelle et De Kee, dont personne n'ignorait qu'il aurait tué père et mère si cela avait servi son avancement, avait résolu l'affaire à sa manière. Il avait pris contact avec l'évêque, qui, en échange de sa discrétion, lui avait promis de dire un mot en sa faveur au bourgmestre. Trois mois plus tard, De Kee était nommé commissaire ; cinq ans après, il devenait chef de corps. Depuis lors, personne ne s'était plus jamais intéressé à cette affaire.

Lorsque l'évêque eut terminé, Van In hocha la tête. C'était à peu près ce qu'il avait imaginé.

« Mais maintenant, je dois vraiment partir », dit l'évêque en consultant sa montre.

Van In alla lui serrer la main.

« Je vous remercie, Monseigneur. »

Il prit Hannelore par le bras et la conduisit jusqu'à la porte. L'évêque les suivit des yeux. La juge d'instruction avait une grande bouche, mais un joli petit derrière, c'était un fait. Une pensée déplacée ? Pas du tout ! Quelle aurait été la valeur du vœu de célibat sans les tentations de la chair ?

« Pourquoi ne m'as-tu jamais parlé de cette lettre de l'évêque à De Kee ?

— C'est une histoire qui tourne depuis plusieurs années », mentit Van In.

Il alluma une cigarette et passa un bras autour des épaules de la juge. Au loin, ils apercevaient les lumières de la foire d'hiver, sur la place Simon Stevin. En sentant l'odeur des beignets, Hannelore ne résista pas.

« Tu en veux aussi ?

— Non merci, répondit Van In. Je préfère les choses qui se boivent.

— Quelle heure est-il ?

— À peu près onze heures, je crois.

— D'abord mes beignets, puis ta Duvel, d'accord ?

— Je peux attendre, Hanne. »

Elle en acheta vingt, et plus le paquet se vidait, plus l'influence négative de ses hormones sur son humeur diminuait. Van In sortit un paquet de mouchoirs en papier de sa poche, en retira un et le lui tendit.

« Tu as du sucre sur les lèvres », dit-il.

Elle ne protesta pas, ce qui lui confirma que son accès de colère était tombé. Autrement, elle lui aurait dit de s'occuper de ses oignons.

« Qu'est-ce qu'on fait, maintenant ?

— Je ne sais pas encore, dit Van In.

— Comment, tu ne sais pas encore ? Je croyais que tu voulais mettre Decoussemaecker sur la sellette !

— Oui, mais… »

Un bus passa et emporta la fin de sa réponse dans un vrombissement.

« Tu ne rends la vie facile à personne, Pierrot. »

Elle enfourna le dernier beignet, chiffonna le cornet en papier et le fourra dans son sac. C'était quelque chose qu'elle faisait de plus en plus souvent, garder ses déchets dans son sac, quand elle ne trouvait pas de poubelle.

« Je veux être absolument certain qu'il est de mèche avec l'assassin avant de l'arrêter.

— Tu peux le faire filer.

— Carine le surveille.

— C'est peut-être lui, l'assassin.

— Ça m'étonnerait. »

Ils entraient dans la rue aux Laines.

« Mus, alors ? »

Van In fit non de la tête.

« L'arme du crime le disculpe, Hanne. Il y a vingt ans, il était en taule. Dominique Candries, le baron de Bocarmé et Agnès Ottevaere ont été tués avec le même P38 que le colonel Hautekiet, le père Desmidt et l'échevin Vollekindt.

— Il l'a peut-être acheté quelque part ? »

Van In hocha la tête. Il avait envisagé cette possibilité. Oui, il avait imaginé que Mus ait acheté l'arme au marché noir. Mais cette option paraissait très peu vraisemblable. Et maintenant qu'il semblait y avoir un lien entre les victimes de l'époque et celles d'aujourd'hui, cela l'était encore moins.

Le parc était on ne peut plus romantique sous la neige. Contrairement aux rues et aux trottoirs, qui avaient été salés, les pelouses étaient d'un blanc quasi immaculé. Van In poussa la porte de L'Estaminet et marcha jusqu'à sa table habituelle, près du miroir.

« Donne-moi une demi-heure, dit-il à Hannelore. Et j'aurai trouvé la réponse. »

Il pensait à Sophie, la petite fille de Dominique Candries. Et si c'était elle qui détenait la clé de tout ?

« Un problème ? demanda Carine en voyant Decoussemaecker se tenir l'estomac en faisant la grimace pour la énième fois.

— Ça va passer.

— Je n'ai pas l'impression. Il y a quelque chose que tu ne digères pas ?

— Oui, je crois. »

La plupart des célibataires ont d'étranges habitudes alimentaires. Certains sont convaincus que ce qu'ils conservent au frigo ne pourrit jamais. Decoussemaecker s'était relevé durant la nuit, affamé. Il s'était fait une tartine avec du filet américain[1] qui était là depuis plusieurs jours. Il avait ensuite mangé deux bananes et une barre de cruesli.

« Tu veux que je te ramène chez toi ?

— Et notre mission ?

— La relève arrive dans une demi-heure. Et nous savons maintenant que Maaike dort sur ses deux oreilles jusque bien après midi. »

Jusque-là, la planque n'avait pas donné grand-chose. La jeune fille se levait en général vers quinze heures pour aller au Lambin, où elle restait assise au bar jusque tard dans la nuit, à moins qu'elle ne réussisse à accrocher un client qui la ramenait chez elle. Ou alors elle tirait un coup vite fait aux toilettes.

« Si Van In l'apprend, ça va être notre fête, dit Decoussemaecker, le visage tordu de douleur.

— Je m'en occupe, répondit Carine.

— Tu en es sûre ?

— Et comment ! »

Le bruit courait que ces deux-là avaient une aventure. La réaction de la fliquette venait comme une confirmation. Aussi Decoussemaecker ne protesta-t-il pas lorsqu'elle mit le contact et guida la voiture hors du parking en quelques manœuvres précises et décidées.

1. Steak tartare.

13

Carine avait beau avoir la réputation de s'intéresser davantage au sexe qu'au boulot, elle avait une tête bien faite et une bonne dose d'intuition féminine. Que les hommes la prennent juste pour une jolie blonde la faisait sourire. Lorsqu'elle déposa Decoussemaecker devant sa porte, il était deux heures moins cinq. Elle avait fini sa journée. Elle appela les collègues qui prenaient la relève et qui devaient déjà être en position.

« Allô, Carine Neels.

— Inspecteur Neels ! Tout va bien, j'espère ? »

Elle savait que son interlocuteur était en train d'imaginer le genre de choses qu'on imagine quand on reçoit un appel d'une jolie blonde, justement.

« J'ai dû partir un peu plus tôt, expliqua-t-elle. Normalement, Maaike sort vers quatre heures. Tu veux bien m'appeler si tu remarques quelque chose de suspect ?

— Je veux bien t'appeler nuit et jour si tu me le demandes, trésor.

— Va te faire foutre, Michel.

— À votre service, inspecteur Neels ! »

Carine entendit le flic rire grassement. Elle coupa la communication. Puis elle s'enfonça dans son siège et se massa le haut des cuisses. Rester huit heures dans une voiture à observer un immeuble, elle n'aimait pas ça, mais c'était mieux que de taper des P-V. Et puis, elle espérait bien que sa patience serait récompensée. De toute façon, Decoussemaecker était lui-même un suspect, sans quoi Van In ne lui aurait pas demandé de le surveiller étroitement. Carine se laissa emporter dans une agréable rêverie.

De l'autre côté de la rue, un salon de thé lui faisait de l'œil. D'où elle était, elle voyait les flammes artificielles produites par un de ces appareils mis là pour attirer le client les froids après-midi d'hiver. Pourquoi pas ? Elle ralluma le moteur et alla garer la voiture banalisée dans une rue latérale. Puis elle revint sur ses pas.

« Excusez-nous, mais nous venons vous déranger une nouvelle fois, madame Candries. »

Van In essaya de produire un sourire contagieux. La vieille hocha la tête et releva d'un geste las une mèche de cheveux qui lui tombait devant les yeux.

« Quel temps splendide, n'est-ce pas ? ! dit Hannelore pour briser la glace.

— Ça ne m'intéresse plus, le temps qu'il fait, madame. »

La vieille remonta le couloir, les épaules voûtées comme sous le poids d'un fardeau. Van In regarda Hannelore. Il ne l'imaginait pas devenir comme ça, pas plus qu'il n'imaginait qu'un jour la vie pourrait être un tel fardeau qu'aucune nuit, aussi longue fût-elle, ne puisse plus jamais l'alléger.

Le poêle en fonte ronflait dans la cuisine, et cela sentait le café réchauffé. Et pourtant, quelque chose de mortel planait dans la pièce. Ils prirent place autour de la table. La vieille s'installa dans un fauteuil avachi et croisa les mains sur son ventre. Les malheurs vous marquent quelqu'un autant que la pauvreté. Mme Candries n'avait certainement pas eu une vie facile.

« Nous sommes là pour parler de votre petite-fille, commença Van In. Vous m'avez dit l'autre jour qu'elle était morte peu de temps après sa naissance. Je ne vous ai pas posé de question à ce moment-là parce que je ne voulais pas rouvrir de vieilles blessures, mais, depuis lors, l'enquête a évolué différemment. C'est la raison pour laquelle il est nécessaire que nous soyons certains que son décès est dû à une cause naturelle. »

Van In n'était pas habitué à soigner son langage, mais, là, il pesait chaque mot.

« Qu'est-ce que je dois faire ? demanda la vieille.

— Nous voudrions vous demander l'autorisation de déterrer le corps, dit Hannelore d'une voix douce.

— La déterrer ? ! dit Mme Candries en écarquillant les yeux. La petite Sophie est restée à l'hôpital.

— Que voulez-vous dire ?

— Dominique a laissé la petite aux docteurs, pour qu'ils fassent des examens. Elle m'a dit que cela pourrait aider d'autres mères qui... »

Subitement, c'en fut trop pour Mme Candries. Elle éclata en sanglots. Hannelore consulta Van In du regard, mais il se contenta de hausser les épaules, impuissant. Elle se leva, se pencha vers la vieille et la serra contre elle.

« Du calme ! »

Hannelore resta ainsi plusieurs minutes, jusqu'à ce que la vieille se fût un peu apaisée. Ensuite elle prit une chaise et s'assit tout contre son fauteuil. Van In pianotait doucement sur la table. Il se sentait envahi par un sentiment de vacuité et de détresse totale. La pensée que le bébé avait sans doute été tué le rendait incroyablement triste. Cette crainte terrible fut confirmée lorsque Mme Candries raconta son histoire par bribes. Au beau milieu de la nuit, Dominique avait trouvé la petite Sophie morte dans son berceau. Complètement paniquée, elle s'était précipitée à l'hôpital, où le médecin de garde avait diagnostiqué une mort subite du nourrisson. Ça, c'était la première partie, et elle paraissait vraisemblable. Mais la seconde partie ne tenait absolument pas la route. Quel médecin demanderait dans ces circonstances à une mère de lui laisser un bébé qui vient de mourir pour procéder à des examens, empêchant ainsi la grand-mère de dire adieu à sa petite-fille ? Quand Mme Candries ajouta que Dominique avait accouché à domicile et qu'elle n'avait jamais déclaré l'enfant à l'état civil, Van In fut presque certain qu'il y avait eu homicide.

« Où vivait votre fille à l'époque ? » demanda-t-il.

La vieille leva les yeux vers lui. Ils étaient remplis de larmes.

« Chez un ami.

— Jürgen Mus ? »

Elle haussa les épaules.

« Je ne sais pas. Dominique avait tellement d'amoureux ! »

Hannelore se leva et attira Van In dans le couloir.

« Nous ne pouvons pas laisser cette femme toute seule dans cet état-là, dit-elle.

— Tu veux que j'appelle une ambulance ?

— Oui. »

Hannelore était complètement bouleversée.

Il ne fallut que quelques minutes à Carine pour se réchauffer dans le salon de thé. Elle alluma une cigarette, se laissa aller sur le dossier de son siège et regarda par la fenêtre. Elle était en train de se demander si Decoussemaecker s'en sortirait tout seul lorsqu'elle vit la porte s'ouvrir. Jürgen Mus, elle le reconnut tout de suite, sortit, vérifia si la voie était libre et s'éloigna à grandes enjambées. Carine réagit séance tenante. Elle écrasa sa cigarette, sortit un billet de cinq euros de son porte-monnaie, le glissa sous sa tasse et quitta le tea-room.

Au carrefour, une cinquantaine de mètres plus loin, Mus tourna à gauche. Carine se mit à courir. Mus était-il le chéri de Decoussemaecker ? Durant la planque, ils avaient passé des heures et des heures dans la même voiture, elle et lui, à parler de tout et de rien, mais il n'avait jamais dit qu'il avait un ami, même si c'était un secret de polichinelle qu'il préférait les hommes. Elle entra dans la rue où Mus venait de s'engouffrer. Personne. Comment était-ce possible ? Elle avait couru tout au long, il ne pouvait pas avoir disparu comme ça. *Réfléchis, ma fille !* Il devait être entré quelque part. Elle décida d'attendre un peu.

Deux minutes plus tard, sa patience fut récompensée. Mus sortait d'une pharmacie, un sachet dans la main droite. Bien sûr. Comment avait-elle pu être aussi bête ? Il était juste allé acheter des médocs pour Decoussemaecker ! L'espace d'une seconde, elle envisagea de marcher dans sa direction, mais elle s'en abstint finalement car il était déjà trop tard pour le faire. Elle resta où elle était, espérant ne pas attirer son attention. Lorsqu'il passa devant elle, même si elle chercha à éviter son regard, elle ne put s'empêcher de lever les yeux vers lui. Son corps fut comme électrisé. Ils s'étaient croisés au commissariat, mais elle était en uniforme. Il y avait peu de risque qu'il la reconnaisse.

Marc Decoussemaecker était encore aux toilettes quand Jürgen Mus déposa ses emplettes sur la table de la cuisine. Il referma la porte, car la puanteur qui s'échappait du couloir était insupportable. Il sortit ensuite une demi-bouteille de gin de la porte du frigo et se servit un verre. Quand les flics étaient entrés chez lui, ils avaient fracassé toutes les vitres, de sorte qu'il avait été bien forcé de chercher refuge chez une vieille copine : il ne pouvait pas se permettre de payer le vitrier. Les affaires marchaient mal. Et puis, il buvait trop. La petite blonde qu'il venait de voir au coin de la rue l'avait regardé d'un drôle d'air, et cela ne lui plaisait pas. Ce n'était pas le genre de bonne femme qui s'intéressait à un gars comme lui. Il se tritura les méninges en vidant son verre à petites gorgées. Comment les flics avaient-ils retrouvé sa trace chez son ancienne copine ? Facile. Ils l'avaient suivi. La bonne femme dans la rue… Et merde !

« Allô. Hannelore Martens à l'appareil. »

Ils venaient de quitter Mme Candries. Van In s'était déjà installé dans la voiture lorsque la sonnerie du portable d'Hannelore avait retenti.

« Qu'est-ce qui se passe ? » demanda le commissaire lorsqu'elle bondit dans la voiture, mit le contact et démarra sur les chapeaux de roue.

« Carine vient de retrouver Mus ! Il se planque chez Decoussemaecker !

— Enfin ! » répondit Van In en poussant un soupir de soulagement.

Ils quittèrent la rue du Trèfle en trombe, faisant gicler la neige fondue dans leur sillage. Hannelore atteignit rapidement le double de la vitesse maximale autorisée. Ils entendaient les sirènes au loin, car Carine avait donné l'alerte.

« On dirait que tu t'amuses, dit Van In lorsqu'ils remontèrent la rue du Maréchal à nonante à l'heure.

— Pour une fois que je peux, dit-elle en souriant. J'en profite ! »

Van In essaya de donner l'impression qu'il se sentait à l'aise, mais il ne put s'empêcher de tendre les jambes et de chercher un appui pour ses pieds. Au volant, Hannelore se comportait comme au plumard : avec fougue et passion. Une nuit, dans son emportement, elle était tombée du lit et s'était fait mal au coude. S'il arrivait quelque chose maintenant, il risquait d'être démis de ses fonctions. Sur la chaussée de Torhout, ils dépassèrent même une voiture de police. Pour éviter les ennuis, Van In fit un petit signe aux collègues afin qu'ils l'identifient avec certitude.

Mus tenta bien de quitter la maison de Decoussemaecker par l'arrière, mais il fut rattrapé deux rues plus loin par un inspecteur du genre costaud qui fréquentait la salle de sport deux fois par semaine et qui allait courir au bois de Tillegem le week-end quand sa femme partait travailler. Le dealer ne faisait pas le poids. L'autre lui mit les menottes sans lui laisser le temps de dire ouf. Pour Decoussemaecker, ce fut encore plus facile. Il était toujours aux chiottes quand la police entra chez lui.

« On l'a ! s'exclama Carine, fière comme Artaban, lorsque Van In la salua d'une poignée de main.

— Eh bien, eh bien ! »

Van In fut à deux doigts de gratifier la fliquette d'un bisou sur la joue, mais il se ravisa, eu égard à la présence d'Hannelore à quelques pas de là.

Deux collègues sortirent Decoussemaecker des waters. Ils lui avaient passé un nouveau pantalon, car le con avait fait dans son froc. Van In alluma une cigarette et retourna près d'Hannelore. Carine resta un peu en retrait.

« Tout va aller vite, maintenant, dit Hannelore. Ils vont avouer.

— Mouais », commenta Van In.

Il tira sur sa cigarette et leva les yeux vers le ciel menaçant. Il allait bientôt se remettre à neiger. Il n'y aurait peut-être plus de meurtres, mais le mystère était loin d'être résolu.

« Tu n'as pas l'air vraiment soulagé.

— Je peux les entendre, mais qui va les écouter ?

— Abruti ! »

Van In jeta son mégot dans la neige.

« Pourquoi tu ne m'appelles jamais "abruti chéri" ? »

C'était vrai, les hommes aimaient jouer aux durs, et, avec quelques verres dans le nez, ils étaient capables de refaire le monde. Mais il leur arrivait aussi de se sentir totalement impuissants et de souhaiter entendre un petit mot doux, comme les femmes qui estiment que cet égard leur est dû. Hannelore le regarda, vit la lueur mélancolique briller dans ses yeux et fit ce qu'elle ne faisait généralement jamais en public. Elle lui mit la main aux fesses et les caressa doucement. Les signes d'affection, plus on vieillit, plus on les apprécie.

« Mon petit abruti chéri », dit-elle en souriant.

La salle d'interrogatoire baignait dans une lumière douce. Van In s'installa à la table et alluma une cigarette. Versavel fit entrer Mus et le fit asseoir sur la chaise qui lui était destinée. Hannelore se trouvait dans la pièce adjacente, derrière un miroir sans tain.

« Café ? »

Mus posa sur Van In le regard d'un condamné à mort qui comprend que sa dernière heure est venue.

« Je peux fumer ? »

Van In fit glisser son paquet de cigarettes dans sa direction.

« Il m'en reste quinze, dit-il. Soit tu me dis tout avant qu'on vide le paquet, soit je demande tout de suite qu'on aille nous en chercher un autre. Mais, crois-moi, Mus, tu ne sortiras pas d'ici sans m'avoir raconté tout ce que tu sais. »

Mus prit une sèche, l'alluma et inspira profondément la fumée tout en essayant d'évaluer la situation. Decoussemaecker tenterait de sauver sa peau en minimisant les choses. Mus avait déjà eu affaire à la justice, il savait qu'ils pouvaient essayer de faire jouer un témoignage contre l'autre. Il était certain que Decoussemaecker était interrogé au même moment dans un autre bureau et que les premiers flics qui tiendraient une info avertiraient les autres aussitôt. Comment faire pour limiter la casse ?

« Decoussemaecker et moi, on est des vieux potes, dit-il. La semaine passée, il est venu me voir, sous prétexte de venir chercher des trucs d'avant, mais j'ai vite compris qu'il voulait autre chose.

— De la came ?

— Non, commissaire.

— Tu ne vas pas me faire croire que tu ne traficotes pas un peu de ce côté-là ! »

Mus avait appris que, dans certains cas, il valait mieux rester poli et avouer spontanément deux ou trois bricoles. Les flics pouvaient l'arrêter pour trafic de drogue, il n'en avait rien à cirer. Il risquait beaucoup plus gros pour le carton qu'il avait tiré.

« Je ne vends qu'à de bons amis.

— Comme ces deux gars du Lambin.

— Je venais de sortir quand vous êtes arrivés, expliqua-t-il. Betsy m'avait prévenu.

— Tu as attendu dehors tout le temps qu'on était là ?

— Ils devaient toujours me payer la marchandise, commissaire. Et puis… »

Mus ne put réprimer un sourire, au grand agacement de Van In.

« Et puis… ?

— … le gibier est toujours plus à son aise quand il sait où se trouve le chasseur. »

Van In étendit les jambes et se croisa les mains dans la nuque. Versavel, qui avait souri, eut droit lui aussi à un regard noir de sa part.

« Ils ont besoin de petits comiques comme toi en taule, Mus. Pour le spectacle de fin d'année. Ça t'intéresse ? »

Mus baissa la tête. Les flics aimaient les gens qui se montraient soumis. Il était évident que la vieille Candries allait se mettre à parler. Il devait la jouer fine, car il ignorait ce que Van In savait et ce qu'il ne savait pas.

« Tu étais en train de dire que Decoussemaecker te voulait quelque chose », reprit Van In.

Il alluma une nouvelle cigarette et glissa une fois de plus le paquet vers Mus.

« Il m'a proposé trois mille euros pour tuer Dominique Candries.

— Ah ah.

— Mais je ne suis pas un meurtrier, commissaire ! » dit Mus en se cachant le visage entre les mains.

Il se fendit ensuite d'un récit dramatique d'où il ressortit qu'il avait bien sûr eu une jeunesse pourrie et des mauvaises fréquentations. Van In avait l'impression qu'il en faisait trop.

« Tu aurais pu nous prévenir, dit-il. Ou la prévenir, elle.

— C'est ce que j'ai fait.

— Non, Mus. Tu ne l'as pas fait. La première fois qu'on s'est vus, tu nous as dit que c'était elle qui t'avait appelé. Drôle de hasard, non ?

— Je vous ai menti. J'avais peur que vous ne me croyiez pas.

— Ce n'était pas très malin de ta part, Mus.

— Non, c'est vrai. »

Faire croire aux flics qu'ils sont plus malins que soi, c'est un truc que les criminels utilisent souvent.

« Raconte-moi plutôt ce qui s'est réellement passé, dit Van In. Et, s'il te plaît, ne me sers pas la version que tu viens d'inventer dans ta petite tête.

— Decoussemaecker en sait plus que moi.

— Ne me dis pas qu'il t'a payé pour sortir avec elle, le soir où elle a été tuée !

— Et pourtant c'est comme ça que ça s'est passé.

— Ah ah. »

Il n'y a pas meilleur menteur qu'un dealer. Ces gars-là ne disent la vérité que lorsqu'ils flairent le danger. Mais Van In avait l'impression que Mus disait vrai, enfin. Jusqu'à un certain point, du moins. Que Decoussemaecker ait approché Mus pour commanditer le meurtre de Dominique Candries paraissait logique. Qu'il lui ait aussi demandé de s'amuser avec elle avant lui paraissait par contre improbable, à moins qu'il ne se soit agi d'une petite mise en scène du vrai meurtrier pour tromper les flics. On pouvait considérer les empreintes digitales sur le verre à vin selon cette perspective, par exemple. Mais personne n'aurait pu prévoir que Dominique Candries allait lui proposer du vin, ni qu'il allait accepter ses avances.

« Je vais te dire ce qui s'est passé, moi, Mus. Decoussemaecker t'a demandé de dégommer Dominique Candries, et tu n'as pas refusé. Mais tu t'es débiné au dernier moment. Tu t'es enfui et tu as rapporté le flingue à ton commanditaire. »

Il restait cinq cigarettes dans le paquet lorsque Mus passa aux aveux complets. La version de Van In correspondait à la réalité.

« Une dernière question, Mus. Le père de Sophie Candries, c'est toi ?

— Je ne sais pas, commissaire. Tous les gens que je connais ou presque ont couché avec Dominique.

— Mais tu sais que le bébé est mort peu de temps après sa naissance ? »

Mus baissa la tête, et cette fois, ce n'était pas une ruse. Il était profondément honteux de cette histoire, et, pendant toutes ces années, il avait essayé en vain de l'oublier.

« Je ne l'ai appris que plus tard, dit-il.

— C'est Dominique qui t'a raconté ?

— Oui.

— Et elle t'a dit comment l'enfant était mort ?

— Il s'est étouffé. Enfin, c'est ce qu'elle m'a dit.

— Tu as assisté aux obsèques ?

— Aux obsèques ? ! »

En entendant ce mot, Mus avait eu un haut-le-cœur. Il suait subitement à grosses gouttes.

« Qu'est-ce qui ne va pas, Mus ? »

Van In savait flairer la peur à des kilomètres. Pendant tout l'interrogatoire, Mus avait maîtrisé ses émotions, mais le mot « obsèques » l'avait presque fait paniquer. Pourquoi ? Continuer à l'interroger dans cet état n'avait guère de sens. Van In prit le combiné du téléphone, composa un numéro et demanda à deux inspecteurs de venir chercher le suspect et de le mettre en cellule. Il en savait suffisamment pour le moment. Et il était curieux d'entendre la version des faits que donnerait Decoussemaecker.

« Pour la énième fois, commissaire, je n'ai rien à voir avec cette affaire.

— Pour la énième fois, Decoussemaecker, qu'est-ce que Mus faisait chez toi ?

— Je le connais d'avant.

— Tu savais très bien que nous le recherchions.

— J'étais persuadé de son innocence.

— Pour quel motif ?

— Parce que je le connais. »

L'interrogatoire durait depuis trois heures, mais Decoussemaecker tenait bon. Il niait sur tous les tons avoir donné de l'argent à Mus pour qu'il tue Dominique Candries et il maintenait obstinément que la seule faute qu'il avait commise avait été de lui offrir un toit. Quand Van In l'avait accusé d'avoir assassiné Dominique Candries et par conséquent toutes les autres victimes, il s'était mis à rire et s'était défendu en disant qu'ils n'avaient pas trouvé l'arme du crime chez lui et qu'un meurtrier qui conserve une arme vingt ans ne la jette pas ensuite subitement. Van In ne l'admettrait bien évidemment jamais, mais l'argument se tenait. S'il ne trouvait pas d'autre charge contre le flic, il y avait beaucoup de chances qu'il s'en sorte avec une peine avec sursis lorsqu'il passerait devant un juge.

Quand le paquet de cigarettes que Versavel était allé lui chercher fut presque vide, Van In décida d'en discuter avec Hannelore.

« S'il continue à nier, on ne peut en effet pas retenir grand-chose contre lui. »

Quand Van In tendit la main vers ses cigarettes, Hannelore le retint.

« Si tu continues comme ça, tu n'atteindras jamais les cinquante ans, Van In.

— Je n'ai pas fini le paquet.

— Non, c'est vrai.

— Mus en a pris sept.

— Six.

— Non, sept. Je les ai comptées.

— Bien sûr ! »

Les disputes conjugales naissent pour un rien, et l'escalade n'est jamais loin. Heureusement, Versavel entra à point nommé.

« Vermeulen vient de m'appeler, dit-il. La perquisition chez Decoussemaecker n'a rien donné.

— Et voilà ! »

Hannelore se leva, tira sur sa jupe et marcha jusqu'à la fenêtre. Dehors, il avait recommencé à neiger. Elle comprenait que Van In soit sur les nerfs et qu'il fume plus que de raison, c'était une enquête difficile, les suspects…

Elle se retourna.

« Pieter ?

— Oui, chérie ?

— Le jeune gars, sur la photo. Tu sais, la photo de l'album…

— Merde ! »

Van In saisit le paquet sur la table et alluma avidement une cigarette. Avec tout ce ramdam, il avait complètement oublié Primo Vollekindt !

« Où est-il ? » demanda Van In à Mme Vollekindt lorsqu'elle ouvrit la porte.

Elle avait l'air surprise. Ou effrayée ?

« Qui ça, *il* ? demanda-t-elle, pas très poliment.

— Primo ! »

Après une brève communication téléphonique avec un collègue de Bruxelles, Van In avait appris que Primo Vollekindt avait quitté la capitale pour Bruges deux ans auparavant, peu après la faillite de ses galeries, et qu'il vivait de nouveau chez sa mère.

« Primo ? Il n'est pas ici.

— Je voudrais le vérifier par moi-même », rétorqua Van In.

Il essaya de la pousser sur le côté, mais, au lieu de le laisser passer, elle se jeta sur lui en criant : « Police ! » Sa voix résonna à travers le couloir. Van In perdit l'équilibre et tomba sur le dos dans la neige. Il disparut sous quatre-vingts kilos de bonne femme. Hannelore regarda d'abord la scène sans trop savoir comment réagir, mais lorsque Van In commença à se débattre comme un possédé, criant plus fort que celle qui l'agressait, elle saisit la veuve Vollekindt par le collet et tenta de l'étrangler pour libérer le commissaire. Le spectacle avait quelque chose d'absurde. Et où était donc passé Versavel ?

Primo était dans sa chambre, au premier étage, lorsqu'il avait entendu sa mère crier : « Police ! » Sans hésiter, il prit dans la commode le sac Delsey qu'il gardait prêt pour les urgences, traversa la chambre de sa mère en courant, ouvrit la fenêtre qui donnait sur le jardin, lança le sac dans la neige et sauta. Dans les films d'action, quand un « bon » saute par la fenêtre, il se foule au moins une cheville ; quand c'est un « méchant », il a plus de chance. Primo Vollekindt atterrit en douceur dans la poudreuse, ramassa son sac et traversa le jardin en courant jusqu'à une petite barrière qui donnait sur un sentier. Il s'était exercé plusieurs fois à la fuite – il ne faut jamais exclure une intrusion de la police –, mais il éprouvait une étrange impression à être vraiment en fuite. Les flics allaient maintenant donner l'alarme. Des patrouilles seraient à sa recherche sans répit, vingt-quatre heures sur vingt-quatre. La plupart des criminels en cavale essaient de quitter le territoire national le plus rapidement possible, ce qui n'est pas très malin, sauf à avoir un moyen de transport rapide à sa disposition. Mais même ainsi le risque d'être pris est grand. Non, Primo serait plus malin que ça. Il savait que la police maintient rarement une chasse à l'homme plus de quarante-huit heures. Le plus sage était donc de se planquer et d'attendre bien gentiment le retour au calme après la tempête. Lorsqu'il fut certain de ne pas être suivi – il entendait les sirènes, mais très loin –, il s'arrêta un moment et ouvrit son sac. Il contenait tout ce dont il avait besoin : une réserve royale de came, des vêtements de rechange, un pistolet et un téléphone portable. Il composa un numéro.

Versavel, qui était toujours dans la voiture lorsque la rixe avait commencé, eut un certain mal à libérer

Van In de la poigne de Mme Vollekindt, malgré l'aide d'Hannelore.

« Ça va ? Tu as mal quelque part ? demanda-t-elle à Van In lorsqu'il se releva en pestant.

— Elle m'a mordu l'oreille, l'enragée !

— Montre-moi ça. »

Toute la partie gauche du visage de Van In était ensanglantée, mais Hannelore eut l'impression que l'oreille était intacte.

« Ce n'est tout de même pas si grave, dit-elle sur un ton qui sous-entendait : "Tu as quand même de la chance que je ne morde pas, moi".

— Qu'est-ce qu'on en fait ? » demanda Versavel, qui tenait toujours fermement la veuve Vollekindt.

À bout de souffle, les cheveux en bataille, elle avait aux lèvres un sourire de triomphe.

« On l'embarque ! » grogna Van In.

Il pressa contre son oreille meurtrie le mouchoir qu'Hannelore lui avait tendu. Bientôt, il serait la risée de tout le corps de police. Jusqu'à la fin de sa carrière, cela le poursuivrait : une vieille femme l'avait attaqué et avait eu le dessus sur lui.

« Est-ce que c'est vraiment une bonne idée ?

— Comment ça ?

— Tu ne veux pas d'abord l'interroger ?

— Seulement si Versavel lui passe les menottes. Et s'il lui met des fers aux pieds !

— N'exagère pas, Van In.

— Fais-le, toi. Versavel et moi, on s'occupe du reste. »

Lorsqu'il fut clair que Primo Vollekindt s'était échappé par une fenêtre de derrière, Van In lança l'alarme et donna ordre à toutes les équipes disponibles de prendre le fugitif en chasse. Histoire d'essayer de redorer son blason, mais il savait que cela n'avait pas beaucoup de sens, car ses hommes ne disposaient que d'une vague description. Il faudrait au moins une heure pour leur distribuer une photo récente de Primo Vollekindt.

« Est-ce que ce n'est pas la jeune fille qu'on devait surveiller ? demanda l'inspecteur Michel Dendooven à son collègue.

— Ça m'en a tout l'air.

— Pas mal, hein ?

— Tu l'as dit, bouffi. »

Maaike entra à grands pas pressés dans l'immeuble. Elle était encore tout essoufflée d'avoir couru.

« Qu'est-ce qu'elle a dit, Neels ?

— De l'appeler si on voyait quelque chose de suspect.

— La petite rentre chez elle plus tôt que d'habitude, c'est tout.

— Ouais.

— Je le mettrai dans le rapport.

— D'accord, ça suffira amplement.

— Plus que deux heures et on rentre ! » dit Michel en soupirant.

La radio de bord crachota. Quand ils entendirent le message de l'officier de garde, ils jurèrent comme des charretiers.

14

« Asseyez-vous, madame Vollekindt. Et racontez-moi calmement ce qui se passe. »

Pour plus de sécurité, Hannelore avait fait placer un inspecteur à la porte de la salle d'interrogatoire, pour parer à l'éventualité d'un nouvel accès de colère de la part de la veuve, mais la mesure semblait inutile. De la furie qui s'était jetée sur Van In, il ne restait plus rien. Mme Vollekindt s'assit, croisa les jambes et arrangea sa coiffure d'un geste machinal.

« Je ne dirai rien à propos de mon fils, dit-elle, déterminée.

— Ce ne sera pas non plus nécessaire, dit Hannelore en souriant.

— Vous êtes de la police ?

— Non, je suis juge d'instruction.

— Ce n'est pas la même chose ? »

Hannelore secoua la tête et expliqua posément à son interlocutrice que son travail consistait à entendre les deux parties avant de renvoyer une affaire en chambre du conseil.

« Je rassemble aussi les preuves “à la décharge

du suspect", expliqua-t-elle, ce qui signifie "à son avantage". Rien ne dit que Primo va faire de la prison. Vous pouvez d'ailleurs l'aider, madame Vollekindt. »

Hannelore présentait les choses sous un jour un peu trop favorable, mais avait-elle le choix ? Tous les moyens étaient bons pour gagner la confiance de cette femme.

« Je ne vous crois pas.

— Et pourtant c'est vrai. Pour le moment, vous êtes la seule à avoir quelque chose à vous reprocher.

— Moi ? !

— Vous avez agressé un policier dans l'exercice de ses fonctions, dit Hannelore en souriant. On voit souvent passer ce genre d'accusations au tribunal. Ces gars-là portent plainte pour un oui ou pour un non. À la moindre égratignure, ils viennent pleurnicher chez nous en espérant recevoir un dédommagement. Savez-vous, madame, que certains policiers reçoivent même une décoration dans ces cas-là ? »

Heureusement que Van In n'est pas là pour entendre ces absurdités, se dit Hannelore en voyant Mme Vollekindt sourire.

« Il a hurlé comme un putois, vous ne trouvez pas ?

— Je vais vous le dire franchement : le commissaire Van In est un homme qui aime se montrer excessif.

— Vous le connaissez ?

— Un peu.

— Vous croyez qu'il portera plainte contre moi ?

— Je ne pense pas. »

Mme Vollekindt hocha la tête. Son fils lui avait répété à plusieurs reprises de ne pas se faire de souci en cas d'intervention de la police. « Tout le matériel compromettant se trouve dans mon sac Delsey, maman. La seule chose que tu auras à faire, ce sera de t'arranger pour que je puisse m'échapper. »

La chambre de Primo Vollekindt, de grande dimension, était aménagée avec beaucoup de goût, mais moins de luxe que le reste de la maison. Un lit, une commode, une penderie, une petite table de travail aux lignes élégantes et un canapé confortable la meublaient. Aux murs, des lithos et des gouaches colorées, rien de très coûteux, même si c'était assez joli.

« Si on ne trouve rien dans les tiroirs de son bureau, on a comme un problème », dit Van In.

Ils avaient fouillé la commode et la penderie, sans rien trouver d'autre que des vêtements.

« Pourquoi a-t-il pris la fuite ?

— Ce n'est pas un crime, Guido. »

Van In s'assit au bureau et ouvrit le premier tiroir. Des relevés bancaires, une vieille police d'assurance, quelques cartes postales. Deuxième tiroir. Des chemises en carton contenant des recettes trouvées dans des magazines. Troisième tiroir. Rien. Quatrième tiroir. Plusieurs films flamands, dont deux de John Flanders.

« Pas de lettres ni de photos ? demanda Versavel.

— Non.

— Tu ne trouves pas ça bizarre ?

— Si. »

Van In alluma une cigarette.

« Il y a quelque chose qui ressemble à un cendrier dans le coin ? »

Pendant que Versavel partait en quête de l'objet, Van In entreprit de feuilleter les extraits de compte, mais là aussi, il fit chou blanc. Primo Vollekindt vivait d'une prestation sociale. Il recevait chaque mois deux cent cinquante euros, montant qu'il reversait sur le compte de sa mère. Le reste ne concernait que de menues rentrées qu'il se faisait dieu sait comment.

« J'espère qu'on ne s'est pas trompés. »

Versavel revenait avec une sous-tasse qu'il avait trouvée sous une plante verte et la posa sur le bureau.

« Mouais », dit Van In.

La seule chose qu'ils pouvaient retenir contre Primo Vollekindt, c'était une vieille photo où il apparaissait en compagnie des trois premières victimes des meurtres du tarot. C'était sur cette base-là qu'ils étaient entrés dans la maison, qu'ils avaient fouillé sa chambre et lancé un avis de recherche. Si la presse avait vent de tout cela, certains partis politiques tenteraient de tourner la chose à leur avantage, avec toutes les conséquences qui s'ensuivraient. Le bourgmestre Moens, le procureur Beekman et le commissaire en chef De Kee seraient mis sous pression, et il y aurait des têtes qui tomberaient. Pas les leurs, mais celles de Van In et de Versavel. Et cette fois, comment trouver cela injuste ? Certes, c'était Hannelore qui avait eu l'idée d'aller interroger Primo Vollekindt, mais c'était Van In qui avait lancé les ordres.

« Si ce n'est pas lui, c'est qui ? demanda Versavel comme s'il se parlait à lui-même.

— Je l'ignore, Guido. »

Van In fixait un point devant lui. Sur le bureau, il voyait un petit plat contenant des feutres, des crayons et des élastiques, et une sorte de tige jaunâtre. De l'ivoire, peut-être. Dans d'autres circonstances, il ne se serait sans doute pas posé de questions, mais il était désespéré et prêt à se raccrocher à n'importe quoi. Cela avait l'air creux. Un tube ?

« Hannelore est peut-être en train de récolter des informations qui vont relancer l'enquête », dit Versavel après un silence.

Comme Van In, il se rendait compte de la gravité de la situation, et trouva d'autant plus étrange que Van In s'intéresse à ce truc de couleur ivoire.

« Sens-moi ça », dit Van In.

Versavel s'empara de l'objet oblong. Il lui parut singulièrement léger et friable.

« On dirait presque un os.

— C'est aussi ce que je pense, dit Van In.

— Tu ne vas quand même pas me dire que…

— Manifestement, ce n'est pas un os de lapin », dit Van In.

La pensée qu'il puisse s'agir d'un os humain lui paraissait d'autant plus macabre qu'il était de petite taille : long de huit centimètres maximum et pas plus épais que l'index.

« J'appelle Zlotkrychbrto ?

— Oui, s'il te plaît. »

Si les soupçons de Van In se confirmaient, cela voulait dire qu'en fin de compte, il avait raison. De toutes ses forces, il espéra être dans l'erreur.

« En fait, Primo était un enfant surdoué, commença Mme Vollekindt. À l'école, il avait toujours les meilleures notes. Après ses études, il a lancé sa propre affaire et les choses ont vraiment bien marché pour lui.

— Jusqu'au moment où il a fait faillite, il y a deux ans.

— Ce n'était pas sa faute.

— Je n'ai pas dit ça.

— Alors taisez-vous ! »

Chaque fois qu'Hannelore émettait une remarque qui pouvait paraître critique à propos de Primo, Mme Vollekindt mordait. Jusqu'à un certain point, ce comportement était normal – une mère prend toujours parti pour son enfant –, mais c'était l'exaltation avec laquelle elle montait chaque fois au créneau qui inquiétait de plus en plus Hannelore.

« Si j'étais vous, je l'appellerais, madame. Dites-lui qu'il est plus sage de rentrer. Pour nous, cette affaire est terminée. »

Hannelore connaissait maintenant toute l'histoire. Primo Vollekindt était non seulement un génie et un excellent homme d'affaires, mais aussi un cuisinier hors pair. Il avait appris cet autre métier en travaillant auprès d'un grand restaurateur qui organisait des soirées exclusives dans la bonne société de Bruges. Là non plus, Hannelore n'avait pas résisté à la tentation de mettre son grain de sel, car elle avait eu la nette impression que Primo s'était contenté de faire le service à table, dans le cadre d'un job d'étudiant. Mais tout venait alimenter le mythe que Mme Vollekindt s'était créé. Elle n'acceptait pas que la police ne prenne pas toute la mesure de l'être sublime qu'il était. Oui, il avait été pris en photo avec les trois victimes de la première vague des meurtres du tarot, mais c'était un pur hasard. À l'époque, il travaillait souvent pour le baron de Bocarmé, ses banquets dans le jardin de sa propriété étaient très courus. Tous les gens qui comptaient à Bruges y avaient un jour ou l'autre été invités. Et Mme Vollekindt pouvait expliquer très simplement pourquoi Primo avait pris la fuite à l'arrivée de la police. Il s'était beaucoup endetté, et il avait développé une peur bleue des huissiers. Lorsqu'il avait vu Van In à la porte d'entrée, il avait paniqué, mais il fallait le comprendre ! Il y avait de quoi devenir anxieux quand cela faisait deux ans qu'on était pourchassé par les huissiers ! Tout cela semblait on ne peut plus logique. Hannelore se dit que, si Van In ne trouvait rien de compromettant dans la chambre de Primo Vollekindt, ils étaient dans le pétrin. Ils pourraient déjà s'estimer heureux si la vieille ne portait pas plainte pour violation de domicile.

On sonna à la porte.

Mme Vollekindt jeta un œil par la fenêtre.

« Je n'attends personne, dit-elle.

— À votre place, j'irais ouvrir », commenta Hannelore.

Mme Vollekindt fit oui de la tête, se leva et marcha jusqu'à la porte. Hannelore entendit la voix de basse de Zlotkrychbrto.

J'espère que tu sais ce que tu fais, Van In ! pensa Hannelore. *N'oublie pas ton oreille !*

Mme Vollekindt avait refusé de laisser entrer le légiste. Puis, Van In était descendu en trombe de l'étage, et il y avait eu de nouveaux éclats de voix.

« Je me fiche de savoir qui est ce monsieur ! Personne n'entrera dans la chambre de mon fils sans son autorisation ! C'est compris ? !

— Dans ce cas, je vais demander un mandat de perquisition ! hurla Van In.

— Et où allez-vous le trouver ? Chez un juge d'instruction, peut-être ? »

Hou là ! songea Hannelore. Elle venait d'expliquer toute la procédure à la veuve et l'avait assurée qu'aucun juge ne délivrerait de mandat de perquisition sur la seule base des informations dont ils disposaient pour le moment.

« Ça ne peut vraiment pas attendre demain, Van In ?

— De quel côté es-tu, bon sang ? !

— Du côté de la loi, Van In ! Vous pouvez déjà vous estimer heureux que Mme Vollekindt ne porte pas plainte contre vous pour violation de domicile ! »

Van In n'y comprenait rien, mais Hannelore demeura inflexible, même lorsqu'il lui expliqua la raison qui l'avait poussé à faire venir Zlotkrychbrto.

« Laisse-lui regarder ce truc, merde !

— Je suis désolée, Van In. »

Si elle cédait, elle perdait la relation de confiance qu'elle venait d'établir avec la veuve Vollekindt. Or il se pouvait qu'elle s'avère d'une réelle utilité dans la suite de l'enquête.

« Vous commettez une erreur capitale, madame le juge.

— On ferait mieux d'y aller », dit Versavel.

Il emmena le commissaire à l'extérieur.

« Je rentre avec Zlot, lança Van In à Hannelore lorsqu'elle lui ouvrit la portière du côté du passager.

— Comme tu veux ! »

La juge démarra en trombe.

Il n'y avait pas grand-monde à L'Estaminet à l'arrivée de Van In, Versavel et Zlotkrychbrto.

« Maintenant, du calme », dit le légiste à Van In alors que Johan apportait deux Duvel et un Perrier.

Van In avait passé le trajet à pester contre Hannelore. Il avait utilisé des mots grossiers qui avaient choqué Versavel. On ne parlait pas comme ça d'une femme, et encore moins d'Hannelore.

« Elle peut aller se faire foutre !

— Guido, s'il te plaît ! Tu vas m'expliquer, oui, ce qui s'est passé ! »

Van In prit son verre et le vida quasi d'un trait.

« Il a trouvé une sorte d'os », dit Versavel en plongeant dans une de ses poches et en en retirant l'objet couleur ivoire que le commissaire avait trouvé sur le bureau de Primo Vollekindt.

« Après toutes les horreurs que tu as proférées à l'encontre d'Hannelore, je n'avais pas l'intention de te le donner aujourd'hui. »

Lorsqu'il avait entendu les cris dans le couloir, il avait plongé l'os dans sa poche, histoire d'assurer leurs arrières.

« Bordel ! Pourquoi tu ne l'as pas dit plus tôt ! »

Van In tendit le mystérieux tube à Zlotkrychbrto. Sans laisser à Versavel le temps de répondre, le légiste poussa un profond soupir.

« *Mensch* ! *Mensch* ! Quelle horreur ! »

En Occident, il est courant de déplorer le niveau médiocre des services de santé de l'ancien bloc de l'Est. À tort. Le Polonais identifia l'os au premier coup d'œil.

« L'articulation a été sciée à une extrémité, mais il s'agit de toute évidence d'un fémur de bébé », diagnostiqua-t-il.

Van In alluma une cigarette et commanda une nouvelle Duvel. Il avait la gorge sèche comme du papier de verre.

Zlotkrychbrto caressa l'os du bout de son index. Il était dans un tel état de concentration que Van In pensa à un aveugle en train de déchiffrer un livre écrit en braille.

« C'est possible, dit le légiste.

— Quoi ? »

Van In avait presque hurlé.

« Des traces…

— Des traces de quoi ?

— Je ne peux pas t'en dire plus sans une analyse minutieuse, Piotr. »

Le médecin légiste serra subitement les mâchoires avant de renifler d'un air de dégoût. Il leva la main en direction de Johan.

« Allez ! On en boit un petit dernier ! »

Van In crut entendre une note mélancolique dans sa voix.

Van In tremblait de froid quand il se réveilla sous sa petite couette de voyage. Avant de se coucher, il avait oublié d'augmenter le chauffage dans le salon. Les premières heures de la nuit, les pintes bues avec le Polonais l'avaient protégé contre le froid. Il rejeta la couette, s'assit et resta quelques minutes à regarder droit devant lui. Il avait mal aux genoux, et sa gorge gonflée le faisait souffrir chaque fois qu'il avalait. Tout était la faute de Zlot : après avoir analysé l'os, il avait commandé tournée sur tournée, jusqu'au moment où ils étaient rentrés chez eux ronds comme des queues de pelle. Van In se consolait en se disant qu'Hannelore l'aurait de toute façon relégué au salon, tellement elle était fâchée contre lui. Il s'arracha au canapé et se dirigea d'un pas incertain vers la cuisine, où il prépara du café d'une main tremblante, se forçant à ne pas se jeter tout de suite sur sa première Duvel de la journée. Face à un problème, on panique facilement quand on est jeune ; avec l'âge, on apprend à rester maître de soi : on sait que, quoi qu'on fasse, les choses finiront par s'arranger. Van In se sentait revenu dans les baskets de ses seize ans. Il tremblait comme une feuille au vent. Il s'était trituré les méninges pendant une longue semaine, sans trouver aucune solution au problème – qu'il avait d'ailleurs créé lui-même. Là, pour la première fois de sa vie, il devait déclarer forfait. Il y avait vraiment peu de chance que les choses s'arrangent d'elles-mêmes. De Kee le démettrait de ses fonctions, Beekman le laisserait tomber comme une vieille chaussette et le bourgmestre Moens exigerait sa tête. Van In songea aux enfants qui allaient bientôt rentrer de vacances avec leur mamie et à l'avenir qu'il avait à leur offrir, car peut-être même qu'Hannelore le quitterait. Il trouva une feuille de papier et un stylo dans un placard de la cuisine et alla s'asseoir à la table.

« Pardonne-moi, Hanne. Je vais essayer de faire de mon mieux. À ce soir. »

Puis il éteignit la cafetière, enfila sa veste et ouvrit la porte d'entrée avec mille précautions. Il avait neigé toute la nuit. L'impasse du Poisson-Gras était féerique, mais Van In ne le vit même pas. Ses pas laissèrent une marque noire dans la neige immaculée.

Le commissaire venait d'arriver dans son bureau quand Carine entra en coup de vent.

« Tu n'en croirais pas tes yeux ! dit-elle tout excitée. Decoussemaecker a passé la nuit à poil dans sa cellule !

— Mouais, répondit Van In.

— Tu sais combien il fait, là-dedans ?

— Non.

— Qu'est-ce qui se passe ? »

Carine prit une chaise et s'assit à côté du commissaire. Il sentit la chaleur de son corps irradier jusqu'à lui.

« Dis-lui de s'habiller. Je veux lui parler. »

Decoussemaecker avait peut-être un grain, comme le disaient certains dans la maison, mais ce n'était pas un meurtrier. Van In en était persuadé.

Carine sourit et redescendit en quatrième vitesse jusqu'aux cellules. Cinq minutes plus tard, le téléphone de Van In sonnait.

« Allô.

— Il ne veut pas s'habiller, expliqua Carine.

— Eh bien ! Qu'il vienne comme il est ! »

Decoussemaecker exhibait une gueule de déterré. Il avait l'œil vitreux, mais son regard s'alluma lorsque Van In dit :

« Assieds-toi, inspecteur en chef Decoussemaecker. Un café ?

— Non, merci. »

Van In alluma une cigarette et fit signe à Carine qu'il avait envie de café, lui.

« Je ne vais pas tourner autour du pot, Marc. »

Van In avait décidé d'appeler le flic par son prénom, car il n'avait pas manqué de remarquer l'étincelle qui avait brillé dans son regard.

« Moi non plus, commissaire. »

Decoussemaecker avait médité toute la nuit. Il était entré dans un état de transe auquel il n'était jamais parvenu jusqu'alors ; un transport si intense qu'il était désormais totalement indifférent au sort qu'on lui réserverait. On pouvait l'enfermer ou le tuer, il s'en moquait. Tout était consommé.

« Nous avons appris que la petite Sophie avait été tuée, à l'époque. Il y a trois suspects : toi, Mus et Primo Vollekindt.

— C'est Primo qui a fait le coup, dit Decoussemaecker d'une voix atone. Dominique était en pleine dépression post-natale. Il ne supportait pas les pleurs du bébé.

— Je croyais qu'il était homo.

— Primo baise tout ce qui bouge, commissaire. C'est la créature la plus immonde que j'aie jamais rencontrée.

— C'était pourtant ton ami, non ? »

Van In prit une profonde inspiration. Il détestait les aveux spontanés, surtout dans la bouche d'un demi-fou qui avait passé la nuit nu comme un ver dans une cellule glacée. C'était un truc pour amadouer les juges ou pour tromper les psychiatres.

« Jürgen et moi, on traînait souvent avec lui.

— Jürgen Mus ?

— C'est Jürgen le père de Sophie.

— Ah ah.

— Vous ne me croyez pas ?

— Bien sûr que si, je te crois. Continue !

— Dominique a accouché chez l'amie du père Desmidt. Elle voulait adopter le bébé, mais Primo n'était pas d'accord.

— Pourquoi ?

— Parce que c'est un cinglé.

— Ce n'est pas une réponse.

— Je ne peux pas vous en dire plus.

— Bien. Continue.

— Deux jours après la mort du bébé, le père Desmidt est venu voir Dominique au sujet de la plainte qu'elle avait déposée contre lui. Quand Primo l'a vu sortir de chez elle, il a pris peur.

— Et donc, après avoir tué le bébé, il a aussi tué le curé ?

— Oui.

— Et les autres ?

— Il a assassiné le colonel Hautekiet parce qu'il avait besoin de son arme. »

Cette histoire était de plus en plus sordide. Primo s'était dit que la police ferait le lien entre la mort du curé et celle de Dominique Candries et qu'elle remonterait ainsi la piste jusqu'à lui. En tuant le colonel et son père, qu'il détestait pour tout ce qu'il avait fait endurer à sa mère, il brouillait les pistes. Et il avait laissé une carte de tarot à côté de chacun des morts pour faire croire qu'ils avaient quelque chose en commun. La police avait cherché le lien en vain.

« Comment tu sais tout ça, toi ?

— Peu après, Primo m'a invité à un petit dîner. Il était saoul et…

— Je ne te crois pas, Marc.

— Et pourtant je vous dis la vérité. »

Van In fit non de la tête.

« Si Primo Vollekindt avait été ne fût-ce qu'à moitié aussi intelligent que tu le prétends, il ne t'aurait jamais rien raconté du tout. Tu es inspecteur de police, merde.

— Il m'avait en son pouvoir.

— Quand même pas parce que ton père a choisi le mauvais camp pendant la guerre ?

— On peut savoir tout ça maintenant, cela m'est totalement indifférent, commissaire. J'ai trouvé la paix. La prison ne me fait plus peur. »

Les gens qui ont vécu une expérience mystique savent que cela modifie radicalement la personnalité : soit cela rend fou, soit on se résigne totalement à son sort. On commence aussi à parler par énigmes. Van In n'avait pas envie de réfléchir à ce qui arrivait à Decoussemaecker.

« Quel a été le rôle de Jürgen Mus dans cette affaire ?

— Jürgen travaille pour Primo. Vous savez qu'ils dealent de la came. »

Carine entra dans la pièce. Elle venait de recevoir le rapport de l'équipe qui avait surveillé l'immeuble de Maaike la veille.

« Je peux te parler, Pieter ?

— Pas maintenant, Carine.

— C'est urgent. »

Van In hocha la tête.

« Cinq minutes, pas plus. »

Carine s'approcha de Van In, jeta un regard au corps nu de Decoussemaecker, puis se pencha vers l'oreille du commissaire, approchant dangereusement ses lèvres.

« Maaike est rentrée plus tôt que prévu hier soir, chuchota-t-elle. Quelques minutes avant qu'on ne donne l'alerte.

— Et… ? »

Van In avait omis de lire les rapports des équipes qui avaient planqué devant chez la jeune toxico. S'il l'avait fait, il aurait su qu'elle ne rentrait jamais avant minuit et que c'était une situation réellement exceptionnelle. Quand Carine le lui eut expliqué, il fronça les sourcils.

« Qu'est-ce qu'on fait ? demanda-t-elle impatiemment comme il tardait à réagir.

— On remet Decoussemaecker au frigo. Et on va faire un tour jusque-là, toi et moi. »

Le cœur de Carine bondit de joie.

15

L'immeuble gris se détachait à peine du ciel. Un homme soigneusement emmitouflé, vraisemblablement le concierge, était occupé à évacuer la neige à coups de pelle énergiques. Le sol de l'entrée était couvert de boue noire. Il y faisait froid, humide, et cela puait les vêtements mouillés. Van In détestait ces cages à lapins où il était impossible d'éternuer sans que tous les voisins soient au courant.

« Tu sais où habite Maaike ?

— Au treizième », répondit Carine.

Van In claqua la langue.

« Tu n'es pas superstitieux ?

— Non, ce n'est pas ça. »

Carine appela l'ascenseur. Les portes étaient couvertes de graffitis, qui allaient du tag illisible à la petite phrase bien tapée qui portait le lecteur à la méditation.

« On aurait peut-être dû emmener quelques hommes avec nous, dit Carine lorsque l'ascenseur arriva enfin.

— On verra bien… »

La seule idée de la passerelle qu'il allait devoir remonter une deuxième fois lui donnait des sueurs froides et le rendait tout flagada, mais il aurait préféré tomber raide mort que de demander à Carine d'y aller seule.

« À mon avis, elle dort encore. »

Ils sortirent de l'ascenseur et Carine ouvrit la porte de l'escalier. La passerelle de béton paraissait interminable. Van In laissa Carine passer devant, pour qu'elle ne le voie pas s'agripper à la façade.

« Tu attends quelqu'un ? »

Primo Vollekindt saisit le pistolet posé sur la table de nuit, vérifia le magasin et sortit du lit à la hâte. Comme Maaike ne réagissait pas, il lui donna un coup violent dans les côtes. La jeune fille sursauta. On sonna une deuxième fois. Pendant cinq longues secondes.

« Non ! » répondit-elle enfin d'une voix étouffée par les couvertures.

La veille au soir, il l'avait battue avant de la violer parce que le café qu'elle lui avait préparé à la hâte était infect. Mais ce n'était qu'un prétexte. Il ne se serait de toute façon pas comporté autrement.

« Tu es certaine qu'elle est là ? »

Van In avait presque le nez contre la porte. Il n'osait pas se retourner, à cause du vide qui était juste là, derrière lui.

« Elle ne sort jamais avant quinze heures », répondit Carine.

Van In sonna une troisième fois, attendit quinze secondes et commença à frapper à la porte en criant : « Ouvrez ! Police ! »

« Merde ! »

Primo s'habilla en quatrième vitesse. Personne ne l'avait suivi. Comment avaient-ils pu le retrouver ?

« Ne me frappe plus, s'il te plaît, Primo ! »

Maaike était assise au bord du lit, nue. Recroquevillée sur elle-même, attendant le prochain coup. Comme rien ne venait, elle leva la tête et regarda l'homme d'un air anxieux.

« Tu veux que j'aille ouvrir ?

— Tu es folle ? ! »

Maaike secoua violemment la tête. Non, elle n'était pas folle, seulement épuisée, seulement morte de trouille. Elle n'avait jamais osé toucher au fric que le flic lui avait filé. Ils avaient apparemment attrapé Mus. Mais cela faisait de toute façon plusieurs semaines que ça n'allait plus entre lui et Primo. Il avait essayé de sauver sa peau, logique. C'était peut-être mieux ainsi.

« Qu'est-ce que je dois faire ?

— Tu t'habilles et tu ne fais pas de bruit », murmura Primo.

Il n'y avait qu'une façon d'entrer dans l'appartement, et qu'une façon d'en sortir : par la porte. S'il laissait Maaike ouvrir, les flics la prendraient sous leur protection, et alors lui ne serait plus qu'un oiseau entre les griffes d'un chat. Les coups s'arrêtèrent. Les flics savaient qu'il était là. Un instant, Primo envisagea de jeter son pistolet par la fenêtre, mais cela n'aurait sans doute servi à rien. Non, il devait être fort et garder son sang-froid.

« On fait quoi, maintenant ? »

Van In se trouvait face à un dilemme. Fracasser la porte ? Et si Maaike était toute seule ? Après la gaffe de la veille chez Mme Vollekindt, il ne pouvait pas se permettre de causer une frousse bleue à la petite sans raison.

« On attend encore un peu », dit-il.

Il ne fuyait plus le vide derrière lui ; au contraire, c'était comme s'il l'aspirait. Ce n'en était que plus effrayant.

« Comme tu veux. »

Van In alluma une cigarette. La fumée lui fit tourner la tête.

« Allô. Juge Martens. »

Hannelore venait d'arriver au tribunal. Beekman avait déjà appelé son bureau à plusieurs reprises. On devait sûrement chuchoter dans les couloirs qu'une fois de plus elle s'était offert des câlins sous la couette avec le commissaire au lieu d'aller bosser comme tout le monde. Pourquoi Van In ne l'avait-il pas réveillée ?

« Zlotkrychbrto à l'appareil.

— Ah, docteur ! Bonjour ! dit-elle, un peu trop polie. Tu n'es pas déjà en train de chercher ton compagnon de beuverie ?

— Je suis un solitaire, madame le juge.

— C'est bon, Zlot. »

Elle sourit malgré elle. Zlotkrychbrto avait un pouvoir extraordinaire sur les femmes. Il les faisait rire.

« Il ne décroche pas, dit le légiste en expliquant qu'il essayait en vain de joindre Van In depuis le matin.

— Appelle Versavel sur son portable.

— J'ai déjà essayé. »

Elle faillit pousser un juron. Si Van In n'était pas avec Versavel, cela voulait dire qu'il traînait encore avec cette salope.

« Attends, Zlot. Je te donne un autre numéro. »

« *All you need is love* », c'est bien Carine, ça ! se dit Van In en entendant la sonnerie de son portable.

« Allô. »

Dix secondes plus tard, Carine tendait son téléphone à Van In. « C'est pour toi. Zlotkrychbrto. »

Van In jeta son mégot par-dessus le garde-fou. Comme Carine, il se demandait quelle mouche piquait le légiste de l'appeler sur son téléphone à elle. La communication ne dura que quelques minutes, mais plus elle progressait, plus Van In devenait blême.

« Qu'est-ce qui se passe ? demanda Carine lorsqu'il lui rendit son portable.

— Il faut entrer là-dedans, répondit-il, déterminé.

— J'appelle des renforts ?

— Oui, bonne idée.

— Et Hannelore ? »

Van In hocha la tête. Il aurait dû demander l'escadron d'intervention spéciale, mais cette fois il voulait arrêter le suspect lui-même. Ou l'abattre s'il opposait la moindre résistance. Il déploya une énergie considérable afin de surmonter sa peur du vide et s'adosser à la balustrade pour s'attaquer à la porte. Heureusement, l'entrepreneur qui avait construit l'immeuble avait placé des modèles encore meilleur marché que ceux indiqués dans le cahier des charges. Un coup de talon bien placé, et elle sortit de ses gonds et s'ouvrit en grand.

« Police ! » hurla Van In, braquant son pistolet devant lui.

Carine ne put s'empêcher de trouver le spectacle amusant.

« Attention ! »

La fliquette poussa le commissaire sur le côté. Il perdit l'équilibre et atterrit sur le canapé. *Plof* ! Il vit Carine porter les mains à son ventre et s'affaisser sur elle-même.

« Carine ! »

Plof ! Une balle se ficha dans le dossier du divan. Van In roula sur lui-même, renversa la table basse, un robuste meuble en chêne, pour protéger Carine, et tira deux fois en direction de la chambre. Puis il prit Carine sous les aisselles et la traîna en dehors de l'appartement, sur la passerelle de béton. La veste de la jeune femme était déjà pleine de sang. Van In lui fouilla les poches, trouva son portable et enfonça la touche correspondant au numéro d'urgence. Puis il s'éloigna d'elle. Que faire ? Elle était inconsciente et saignait abondamment. Il ôta sa propre veste et en couvrit la jeune femme. Des voisins attirés par le tumulte venaient faire les curieux. Il leur ordonna d'évacuer l'immeuble. Quand ils comprirent qu'il y avait un fou armé dans l'appartement de Maaike, ils prirent la poudre d'escampette.

Deux minutes plus tard, Van In entendit la première sirène. C'était celle d'un hôpital tout proche. Puis l'enfer éclata. Des voitures de police arrivèrent de partout. Lorsque deux infirmiers et un médecin urgentiste surgirent sur la passerelle pour prodiguer les premiers soins à Carine, Vollekindt sortit de sa cachette en poussant Maaike devant lui.

« Je veux une voiture ! » cria-t-il.

Van In plongea devant les urgentistes pour les protéger.

« Laissez les ambulanciers faire leur boulot ! dit-il.

— Il n'en est pas question !

— Ma collègue est gravement blessée, monsieur Vollekindt. Il faut qu'on l'emmène à l'hôpital de toute urgence ! »

Van In se retourna. Carine gisait sur le dos. Sa veste avait été déboutonnée ; son pull, son chemisier et son soutien-gorge avaient été découpés avec des ciseaux de chirurgien. Le médecin tentait de stopper l'hémorragie.

« Vous pouvez la transporter ?

— J'ai besoin de dix minutes.

— Cela n'a aucun sens de résister, monsieur Vollekindt. L'immeuble est cerné. Vous n'avez aucune chance. »

La tirade semblait tout droit sortie d'un mauvais film, mais il ne trouva rien de plus intelligent à dire.

« Erreur, commissaire ! »

En poussant Maaike devant lui, Vollekindt avança lentement. Lorsqu'il fut à deux mètres de distance, il posa le canon du pistolet sur la tempe de la petite toxico.

« Vous avez cinq secondes pour me donner votre arme. »

Van In regarda Maaike. Les épaules crispées, les yeux fermés, elle tremblait de peur. Vollekindt demeurait impassible, le doigt sur la détente de son arme. Il commença à compter. À trois, Van In prit son pistolet par le canon et le tendit à Vollekindt. Celui-ci sourit.

« Maintenant j'ai six otages au lieu d'un, dit-il. Plus qu'il ne m'en faut pour poursuivre les négociations si je n'obtiens pas tout de suite ce que je veux. Je pourrai vous éliminer un à un tout à mon aise pour leur montrer ma force. »

Van In savait que c'était ce qui lui pendait au nez quand il avait tendu son arme au forcené, mais il avait dû choisir entre la peste et le choléra, car il n'était pas question pour lui de sacrifier Maaike et de profiter du tumulte qui suivrait le coup de feu de Vollekindt pour tenter de le maîtriser. Il devait gagner du temps à tout prix. Mais combien de minutes Carine pourrait-elle tenir le coup ? Il allait poser la question au médecin quand quatre ou cinq autres voisins qui n'avaient pas obéi à l'ordre d'évacuer l'immeuble se pressèrent à la porte de l'appartement. Vollekindt en visa un au hasard, un homme dans la quarantaine, et lui envoya une balle dans la tête. Les autres partirent sans demander leur reste. En tirant de sang-froid sur un quidam innocent, Vollekindt venait de faire la preuve qu'il ne proférait pas des menaces en l'air et qu'il était prêt à exécuter les otages l'un après l'autre si on ne répondait pas à ses exigences. Van In se mordit les lèvres. Il n'y avait pas pire cauchemar pour un flic que de se retrouver dans pareille situation. Il devait essayer de continuer à parler.

« Laissez partir ma collègue. »

Vollekindt ne portait qu'un jean et une fine chemise de coton, mais le froid ne semblait avoir aucune prise sur lui. Sa voix, par contre, était glaciale.

« Elle peut dégager. »

Van In fronça les sourcils. Les ambulanciers commencèrent à manipuler le brancard pour y étendre Carine, mais Vollekindt ajouta d'une voix démente :

« J'ai dit qu'elle pouvait dégager. Mais les autres restent ici. C'est clair ? »

Van In se tourna vers le médecin.

« Il faut l'opérer d'urgence, dit celui-ci.

— Elle peut tenir combien de temps ? »

Le médecin haussa les épaules. Il lui était impossible de déterminer à l'œil nu quels tissus la balle avait endommagés, ni l'effet du gel sur la patiente. Heureusement, il avait réussi à arrêter l'hémorragie.

« Où sont-ils ? demanda Hannelore en sortant de la voiture.

— Au treizième, répondit Versavel. Carine a reçu une balle dans le ventre. Les ambulanciers sont sur place.

— Qui a la direction des opérations ?

— Le commissaire Verkest.

— Et… ? »

Versavel haussa les épaules. Peter Verkest n'avait pas la réputation d'être un homme à poigne. En réalité, il n'avait pratiquement aucune expérience du terrain. Une « pouliche de luxe », comme on disait dans le jargon.

« Bien, dit Hannelore pour qui la réaction de Versavel était suffisamment éloquente. Je prends la main.

— J'appelle l'escadron d'intervention spéciale ?

— Ils ne sont pas déjà en route ?

— Je les appelle. »

Hannelore leva la tête. Elle serrait les mâchoires. Elle pensait au billet qu'elle avait trouvé le matin sur la table de la cuisine. *Imagine que tu n'aies pas la chance de lui dire que tu acceptes ses excuses et que c'était un peu ta faute aussi !*

« Madame le juge ? »

Elle pivota. Un homme à l'uniforme impeccable se tenait devant elle. Il avait deux étoiles sur ses épaulettes.

« Commissaire Verkest ?

— Oui.

— Bien. »

Hannelore ne savait pas très bien comment réagir. Elle lui avait repris la direction des opérations, et voilà qu'elle ignorait quoi faire exactement. Comment règle-t-on une prise d'otages ?

« J'attends vos instructions, madame. »

Verkest était plutôt content de la tournure des événements. Au moins on ne pourrait pas l'accuser d'avoir merdé.

Hannelore se fit la plus grande qu'elle put, tendit le menton en avant et dit de sa voix la plus autoritaire :

« Je veux qu'on évacue l'immeuble, qu'on boucle toutes les issues et… » Elle hésita. « … et qu'on braque des projecteurs sur le treizième étage.

— Entendu, madame.

— Et allez chercher Mme Vollekindt. »

« *All you need is love.* » C'était une sonnerie un peu étrange en pareille circonstance, mais Van In fut heureux de recevoir un signe de l'extérieur.

« Ils veulent négocier, dit-il quand Vollekindt refusa de le laisser répondre. Comment est-ce que je peux faire pour vous avoir une voiture si…

— Un mot de travers, et elle y passe.

— Comme vous voulez. »

Van In enfonça la touche du téléphone vert et dit : « Allô ». Cela lui fit du bien d'entendre la douce voix d'Hannelore, mais il n'avait pas de temps à perdre. Il y eut un nouveau tir. Un infirmier s'affaissa sur le sol.

« Cela ne sert à rien, dit Vollekindt. Vous ne me laisserez jamais partir. Ça va bientôt grouiller de tireurs d'élite. On va nous balancer des grenades lacrymogènes, des flics vont arriver de partout et m'abattre comme un chien.

— C'est pas les États-Unis, ici », dit Van In.

Il posa le portable sur la balustrade. Vollekindt avait raison, bien sûr.

« Ne faites pas l'abruti, dit Vollekindt.

— Alors, rentrons. Vous avez raison, les tireurs d'élite vont arriver. Si nous restons sur la passerelle, vous serez une cible vivante pour eux. »

Mais Vollekindt semblait s'être résigné à mourir.

« C'était qui, au téléphone ?

— Le juge d'instruction Martens.

— Ta bonne femme.

— Si on veut, oui.

— Elle peut s'estimer heureuse, la salope, que je n'aie pas foutu le feu à la baraque, l'autre jour. »

À cet aveu de Primo Vollekindt, Van In comprit qu'il avait vraiment affaire à un psychopathe.

Les hommes de l'escadron d'intervention spéciale arrivèrent en camionnettes noires banalisées cinq minutes après que la protection civile eut installé quinze projecteurs extra puissants.

« C'est vous qui les avez fait placer, madame le juge ? demanda le commandant.

— Je croyais que..., commença-t-elle d'une toute petite voix.

— Vous avez eu raison, madame. »

« On va s'asseoir, dit Vollekindt en voyant les rais de lumière balayer la façade.

« *All you need is love* » résonna dans la pièce. Van In consulta Vollekindt du regard avant de prendre le portable de Carine.

« Je peux ?

— Dites à cette connasse qu'elle sera veuve dans un quart d'heure. Deux balles dans la poitrine, une dans le front. Cette fois-ci, ils n'auront pas à chercher bien loin qui a fait le coup. »

La nouvelle tétanisa Van In. Son corps ne lui obéissait plus qu'au ralenti. Son pouce resta enfoncé sur la touche téléphone rouge.

« Vous savez, monsieur Vollekindt, que ma bonne femme et moi, on fait chambre à part depuis des années.

— Qu'est-ce que j'en ai à foutre ? » Van In éteignit le portable et le laissa tomber. « Pourquoi est-ce que je négocierais ? Vous voulez tous nous buter, de toute façon. »

Les urgentistes retinrent leur souffle. N'importe qui savait qu'il ne faut jamais contrarier un fou. Qu'est-ce qui lui prenait, au commissaire ?

Les ailes du nez de Vollekindt frémirent. Il tira Maaike vers lui et pointa son arme vers Van In.

« Avant de mourir, je veux dire adieu à ma copine », dit le commissaire.

Il se tourna un quart de seconde vers Carine, qui était toujours étendue sur la passerelle derrière lui. Il y eut un silence.

« Je veux l'embrasser une dernière fois, dit Van In. Et puis je téléphonerai. »

Sans attendre la réponse de Vollekindt, il se dirigea vers la jeune femme. Le pistolet du forcené était toujours braqué sur lui. Le coup pouvait partir à n'importe quel moment. Le médecin et l'infirmier qui n'était pas blessé s'écrasèrent contre le mur. L'autre essaya de rouler sur lui-même. À quoi pense un homme quand il sait que dans quelques minutes il va être abattu ? À sa petite chérie ou à un endroit où il pourrait se cacher ? Les pensées se bousculaient dans la tête de Van In, mais il se concentrait sur une seule chose : la veste de Carine.

Avant de s'agenouiller devant elle, il ouvrit sa propre veste. Elle respirait calmement. C'était bon signe. Il l'embrassa sur le front en parcourant son corps de ses mains. Il était difficile d'agir dans la discrétion, car tout était illuminé par les projecteurs. Lorsque le médecin comprit que Van In cherchait quelque chose, il se détacha du mur pour entrer dans le champ de vision de Vollekindt. Le métal du pistolet de Carine procura une sensation de chaleur à Van In. Il le retira de sa poche avec mille précautions en embrassant la jeune femme sur la bouche.

« Ça suffit, maintenant, Van In. »

Tout en embrassant Carine, Van In ôta le cran de sûreté et glissa le pistolet sous sa veste, dans sa ceinture.

« Qu'est-ce que je dois lui dire ? demanda-t-il en ramassant le téléphone et en composant le numéro d'Hannelore.

— Je veux une caméra avec un pied, dit Vollekindt en souriant. Une tuerie montrée en direct à la télévision, qui a déjà fait ça ?

— Bush », répondit Van In.

Pendant que deux inspecteurs de la police fédérale montaient le matériel de télévision au treizième étage, quatre membres de l'escadron d'intervention spéciale prenaient position sur le toit de l'immeuble et se préparaient à descendre au treizième au moyen de cordes.

« Vous, par ici ! » dit Vollekindt en faisant un geste indiquant au médecin et aux deux infirmiers qu'il voulait les voir se placer tous les trois devant lui sur la passerelle pour lui servir de bouclier humain.

Puis, il se tourna vers Van In.

« À genoux !

— Vous avez peur que je gâche l'image ? »

Van In mit une main dans sa poche, sortit le canon et pressa deux fois sur la détente. Les balles se fichèrent dans le béton. L'une ricocha et frôla le mollet du commissaire. Vollekindt sursauta et lâcha Maaike. Van In bondit dans sa direction, en brandissant son pistolet devant lui. Au même instant, les membres de l'escadron d'intervention spéciale entrèrent en action. Deux grenades tombèrent sur la passerelle. Des coups de feu retentirent. Quatre hommes tombèrent du ciel et se rétablirent en s'agrippant au garde-fou.

« Merde ! » cria Van In en recouvrant la vue.

Le médecin gisait sur le ventre, maîtrisé par deux matamores de l'escadron d'intervention spéciale, sous l'œil effaré des infirmiers. Il y eut d'autres coups de feu, dans l'appartement, cette fois. Van In se précipita à l'intérieur et découvrit les deux autres héros qui s'acharnaient sur la porte de la salle de bains. Ils avaient tiré à bout portant sur la serrure.

« Maaike ! »

La jeune fille était assise dans le bac de la douche. Elle tremblait de tous ses membres.

« Où a-t-il bien pu passer ? ! »

Cinq minutes à peine après cette intervention musclée, les uniformes grouillaient dans l'appartement. Des patrouilles passaient les environs au peigne fin.

« En tout cas, il n'est pas descendu », dit Hannelore.

— La caméra ! » s'écria Van In.

Ils rembobinèrent la bande jusqu'au moment de l'explosion des grenades pour revoir la scène. Les membres de l'escadron d'intervention spéciale s'étaient tout de suite jetés sur le médecin et Primo Vollekindt avait profité du tumulte pour s'échapper en montant à la corde.

« Il est sur le toit ! » rugit Van In.

Hannelore voulut le retenir, mais il se dégagea et fonça vers la cage d'escalier.

Le toit était recouvert de plusieurs centimètres de neige immaculée, sauf à l'endroit où les gars de l'escadron d'intervention spéciale s'étaient affairés avec leurs cordes. Leurs empreintes de pas étaient faciles à suivre dans la neige. Van In resta au bord du toit, pris de vertige. Il suivit une trace qui partait en diagonale vers une bouche d'aération. Au lieu d'appeler les renforts, il cria :

« Montre-toi, Vollekindt ! Et bats-toi comme un homme ! »

Il ne se passa rien. Van In comprit lorsqu'il aperçut à deux mètres de lui, noir dans la neige, le P38.

Hannelore ne comprit jamais ce qui avait bien pu se passer sur le toit. Le fait était que Vollekindt était mort à son arrivée. De deux balles dans la poitrine et d'une balle en plein front. Van In l'avait sans doute abattu en état de légitime défense. Elle le serra dans ses bras et lui murmura des mots doux à l'oreille. Van In la laissa faire. Il pensait à la petite Sophie et à l'os de fémur que Zlotkrychbrto avait étudié au microscope. « Il a été rongé, Piotr, lui avait dit le médecin légiste au téléphone. Par un homme. »

Du même auteur
aux Éditions Albin Michel :

LE CARRÉ DE LA VENGEANCE, 2007.
CHAOS SUR BRUGES, 2008.
LES MASQUES DE LA NUIT, 2009.
LA QUATRIÈME FORME DE SATAN, 2009.
LE COLLECTIONNEUR D'ARMES, 2009.
DE SANG ROYAL, 2010.
LA MORT À MARÉE BASSE, 2011.
PIÈCE DÉTACHÉE, 2011.
LE TABLEAU VOLÉ, 2011.
COUP DE PUB, 2012.
LE MESSAGE DU PENDU, 2012.
13, 2013.
DERNIER TANGO À BRUGES, 2014.
LA FEMME TATOUÉE, 2014.

PAPIER À BASE DE FIBRES CERTIFIÉES

Le Livre de Poche s'engage pour l'environnement en réduisant l'empreinte carbone de ses livres. Celle de cet exemplaire est de :
300 g éq. CO_2
Rendez-vous sur www.livredepoche-durable.fr

Composition réalisée par NORD COMPO

Achevé d'imprimer en juin 2015 en France par
CPI BRODARD ET TAUPIN
La Flèche (Sarthe)
N° d'impression : 3011653
Dépôt légal 1re publication : juillet 2015
LIBRAIRIE GÉNÉRALE FRANÇAISE
31, rue de Fleurus – 75278 Paris Cedex 06

18/4452/0